Wenn es dunkel wird...

Gestalten der Finsternis

Von Ben Schmoldt

1. Auflage 2021

© Ben Schmoldt2021

Herstellung und Verlag: BoD – Books on Demand, Norderstedt

ISBN: 9783752660920

Wenn es dunkel wird...

Gestalten der Finsternis

Inhalt

Morde

Nike hockte auf einem Dach. Ein leichter Wind wehte ihr ein paar Strähnen ihres dunklen Haares ins Gesicht. Das Dach unter ihr, lag großflächig im Dunkeln. Nur die Sterne sowie der Mond beleuchteten das Dach und ermöglichten ihr genug zu sehen, um nicht vom Dach zu stürzen.

Ihr Blick löste sich langsam vom Himmel und den ungewöhnlich vielen Sternen. Er ließ den Mond hinter sich und wanderte nach unten. Sie blickte auf einen schwach beleuchteten Hinterhof und den Mann, der dort stand. Sie kannte den Mann nicht, wusste aber, wie er hieß. Sein Name war Phillipp Kausanioss. Sie wusste auch, für wen er im Moment arbeitete. Sie wusste, dass er sein Geld als Journalist verdiente und sie wusste, dass er ledig war. Doch sie kannte ihn nicht und es war ihr egal. Sie wusste grob wer er war und das hatte ihr gereicht, um eine Entscheidung zu fällen. Sie schnappte ein paar Gesprächsfetzen von unten auf. Sie war nicht in Eile, wollte aber nicht ewig warten. Doch sie würde warten. Mindestens so lange, wie er telefonierte. Vielleicht länger. Je nach dem, wie es ihr angebracht erschien. Sie hatte Zeit. Ein Gut, von dem der Mann nicht mehr besonders viel hatte. Nike schnappte ein paar weitere Gesprächsfetzen auf. Es interessierte sie nicht, was Phillipp am Mittag gegessen hatte oder wen er heute attraktives gesehen hatte.

Nach einer gefühlten Ewigkeit legte Phillipp Kausanioss auf. Nike zog ein Messer aus einer Scheide an ihrem Bein. Sie stand auf, lief zum Rand des Daches und sprang. Der Wind zerrte an ihren Haaren und Kleidern. Sie hob das Messer und stieß zu. Es verließ ihre Hand und Nike rollte sich ab.

Sie kam wieder auf die Füße, als der Mann zusammenbrach. Nike packte den Messergriff und entfernte das Messer aus seinem Hals. „Den bin ich los", dachte Nike, als sie ein Tuch aus ihrer Tasche holte und die Klinge daran abwischte. Als das Messer wieder an seinem Platz war, hob Nike den Körper auf und trug ihn weg.

Sie parkte ihren Wagen in der Garage und merkte schon als sie ausstieg, das etwas nicht stimmte. Sie zog ihr Messer und ließ den reglosen Körper von Phillipp Kausanioss achtlos auf den Boden fallen. Sie lief aus der Garage und schlich in Richtung Keller. Auf den ersten Blick war nichts zu erkennen. Sie tat einen Schritt in einen der Kellerräume und sah sich um. Auf den ersten Blick war nichts zu sehen. Auch bei näherem Betrachten blieb das, was immer dort war vor ihrem Blick verborgen. Ihr ging durch den Kopf, ob sie fragen sollte, ob jemand dort war, verwarf diese Option aber wieder, sobald sie sich ihr bewusst wurde. Es war eine Falle, daran zweifelte sie nicht, aber ihr fehlten Informationen, um sagen zu können, wer in der Falle saß. Beim betreten des nächsten Kellerraums bemerkte sie einen Schatten. Er versteckte sich gut, aber nicht ausreichend. Sie war besser, besser im Finden.

„Sie haben also diese ganzen Morde begangen", sagte eine Stimme vor ihr. Der Schatten, den sie gesehen hatte, er sprach. Es war definitiv ein er und keine sie. Die Stimme passte nicht und es ging Licht an. Er war nicht allein. Verdammt. Er war nicht allein und sie hatte es nicht bemerkt. „Hände dahin, wo ich sie sehen kann! Keine hektischen Bewegungen und lassen sie die Waffe fallen!", verlangte eine Stimme hinter ihr. Sie drehte den Kopf nach rechts und links und blickte zweimal in die Mündung einer Waffe. „Eine manuelle neun Millimeter Pistole, Walther P99, wenn ich mich nicht irre, richtig?", fragte Nike.

„Richtig", sagte der Mann. „Legen sie die Waffe auf den Boden!"

Nike ging ein bisschen in die Knie und senkte ihr Messer Richtung Boden. Die beiden Leute, die hinter ihr gestanden hatten, kamen in ihr Blickfeld. Ein Mann und eine Frau. Beide ebenfalls in Uniform. Nikes Messer verließ ihre Hand. Der Polizist ließ seine Waffe fallen und schrie auf, als das Messer sich in sein Bein bohrte. Der Sprecher hatte ebenfalls seine Waffe gezogen und schoss. Zweimal drückte er auf den Abzug. Beide Kugeln gingen daneben. Sie durchschlugen die Füße des Regals hinter Nike, sie hechtete zur Seite und das Regal begrub die Frau, die nicht schnell genug wegkam. Sie rannte auf den Sprecher zu und verpasste ihm einen Schlag mit dem Handrücken. Er wirbelte herum, Nike schlang ihm einen Arm um seinen Hals. Er stammelte, bat und flehte. Nike hörte nicht hin. Sie sagten alle das gleich, bevor man sie umbrachte. Anstatt seinem Flehen zuzuhören, drückte sie ihren Arm nach unten und hörte ein befriedigendes Knacken. Sie ließ die Leiche fallen und schlenderte in Richtung der dritten Person. Sie zog sich unter Schmerzen das Messer aus dem Bein, als Nike bei ihm ankam. Sie lächelte ihn an, verdrehte sein Handgelenk und nahm ihm ihr Messer ab. Er kniff die Augen zusammen und Nike versenkte das Messer in seinem Hals.

Sie wischte die Klinge an der Uniform der am nächsten liegenden Leiche ab und verließ den Keller. Sie griff nach Phillipps Körper und erstarrte. Er lag zwei Meter von dem Punkt entfernt, an dem sie ihn abgelegt hatte. Sie lief zu ihm und sah, dass er atmete. Schwer, aber sie hörte und sah seine Atemzüge. Sie hob das Messer, brachte es in Position und stieß zu. Doch entgegen ihrer Erwartung fühlte sie kein Blut an den Fingern. Phillipp atmete immer noch und Nikes Hand mit dem Messer stand in der Luft. Sie vermochte dies nicht zu erklären. Sie beabsichtigte nicht ihn am Leben zu lassen. Doch ihre Hand stand weiterhin in der Luft. Sosehr sie sich bemühte die Klinge kam ihrem Ziel kein bisschen näher. „Was ist hier los? Warum lebt er? Was habe ich falsch gemacht? Und weshalb kann ich seinem Dasein jetzt kein Ende bereiten?"

Sie steckte ihr Messer weg und hob den Körper auf. „Wer weiß, was ich durch ihn sonst noch alles herausfinden kann?", dachte sie. „Vielleicht ist es besser, ich behalte ihn fürs Erste."

Bei einem Killer Zuhause

Phillipp Kausanioss wachte auf und wusste nicht, wo er war. Er lag auf einem Sofa in einem Zimmer, das er nie gesehen hatte. In einem Sessel, dem Sofa gegenüber, saß eine junge Frau. Sie hatte lange schwarze Haare und trug nur eine dunkle Hose und einen BH. Sie saß kerzengerade da, bewegte sich nicht und gab keinerlei Geräusche von sich.

„Wo bin ich hier, warum bin ich hier und wer sind Sie?", fragte er.

„Sie sind in meinem Haus, weil sie gestorben wären, wenn ich ihre Wunde nicht verarztet hätte. Mein Name ist Nike", sagte Nike.

Phillipp lehnte sich zurück.

Nike stand auf, ging in die Küche und kochte sich einen Tee. Sie öffnete das einzige abgeschlossene Fach und vergewisserte sich, dass alle ihre Gifte da waren, wo sie sein sollten. Danach ging sie in ihr Schlafzimmer und zog sich ein T-Shirt vom selben Schwarz an, das ihre Hose hatte.

Als sie mit ihrem Tee wieder in ihr Wohnzimmer kam, stellte sie fest, dass der Mann, den sie in der letzten Nacht hatte zu töten beabsichtigte, schlief. Sie verließ das Wohnzimmer und betrat erneut die Küche, nur diesmal mit einer Tasse Tee.

Ein Lächeln umspielte ihre Lippen. „Ich weiß nicht, wie lange ich diesen Phillipp hierbehalte oder aushalte, aber ich weiß das es ihm nicht gefallen wird, wenn ich mich dazu entschließe, ihn doch umzubringen."

Nike trat aus der Dusche. Phillipp lag noch immer auf dem Sofa. Er schlief wohl wieder. Nike konnte es ihm nicht verdenken. Er hatte vor wenigen Stunden nur knapp eine schwere Halsverletzung überlebt. Sie war zwar eher Expertin im nicht Überleben von Verletzungen, aber war sich sicher, dass es alles andere als erholsam war, fast an einer Verletzung zu sterben. Sie trat vor ihren Badezimmerspiegel und sah in ihr eigenes Gesicht. Sie strich sich ein paar nasse, schwarze Haare von der Wange und musterte ihre Augen. Eine ungewöhnlich dunkelgrüne Iris zog sich um ihre Pupillen. Sie strich sich mit einer Hand durchs Haar und schenkte ihrem eigenen Gesicht ein Lächeln. Sie lachte leise und öffnete die Tür.

Sie verließ das Bad und durchquerte auf dem Weg in ihr Schlafzimmer das Wohnzimmer. Sie legte die Hand auf die Klinke, die die Tür zwischen ihrem Schlafbereich und dem Wohnbereich öffnete, doch dann verharrte sie dort einen Augenblick.

„Starr nicht!", sagte Nike. Sie hatte sich nicht umgedreht, wusste aber, dass Phillipp sie anstarrte. „Hast du nie eine nackte Frau gesehen? Oder warum starrst du mich die ganze Zeit an?"

„Ich ...", begann Phillipp zu stammeln.

„Spar dir die Antwort", sagte Nike, als die durch die Tür trat. „Es ist mir egal. Ich wollte nur, dass du weißt, dass ich das durchaus bemerkt habe." Dann trat Nike durch die Tür und schloss sie hinter sich. Der Schlüssel drehte sich und die Tür war verschlossen. Nike schritt durch den Flur, der jetzt wieder von der Tür verborgen wurde, und betrat das

Zimmer, das sich am Ende des Flurs befand. Es stand kaum was darin außer einem Bett. Eine versteckte Schiebetür verdeckte Nikes Kleiderschrank und das zweite Badezimmer des Hauses war durch einen offenen Durchgang vom Schlafzimmer getrennt, sodass man im Badezimmer alles sah, was im Schlafzimmer passierte und umgekehrt.

Nike trat ans Fenster. Die Wand, die vom Haus wegführte, war in diesem Zimmer fast komplett aus Glas. Sie legte ihre Hand an die Scheibe und fühlte, wie sich das kalte Glas an ihre Haut schmiegte, als ob sie zusammengehörten. Sie lehnte sich ganz an die kalte Oberfläche und spürte ein angenehmes Gefühl überall dort, wo das Glas ihre Haut liebkoste. Sie hatte kein Licht gemacht, weshalb der Raum im dunkeln lag. Eine herrliche Dunkelheit umgab sie. Das einzige Licht kam vom Mond und den Sternen.

Auch als Nike erwachte, war es dunkel. Sie warf einen Blick auf die Uhr. Vier Uhr siebenunddreißig. Sie stand auf. Auch an diesem Morgen verzichtete sie darauf, ihr Schlafzimmer zu erhellen. Sie zog sich auch nichts an. Es gefiel ihr.

Sie verließ ihr Schlafzimmer und betrat das Treppenhaus. Auch hier war es dunkel. Genau wie im Rest des Hauses. Nike erklomm die Stufen und endete in einem Raum, der außer einer Leiter nichts beherbergte. Sie stieg die Leiter hinauf, öffnete die Falltür und betrat das Dach. Als Nike den Kopf in den Nacken legte, lächelte sie. Es war ungewöhnlich dunkel. Normalerweise wurde die Nacht von tausenden kleiner Lichter erhellt, doch an diesem Tag waren kaum welche zu sehen. Nike legte sich auf den Rücken und ließ ihren Blick über den Himmel schweifen.

Phillipp Kausanioss erwachte. Er war noch immer in Nikes Haus, doch dieses Mal war er allein. Er warf einen Blick auf die Tür, durch die sie gestern Abend verschwunden war und fragte sich, ob sie noch schlief. Er stand auf und zog sich an. Dann schlich er zur Tür und legte sein Ohr daran.
Nichts.
Er drückte vorsichtig die Klinke runter, doch die Tür war verschlossen. Genau wie er erwartet hatte. Phillipp überprüfte seine Taschen. Sie waren leer. „Diese Nike muss mir mein Zeug gestohlen haben", vermutete er.
Er verließ das Zimmer durch einen Flur. Der Flur führte ins Treppenhaus und Phillipp stieg die Treppen hoch. Er wusste nicht, in welcher Etage er sich befand, aber er war sich sicher, dass sie hoch genug lag, um tödliche Verletzungen zu verursachen, sollte er auf die Idee kommen, aus einem Fenster zu klettern.
In der nächsten Etage fand er ein Arbeitszimmer vor. Ein Schreibtisch aus massivem Holz, stand im Zimmer. Phillipp erkannte einen PC und ein bisschen anderen Bürokram. Wer war diese Nike? Phillipp vermutete halbherzig, dass es sich bei Nike um den Attentäter handelte, der ihn zu töten versucht hatte. Andererseits war er sich in ihrem Haus und sie hatte ihn vor dem Tod durch eine schwere Verletzung bewahrt.
Bei seinem weiteren Rundgang entdeckte er ein Musikzimmer und eins, das so aussah, als wäre es zum

Training gedacht. Nichts, was auf die Person schließen ließ, der das Haus gehörte, außer, dass sie allein wohnte, offenbar Musik machte und etwas für ihren Körper tat. Nichts Spannendes.

Er warf gerade noch einen Blick ins Arbeitszimmer, um herauszufinden, was Nike beruflich machte, das hörte er eine Stimme hinter sich. „Wer hat dir erlaubt, in meinem Haus herumzuschnüffeln?"

Phillipp zuckte zusammen und drehte sich um. Im Türrahmen lehnte die junge Frau mit den grünen Augen.

„Ich … äh …", sagte Phillipp.

„Ich werde es dir sagen", erwiderte Nike in scharfem Tonfall, „niemand!"

„Aber es war auch nicht rechtens mir meine Sachen zu klauen!", rief Phillipp.

Zur Antwort zuckte ein Lächeln über Nikes Lippen. „Da hast du recht. Und was willst du jetzt tun?"

Phillipp schwieg. Nike lächelte erfreut. Er hatte die Situation richtig eingeschätzt.

„Nun", sagte Nike, „du begleitest mich jetzt einfach ins Wohnzimmer und wir vergessen das ganze hier, okay?"

Er nickte.

„Warum bin ich eigentlich noch am Leben?", fragte Phillipp plötzlich beim Essen.

Nike drehte leicht den Kopf in seine Richtung, wobei ihre Haare fast in ihren Teller fielen. Sie blinzelte und holte tief Luft, bevor sie antwortete. „Ich bin mir nicht sicher, ob ich das richtig verstanden habe."

„Aber ich bin mir sicher, dass du das hast. Du hast versucht mich umzubringen."

„Wie kommst du auf die Idee?", fragte Nike. „Wenn ich dich hätte töten wollen, warum lebst du dann noch?"

„Das frage ich dich", sagte er. „Warum?"

Nike zuckte mit den Schultern. „Ich weiß es auch nicht so genau." Dann stand sie auf. „Versuch gar nicht erst, von hier zu fliehen. Deine Wunde ist bisher nicht verheilt und du weißt nicht, wie du hier rauskommst. Also lass es bitte einfach." Mit diesen Worten drehte sie sich um und verschwand durch eine Tür.

Nike lehnte sich mit dem Rücken gegen die Wand und stieß die Luft aus, die in ihrer Lunge war. Sie zog das Messer aus der Scheide an ihrem Bein und legte es auf ihren Nachttisch. „Was stelle ich mit ihm an?", dachte Nike. „Ich will ihn nicht länger hier haben als unbedingt nötig, aber ich vermochte ihn im Keller nicht zu töten und hier schlug mein Versuch auch fehl. Weshalb?"

Sie entfernte sich von der Wand und fiel mehr in ihr Bett, als alles andere. Sie schloss die Augen und atmete tief durch. Die Uhr zeigte neun Uhr dreiundzwanzig an. Nike wusste nicht, was sie tun sollte. Ob sie überhaupt etwas tun sollte.

Kim

Kimberly Tipotaden stieß die Leiche vom Dach. An ihren Händen klebte kein Blut, doch sie hatte das Knacken seines Halses noch in den Ohren. Der Mann war schnell gestorben. Schnell und unkompliziert. Ein kräftiger Griff, eine schnelle, kraftvolle Bewegung ihrer Hände und er war tot. Kim sah seinem Körper nach, wie er in die Tiefe stürzte und auf dem Boden aufschlug. Sie strich sich eine Strähne ihrer Haare aus dem Gesicht, wandte sich vom Abgrund ab und verschwand. Sie war zwar kurze Zeit mit dem Mann gegangen, den sie gerade tötete, aber sie bedauerte seinen Tod kaum. Er hatte sie zu oft verletzt, zu oft betrogen. Die kalte Nachtluft strich ihr über die Wange. Sie wollte nicht zurück. Nicht wieder in die Wohnung, die sie mit ihm geteilt hatte. Nichts.

Sie lief davon. Ohne zu wissen, wohin sie lief. Ohne darüber nachzudenken, in welche Richtung sie lief. Das Einzige worauf sie achtete, war den Dachfirst nicht zu verfehlen, um nicht in die Tiefe zu stürzen.

Sie sprang in ein offenes Dachfenster, rannte die Treppe des Hauses runter und verließ es durch die Tür.

„Was jetzt?", fragte sie sich. Kim hatte kaum Geld dabei, ihr Handy lag auf ihrem Nachttisch und ihr Schlüssel würde ihr auch nicht weiterhelfen.

Es war hell. Trotz der Nacht waren überall Lichter. Kurz war sie versucht, jemanden auszurauben, um genug Geld für ein Hotelzimmer zu haben, doch sie ließ es bleiben. Sie hatte getötet und würde es wieder tun, wenn es sein musste, aber sie verspürte nicht die geringste Lust, jemanden zu überfallen.

Sie tat es schließlich doch. Sie begnügte sich mit dem Geld der Frau.

Kim schlenderte weiter durch die Stadt und blieb erst vor einem Haus mit Garage stehen. Es war dunkel und Kim betrachtete das Haus ziellos.

„Suchst du irgendwas?", fragte plötzlich eine Stimme hinter ihr.

Kim drehte sich um, aber sie sah in der Dunkelheit nichts. Niemanden, der das gesagt haben könnte, bis ihr Blick nach oben wanderte. Sie sah zwei Augen, die sie aus dem Baum musterten. „Nein", sagte Kim, „ich suche hier nichts."

„Und warum schnüffelst du dann hier rum?", fragte die Stimme.

„Ich könnte genau so gut fragte, warum du im Baum sitzt."

Etwas löste sich aus dem Baum und eine junge Frau landete neben ihr. „Ich saß deinetwegen dort", sagte die Frau. „Weil du mein Haus inspiziert hast. Wer bist du und weshalb bist du hier?"

Kim sah die Frau an. „Die Echte oder die unechte Geschichte?"

Die grünen Augen der Frau fokussierten sie. „Sehe ich aus, als würde ich mir gerne erfundene Geschichten von fremden Leuten anhören?"

Kim runzelte die Stirn. „Was geht in mir vor, dass ich einer wildfremden Frau die echte Geschichte erzähle? Was, wenn sie sofort die Polizei ruft?", dachte sie. Ja, was dann?

„Wirds bald?", fragte die Frau leicht ungeduldig.

Kim holte tief Luft, checkte mit den Augen die Fluchtwege und erzählte.

Sie gab preis, dass sie ihren Partner ermordet hatte und sagte, dass sie seitdem ziellos durch die Stadt streift, in der Hoffnung, die Polizei möge sie nicht finden.

Die Frau lächelte. Und sagte dann etwas, mit dem Kim nicht gerechnet hatte: „Ich könnte dir da behilflich sein."

Sie ging zur Tür, öffnete diese und bedeutete Kim ihr zu folgen. Sie führte sie in ein Wohnzimmer, in dem zwei Sessel standen. Auf einem Sofa daneben schlief ein Mann. Sie durchquerten das Zimmer und verließen es durch eine Tür am anderen Ende. Hinter der Tür lag ein Flur, durch den sie in ein Schlafzimmer kamen. Dort stand ein Stuhl. Die Frau bot Kim den Stuhl an. Sie selbst setzt sich aufs Bett.

„Also", sagte die Frau, „wer bist du?"

Kim überlegte kurz, ob sie einen falschen Namen angeben sollte, entschied sich dann aber dagegen. „Ich heiße Kimberly Tipotaden, werde aber Kim genannt."

Die Frau nickte. „Hallo Kim, mein Name ist Nike."

Nike war ein paar Zentimeter größer als Kim. „Weshalb hast du mir geholfen?"

Nike lächelte und warf einen Blick in Kims blaue Augen mit dem gelben Kreis um die Iris. „Weil du meine Hilfe brauchtest."

„Und der Mann, der auf dem Sofa lag? Ist es dein Mann?"

Nike schüttelte den Kopf und schenkte Kim ein Lächeln.

„Stellst du dich bitte einmal hin?", forderte Nike Kim auf. „Und heb deine Arme."

Sie tastete Kim ab, schob ihre Hand hinten in ihren Hosenbund und zog das Messer heraus, das Kim dort versteckt hatte. Sie legte es auf den Tisch.

„Du schläfst heute Nacht hier", sagte Nike und holte eine Matratze aus einer Art Abstellkammer. Sie legte es in die Ecke und zog sich aus.

Kim betrachtete, wie Nike ihr Shirt auszog und einen BH freilegte. Sie lächelte und trat auf sie zu. Nike zuckte zusammen als Kim sie berührte, doch sie ließ ohne Widerwillen zu, dass Kim ihr den BH auszog. Sie schenkte ihr ein Lächeln und legte die Arme um Kim. Es war gegen ihre Gewohnheiten Menschen, die sie kaum kannte zu berühren, doch als Kim sie an sich zog und ihre Lippen auf Nikes drückte, fühlte es sich gut an. Es fühlte sich richtig an. So als hätten ihre Lippen auf dieses Zusammentreffen schon lange gewartet. Nikes Hände glitten unter Kim Shirt und schoben es zwischen zwei Küssen über ihren Kopf. Kim ließ sich nach hinten fallen und Nike ließ Kim Shirt los, bevor sie zusammen auf dem Bett landeten. Eine weitere Berührung ihrer Lippen, bevor sie sich ihrer Hosen entledigten.

Einige Zeit später lagen sie am Fenster. Halb neben- halb übereinander. Das kalte Glas schmiegte sich an ihre Haut, als hätte es auf sie gewartet. Kim kniete sich aufrecht ans Fenster. Ihre Vorderseite berührte fast vollständig das Glas. Der einzige Punkt, an dem ihre Haut warm liebkost wurde, war die Stelle, an der Nikes Hand lag.

Ein Kuss auf den Hals, einer auf den Mund. Kim wusste nicht, wann ihr zuletzt eine Nacht derart gefiel. Es war lange her. Doch jetzt hatte Kim nicht die Absicht, es erneut eine solche Zeitspanne zu unterlassen. Sie wollte mehr. Sie drehte sich um, sodass ihr Rücken am Fenster war. Und Nike ließ sich darauf ein.

24

Als der Morgen anbrach, lagen die beiden am Fenster. Nike drückte einen Kuss auf Kims Lippen und Kim erwachte. Nike erhob sich, doch Kim hielt sie fest. „Bleib ...", flüsterte Kim, doch Nike unterbrach sie, indem sie ihr einen Kuss auf den Mund drückte. „Komm mit", sagte sie und Kim folgte ihr.

Unerwünscht -er Besuch

Nike, Kim und Phillipp saßen am Tisch und aßen. Es war keine Unterhaltung im Gang, jeder war mit seinen eigenen Gedanken beschäftigt. Phillipp schien kaum Hunger zu haben, denn er stocherte etwas lustlos in seinem Essen herum. Kim drückte Nike einen Kuss auf den Mund, als sie den Tisch abgeräumt hatten, woraufhin Phillipp etwas beschämt zur Seite guckte. „Willst du auch einen Kuss haben?", fragte Kim.

Phillipp erwiderte nichts, Kim nahm es trotzdem als ja und küsste ihn ebenfalls. Er guckte etwas verwundert, so als hätte mit allem gerechnet, nur damit nicht und schenkte Kim ein Lächeln. „Ich kenne dich kaum."

Kim lächelte zurück. „Das beruht auf Gegenseitigkeit, doch es lässt sich recht leicht ändern."

Während Kim und Phillipp sich miteinander bekannt machten, stand Nike auf. Sie verließ den Raum und hörte ein Lachen, als sie durch die Tür trat. Sie wollte niemandem im Weg stehen, aber sie fürchtete sich insgeheim etwas davor zu Kim und Phillipp zurückzukehren. Sie würde es akzeptieren, wollte aber nicht wiederkommen, während sie herumknutschten oder Sex hatten. Wobei Ersteres weniger schlimm wäre als Letzteres. Sie gestand es sich nur schwer ein, aber bei ihren Vorstellungen, wie sie die beiden bei ihrer Rückkehr antreffen könnte, lösten bei ihr eine Art Eifersucht aus.

Sie streifte durchs Haus, bis sie ein Geräusch hörte und zu den Anderen zurücklief. Kim und Phillipp hatten das

Geräusch ebenfalls vernommen. „Was war das?", fragte Phillipp.

Nike lächelte nicht, als sie sagte: „Das klang wie die Tür." Nike drehte sich zu Kim. „Hast du irgendwelche Waffen dabei?"

Kim zog ein Messer. „Nur das hier."

Nike nickte. „An meine Waffenkammer kommen wir nicht dran, die liegt im Keller. Wir können nur nutzen, was hier ist."

„Es scheint jemand zu kommen", bemerkte Phillipp. „Wer ist das?"

Nike zuckte mit den Schultern. „Genau weiß ich es nicht, aber so wie sie sich hier Zugang verschafft haben, werden es keine Freunde sein." Nike rannte in die Küche und holte einige Messer. Zwei davon drückte sie Phillipp in die Hand. „Gehe ich recht in der Annahme, dass du die zum Angreifen verwenden kannst?"

Phillipp nickte unsicher. Nike warf Kim ein weiteres Messer zu. Sie fing es geschickt aus der Luft. Sie hielt es gerade sicher in der Hand, als die Tür auflog und einige Personen hereinstürmten. Sie richteten ihre Waffen auf Nike, Kim und Phillipp. „Hände hoch und Messer fallenlassen!"

Nike ließ eins ihrer Messer fallen und kickte es in der Luft in Richtung ihrer Angreifer. Zwei von Ihnen hechteten zur Seite, um der Klinge zu entgehen, und diese Situation nutzte Kim zum Angriff. Ein Schuss verfehlte sie und bevor der nächste abgegeben wurde, stach sie mit einem ihrer Messer zu. Die Klinge verfehlte den Hals, doch ihr Arm brachte den Angreifer ins Straucheln. Sie wirbelte herum und warf das andere Messer auf einen Arm, dessen Waffe auf Phillipps Kopf gerichtet war. Sie packte den Kopf des Taumelnden und rammte ihm die Stirn ins Gesicht. Er ging zu Boden und Kim wurde von einem Schuss gestreift. Nike entwand einem die Waffe, drückte ab und lief auf den Flur. Sie rannte die Treppe hoch und hörte, dass sie ihr folgten.

Kim warf sich unterdessen zu Boden, rammte ihr verbliebenes Messer in ein Bein, sprang wieder auf und griff an. Sie packte den Kopf und verdrehte ihn. Mit einem Knacken des Halses fiel der Mann zu Boden. Der erste Tote. Das hatte sie nicht geplant, aber sie war darauf vorbereitet. Sie sprang einen weiteren der Angreifer an. Diesmal war es eine Frau. Sie stürzten zusammen zu Boden und rollten übereinander, in dem Versuch die Oberhand zu gewinnen. Kim hörte Schüsse. Sie sah kurz eine auf sie und die Frau gerichtete Waffe. Ein weiterer Schuss und die Frau erschlaffte. Kim sprang auf und sah, wie Phillipp unbeholfen mit einem Messer nach jemandem stach. Ein Schuss und es lag am Boden. Phillipp sprang auf, rannte an allen vorbei und aus dem Raum. Kim war nun allein mit vier bewaffneten Angreifern. Sie drehte sich um und schlug die Tür zum, als sie aus dem Raum rannte. Sie folgte Phillipp nach oben.

Nike trat einem Angreifer gegen die Brust, woraufhin er zurückwich. Sie trat in eine Kniekehle und verpasste einen Schlag an die Schläfe. Als ein Mann auf sie zu rannte, trat sie zur Seite und zog ihn an sich vorbei. Er knallte gegen das Geländer und blieb liegen. Drei Angreifer lagen am Boden oder kämpften um einen festen Stand. Die anderen drei griffen geschlossen an. Nike entging einem Tritt nur knapp. Dem nachfolgenden Schlag konnte sie allerdings nicht ausweichen. Er traf sie in den Bauch, Nike taumelte nach hinten, ein weiterer Schlag traf sie und ein Tritt schickte sie zu Boden. Nike blickte in die Mündung einer Waffe, die gerade geladen wurde, als sie alle gleichzeitig herumwirbelten. Ein Schuss. Nike erhob sich schwerfällig. Ein weiterer Schuss und ein Schrei. Sie sah Kim, die in der Luft herumwirbelte und ihren Fuß, der einen der Männer zu Boden schickte. Dann landete sie wieder und verschwand aus Nikes Blickfeld. Sie wankte zum Geländer und stützte sich daran ab. Sie hörte Kim schreien, stieß sich vom Geländer ab und sprang.

Sie landete in einem der Männer und sie stürzten beide zu Boden. Der letzte Gegner, eine Frau, ließ Phillipp mit einem Schlag zurückweichen. Er versuchte sie anzugreifen, doch sie wich aus und trat ihm die Beine weg. Er stürzte und sie trat ihm gegen den Kopf. Nike hatte die Oberhand verloren und versuchte die Schläge zu parieren, die auf sie niedergingen. Kim donnerte ihrem Kontrahenten eine rein, er stürzte und stand nicht mehr auf. Sie versetzte Nikes Gegner einen Tritt, hob seinen Kopf an und knallte ihn auf den Boden.

Phillipps Gegnerin stürzte und Phillipp kam auf Kim und Nike zu. Kim öffnete den Mund, um zu schreien, doch da traf die Kugel Phillipp in den Rücken und er stürzte nach vorne. Kim stieß einen Schrei aus, als er starb. Sie sprang auf die Frau zu, trat ihr an den Kiefer und die Frau taumelte stöhnend zurück. Kim brach ihr das Genick und die Frau fiel auf den Boden. Dann kniete sich Kim neben Phillipps Leiche. Nike stellte sich hinter sie und legte ihr eine Hand auf die Schulter. Sie sagte nichts und Kim war dankbar dafür. Sie wollte sich nicht unterhalten. Sie stand auf, schlang die Arme um Nike und weinte. Sie hatte ihn kaum gekannt, doch er hatte ihr was bedeutet. Nike teilte dieses Empfinden nicht. Ihr ging sein Tod ähnlich nah, wie der der Menschen, die sie umgebracht hatte. Doch auch Nike war betrübt. Es kümmerte sie nicht, dass Phillipp tot war, doch Kims Trauer steckte sie an. Sie zog Kim an sich und sie drückte einen Kuss auf Nikes Mund.

Nike und Kim ließen die Toten und Verwundeten liegen. Sie gingen nach unten und versorgten ihre Verletzungen. Kim hatte einen Streifschuss abbekommen. Keine lebensgefährliche Verletzung, aber eine um die man sich kümmern sollte.

Nike selbst hatte keine offenen Wunden, aber sie hatte ein paar üble Treffer abbekommen.

Einige Stunden später, als Nike und Kim sich versorgt, gewaschen und getrocknet hatten, setzten sie sich in Nikes Schlafzimmer auf den Boden.

„Wir können nicht hierbleiben", sagte Kim. „Wer immer diese Leute hergeschickt hat, wird sich irgendwann erkundigen, was aus seinen Soldaten und uns geworden ist."

Nike nickte. „Wir bewaffnen uns, packen und morgen geht es in aller Frühe los. Mein Auto ist einsatzbereit."

„Du erwähntest eine Waffenkammer", sagte Kim.

Nike nickte erneut. „Sie ist im Keller. Dort bewahre ich die meisten meiner Waffen auf. Außerdem können wir die der Eindringlinge verwenden."

Am nächsten Morgen verließen Kim und Nike in aller Frühe das Gelände. Nikes Pick-up schlich durch die Nacht. Kim saß auf dem Beifahrersitz und versuchte etwas Ordnung in ihre Frisur zu bringen. Sie hatte keine Zeit gehabt sie zu ordnen, weshalb ihre roten Haare ungeordnet und ungepflegt aussahen. Nikes Frisur sah hingegen aus wie immer. Ihre Haare hingen lang, schwarz und glatt herunter.

Beide Frauen schwiegen. Kein Wort wurde gewechselt, bis Nike den Pick-up auf den Parkplatz eines Hotels lenkte. Sie stiegen aus und checkten ein. Nike fiel ins Bett und schlief fast umgehend ein, während Kim bis tief in die Nacht weinte.

Flucht

Nike erwachte. Sie warf einen Blick auf ihre Uhr. Es war kurz nach drei. Draußen war es stockfinster. Durch den Spalt unter der Tür drang etwas Licht ins Zimmer. Nike hörte Kim neben sich atmen. Tief und gleichmäßig. Ein Geräusch erklang vor der Tür. Nichts Beunruhigendes. Sie waren in einem Hotel in der Nähe der Autobahn, hier kamen die ganze Nacht über Leute an. Doch die Geräusche verstummten nicht, sie bewegten sich auch nicht von der Tür weg. Ein Klicken, und die Klinke senkte sich. Die Tür wurde langsam und vorsichtig geöffnet. Nike sprang in ihre Kleider und stieß Kim an. Diese öffnete schwer die Augen. „Was ist los?", fragte Kim verschlafen.

Nike zeigte auf die Tür. Wenige Sekunden später öffnete sich die Tür und Nike lud ihre Pistole. Leute kamen herein. Die Uniformen, die sie trugen, ähnelten denen, die die Leute in Nikes Haus getragen hatten. „Verdammt", fluchte Nike und drückte ab. Der Knall zerriss die Stille der Nacht. Das Feuer wurde erwidert. Nike schoss noch zweimal auf die Angreifer. Kims Messer schnitt in einen Arm und er ließ seine Waffe fallen, als er fluchend zurückwich. Nike duckte sich unter einer Waffe durch und trat dem Mann ein Bein weg. Er stolperte nach vorne, als eine Frau Nike ansprang und sie beide zu Boden gingen. Kim versenkte das Messer der Brust eines Angreifers und er starb. Sie hechtete nach hinten, um einem Schuss auszuweichen, verlor dabei aber ihr Messer. Nike donnerte der Frau eine rein und sprang auf. Eine Faust traf sie und sie taumelte in die Wand. Kims Fuß traf einen am Kinn, woraufhin er stürzte und nicht wieder aufstand. Nike packte den Kopf des, ihr am nächsten stehenden, und donnerte ihm die Stirn ins Gesicht. Blut schoss aus seiner

Nase und taumelte nach hinten. Nike hörte, wie eine Waffe geladen wurde, und drehte sich um. Kim stand da. Jemand hatte ihr einen Arm um den Hals gelegt und hielt ihr eine Waffe an die Schläfe.

„Gib auf!", verlangte eine Stimme.

Nike lud nach und platzierte eine Kugel zwischen den Augen neben Kims Kopf. Ein paar weitere Schüsse auf die Leute und den Moment, den sie abgelenkt waren, nutzte sie. Sie schob Kim ein Messer zu. „Versteck es", formte sie mit den Lippen. Dann wandte sie sich um, zerschoss die Scheibe, warf ihre leere Waffe weg und sprang.

Als der Schreck vorüber war, war Nike verschwunden. Kim kniete noch an Ort und Stelle. „Was machen wir jetzt mit ihr?", fragte eine Frau einen Mann. Dieser Mann schien der Befehlshaber zu sein. „Wir nehmen sie mit. Du und du", er zeigte auf zwei, „verfolgt die Andere und bringt sie zu mir. Lebend."

Nike trat das Gaspedal ihres Wagens durch und raste auf die Autobahn. Erst nach einigen Kilometern fiel ihr das Fahrzeug auf, das ihr folgte. Sie fuhr an der nächsten Ausfahrt raus und sah, dass ihre Verfolger geradeaus weiterrasten.

Nike fuhr den restlichen Tag weiter. Als sie ausstieg, sah sie das Meer. Sie war in einer kleinen Hafenstadt. Die einzige Unterkunft vor Ort war ein schäbiges Haus, das unten eine Kneipe und darüber eine Etage mit drei Zimmer hatte, in denen Leute schlafen konnten, wenn sie genug bezahlten.

Nike buchte sich in einem der Zimmer für eine Nacht ein, brachte ein paar Sachen hoch und setzt sich dann an einen Tisch in der Kneipe.

Kim steckte das Messer ein und wurde weggebracht. Sie sah kurz einen Wagen, dann wurde sie hineingeworfen und die Tür schlug zu. Ihre Hände waren gefesselt. Die Handschellen lagen kühl auf ihrer Haut. Sie kam nicht an ihr Messer und hatte auch sonst nichts, was ihr dabei geholfen hätte, ihre Handschellen loszuwerden. Sie versuchte aufzustehen, fiel aber wieder hin, da sich das Auto bewegte. Außer ihr befand sich nur eine Person im Kofferraum. Der Raum war groß, genau wie das Auto. Die Frau war nicht gefesselt. Kim ging daher davon aus, dass es sich um eine Wache und nicht um eine Bewachte handelte. Dass sie bewaffnet war, überzeugte sie am Ende.

Nach ein paar Stunden war Kims Mund trocken und sie hatte Hunger. Alle hatten unterwegs was gegessen. Der Wache brachten sie etwas, die anderen waren raus gegangen, um was zu essen. Nur Kim hatte Hunger. Sie hatte nach Wasser gefragt, als Antwort aber nur einen Tritt in die Seite erhalten. Sie fragte sich, wohin sie unterwegs waren. Wer diese Leute geschickt hatte, warum und vor allem verzehrte sie sich nach dem Wissen, ob Nike noch lebte. Sie vermutete es, da der Anführer gesagt hatte, dass er sie lebend wollte, aber sicher war sie sich nicht. Die Tür öffnete sich und Kim wurde herausgezerrt. Sie wurde in eine Kiste geworfen und selbige wurde zugeklappt.

„Entweder ist mein Leben hier zu Ende oder wir wechseln nur das Transportmittel", dachte sie, während sich die Kiste in Bewegung setzte.

Kurz darauf wurde es laut. Ein großer Motor wurde gestartet und dann bewegten sie sich wieder. Kim rutschte an den Rand der Kiste und wusste, dass sie in einem Flugzeug war. Ihre Hände waren immer noch gefesselt und sie konnte sie nicht genug bewegen, um sich ein paar roten Strähnen aus dem Gesicht zu streichen. Sie wusste nicht, wie viel Zeit vergangen war, seit sie sie von Nike getrennt hatten. Hatte keine Ahnung, wo sie war, und wusste nicht, ob Nike lebte. „Wenn sie tot ist, werde ich hier alle umbringen", dachte sie.

Nike aß. Ihre Verfolger waren nicht wieder aufgetaucht. Sie hatte sie abgehängt. Ein Mann setzt sich zu ihr an den Tisch. „Ist das ok?", fragte er.

Nike nickte stumm. Es war ihr gleich, ob er an ihrem Tisch saß oder nicht.

„Darf ich fragen, wie Sie heißen?", fragte der Mann.

„Wenn Sie nicht um Erlaubnis gefragt hätten, müsste ich mir eine Frage weniger anhören", entgegnete Nike.

„Mein Name ist Rudolf Efternavn", sagte der Mann. „Und wie heißen Sie?"

„Nike", antwortete Nike.

Da sie nichts mehr zu sagen schien, redete Rudolf weiter. „Wohnen Sie hier? Oder in der Nähe?"

Nike schüttelte den Kopf. „Ich komme von weit weg und bleibe nur heute. Morgen fahre ich wieder."

„Das ist schade", sagte Rudolf. „Ich hatte gehofft, wir hätten mehr Zeit miteinander verbringen können."

„Tut mir leid, dass Sie da enttäuschen muss, aber das ist, wie es scheint nicht möglich." Es tat Nike nicht leid. Sie wollte niemanden kennenlernen. Ihre Gedanken waren bei Kim.

Rudolf bestellte ein Bier und sprach erst wieder, als es kam. „Sind Sie allein hier?"

Nike nickte.

„Sind Sie ...", begann Rudolph, doch Nike unterbrach ihn.

„Wär es möglich, dass wir uns Duzen?"

Rudolph nickte. „Gerne Nike. Dann: Bist du vergeben?"

Nike legte den Kopf schief. „Jein?"

Rudolph verzog das Gesicht. „Was heißt Jein? Entweder ja oder nein. Bist du vergeben?"

„Ich bin mir nicht sicher", sagte Nike.

„Wie ist es möglich, dass du nicht weißt, ob du vergeben bist oder nicht?"

Nike winkte ab. „Lange Geschichte."

Rudolph legte seine Hand auf die ihre. „Meinst du, du fändest Gefallen daran, die kommende Nacht mit mir zu verbringen?"

Nike entzog ihm ihre Hand. Sie überlegte ernsthaft, ob sie sein Angebot annehmen sollte. Sie war nicht abgeneigt. Sie fand ihn durchaus attraktiv und bezweifelte nicht, dass es ihr gefallen würde, aber sie machte sich zu große Sorgen um Kim. Nike schüttelte den Kopf. „Nein, ich denke nicht, dass ich das Angebot annehme."

Am nächsten Morgen erwachte Nike spät. Sie löste den Arm, der sich um sie gelegt hatte und stand auf. Sie zog sich an und warf einen letzten Blick auf Rudolf, bevor sie ihm eine Notiz hinterließ und das Zimmer verließ. Sie hatte sein Angebot spät in der Nacht doch angenommen und es hatte ihr wie erwartet gefallen. Doch sie fühlte sich schuldig. Sie wusste nicht, ob Kim noch lebte. Nike liebte sie, obwohl sie sie noch nicht lange kannte. Ihre Gedanken streiften Rudolph kurz. Sie überlegte, ob er es ihr übel nehmen würde, dass sie am Morgen nach dem Geschlechtsverkehr verschwunden war und ihm nichts als einen flüchtigen Kuss und eine kurze Notiz hinterlassen hatte. Keine Telefonnummer oder eine andere Möglichkeit, sie zu erreichen, nur die Information, dass sie wegmusste.

Ein paar Stunden später setzte Nike ihren Fuß auf schwedischen Boden. Sie ließ ihr Auto stehen und schlenderte zu Fuß etwas am Meer entlang.

Kim lag in der Kiste. Der Deckel bewegte sich schon, sie würde aber noch ein wenig arbeiten müssen, bis sie freikam. Es war dunkel und kalt, und Kim überlegte, mit dem Fluchtversuch bis nach der Landung zu warten, verwarf diesen Gedanken aber sofort wieder. „Wenn das Flugzeug mit mir an Bord landet, komme ich hier niemals weg."

Ein kräftiger Tritt. Ein weiterer und der Deckel öffnete sich. Kim kletterte hinaus. Eine Wache. Sie schlich sich an sie an und beförderte sie mit einem kräftigen Tritt ins Reich der Träume.

Sie sah sich um. Es stand nichts im Frachtraum außer dem Käfig und zwei Kisten. Eine von ihnen war geöffnet und Kim erspähte Geldscheine im Inneren. Es gab einen Fallschirm. Kim dachte zwei Sekunden nach und beschloss es dann. Sie griff danach, als sie Schritte hörte. Kim versteckte sich und wartete. Stimmen. Sie klangen wütend. Sie hatten ihr verschwinden bemerkt und kampfunfähigen Wachposten. Kim verlagerte ihr Gewicht und ein Geräusch ertönte, welches die beiden Männer und die zwei Frauen herumfahren ließ. Kim versuchte ruhig zu atmen. Schritte. Kim griff an, als sie gesehen wurde. Der Mann und sie rollten über den Boden. Sie sprangen gleichzeitig auf und sie wich seinem Schlag aus. Ein Schuss. Er traf den Türmechanismus, löste ihn aus und die Tür schwang nach innen. Kim wurde von der Tür getroffen und verlor das Gleichgewicht. Der Lärm steigerte sich ins Unermessliche und der Mann wurde aus dem Flugzeug gerissen. Eine der Frauen stürmte auf Kim zu, die andere folgte ihr. Kim trat einer in den Bauch. Sie taumelte in ihre Kollegin und beide wurden mit einem Schrei aus dem Flugzeug gerissen. Kim lag jetzt neben dem Fallschirm. Sie zog ihn an und sprang aus dem Flugzeug.

Der Wind zerrte an ihr. Sie konnte kaum atmen und es war eisig. Sie durchbrach die Wolken und sah das Meer unter ihr. Eine weite blaue Fläche. Kein Schiff und nichts. Und sie sah das nahe Ufer. Der Wind pustete in die richtige Richtung. Sie landete einigermaßen sanft im flachen Wasser und entledigte sich des Fallschirms.

Sie ging zum Ufer und ließ sich erschöpft in den Sand fallen.

Als sie ein Rascheln zwischen den Bäumen hörte, drehte sie sich um. Eine Frau kam durchs Gebüsch auf sie zu. Kim erkannte sie zuerst nicht, doch als sie den Schatten der Bäume verließ, fiel Kim Nike um den Hals.

Sie küssten sich und sahen sich in die Augen. Ein weiterer Kuss. Und noch einer.

Als sie sich voneinander lösten, wurde es dunkel. Die Sonne ging unter und zwischen den Bäumen bewegte sich was. Es kroch in ihr Blickfeld. Es war eine Art Wurm. Er kam auf sie zu. Als ihm ein Baum im Weg war, fraß er diesen. Es ging so schnell, dass weder Kim noch Nike die Chance hatten zu reagieren. Der Wurm kroch weiter auf sie zu und Kim zog ihre Waffe. Sie hatte noch zwei Kugeln. Beide trafen ihr Ziel. Und beide blieben wirkungslos. Der Wurm ließ sich nicht aufhalten. Ein Tier lief dem Wurm über den Weg. Es war verschwunden, bevor Nike es richtig gesehen hatte.

„Lauf!", schrien Nike und Kim gleichzeitig.

Beide rannten los. Doch das Ding ließ sich nicht abschütteln. Es kroch ihnen ungehindert hinterher. Sie sprinteten durch den Wald, doch die Steigung nahm immer mehr zu und der Wurm holte auf. Nike trat einen großen Stein los. Er rollte den Hang hinunter und fiel einfach in sein Maul.

„Kein Feinschmecker!", rief Nike und rannte Kim hinterher, die weiter gelaufen war.

Sie ließen den Wald hinter sich und fanden sich auf einer Klippe wieder. Es ging tief nach unten. Und springen war kaum eine Option, da im Wasser Felsen waren. Sie drehten sich um und sahen, wie die letzten Bäume verschwanden und der Wurm hervorkroch. Er war gewachsen und er hatte diverse Fühler. Er schlug mit einem von ihnen nach Kim. Sie flog durch die Luft und landete unsanft auf dem Boden. Nike stach mit ihrem Messer nach einem der Fühler. Es ratschte an ihnen vorbei, ohne Wirkung zu zeigen. Er packte ein weiteres Tier und warf es in die Luft. Er öffnete sein Maul und verschlang es, ohne zu kauen.

Nike bekam ebenfalls einen Schlag ab und rollte über den Boden. Der Wurm versenkte einige seiner Fühler in einem Baum und warf ihn nach Nike. Selbige wich aus und ein Schlag mit einem der Fühler erwischte sie. Es blutete. Kim wurde erneut getroffen und flog nach hinten. Sie machte sich bereit, zu landen, doch die Klippe war zu Ende und Kim stürzte in die Tiefe. Nike schrie auf, während der Wurm sie packte und in die Luft warf.

Monster

Nike passierte das Maul des Wurms, das erstaunlich viele Zähne hatte und landete mit dem Dolch auf etwas weichem. Sie befand sich im Hals oder weiter unter. Der Wurm war riesig. Und sie musste so schnell wie möglich wieder rauf, denn sie sah, dass die Körper von einigen seiner letzten Opfer verschwunden waren. Sie rammte ihren Dolch in die Magenwand, was zu ihrem Erstaunen leichter war, als sie gedacht hatte. Sie ließ einen zweiten Dolch entstehen und erklomm die Magenwand. Sie merkte, dass der Wurm sich wand. Er war von innen äußerst verletzlich. Nike kletterte Magen und Hals hoch und sprang aus seinem Maul. Der Wurm war kleiner geworden. Er war jetzt kleiner als, als er aus dem Sand gekrochen kam. Sie nahm sich ihren Dolch aus blauer Energie und rammte ihn ihm in den Kopf. Die Augen des Wurms wurden trübe und er bewegte sich nicht mehr. Sie steckte ihren Dolch ein, lief zur Klippe, von der Kim gestürzt war und sprang kopfüber hinunter. Das Wasser war kalt, aber nicht unangenehm. Sie sah Kims Körper nicht im Wasser liegen. Sie sah ihn erst, als sie auftauchen musste, um Luft zu holen. Kims Körper lag am Strand. Sie bewegte sich nicht, doch als Nike zu ihr schwamm, stellte sie erleichtert fest, dass Kim atmete.

„Wie fühlst du dich?", fragte Nike.

Kim stöhnte. „Ich werde es überleben."

Nike hob Kim hoch und trug sie zum Auto. Sie reinigte Kims Schusswunde und entfernte die Kugel, die, zum Glück kein Organ beschädigt hatte.

Als Kims Wunden verbunden waren, gingen sie zur Stelle, an der Kim gestürzt war. Der Leichnam des Wurms war fort. An seiner Stelle waren zwei Löcher im Boden. Als Nike verstand, keuchte sie und setzte sich. „Diese scheiß Viecher. Ich habe es geschafft, das riesige Monster zu erlegen, und dann teilt sich das kack Vieh in zwei kleinere und verschwindet. Hoffentlich geht das nicht ewig so weiter."

Nike und Kim gingen zum Auto und stiegen ein. Sie fuhren in die nächste Stadt, um sich Vorräte zu beschaffen.

„Du hast dieses Monster erlegt?", fragte Kim.

„Ja, aber es hat sich in zwei geteilt und ist entkommen. Wir müssen davon ausgehen, dass wir so einem Wurm erneut begegnen werden."

Sie fuhren auf die Straße und in Richtung der nächsten Stadt. Kurz davor fuhren sie durch ein kleines Wäldchen. Sie hörten ein Knallen. Irgendwas war auf ihrem Auto gelandet. Nike hielt an und stieg aus. Auf ihrem Auto saß ein Wesen von der Größe eines Affen, nur dass dieses Wesen Reißzähne hatte und über sechs Arme verfügte. Es sprang auf Nike zu und schlug ihr eine seiner Fäuste unters Kinn. Kim zog eine Pistole und schoss auf das Wesen. Es kreischte und wirkte verärgert, war allem Anschein nach aber nicht verletzt. Nike fühlte, wie sich die blaue Energie in ihrer Hand sammelte. Es ging schwerer als, als es dunkler war. Ihre Klingen profitierten von der Dunkelheit. Das Wesen packte Kim mit vier seiner Arme, entwand ihr die Waffe und warf sie in den Wald. Nike stürzte sich auf dieses affenähnliche Wesen und schlug mit einem Dolch danach. Es sprang zur Seite und griff erneut an, diesmal wich Nike aus. Zwei weitere dieser Wesen kamen aus dem Wald, nahmen Nikes Pick-up jeweils an einem Ende und warfen ihn in dem Wald.

Nike hörte ein krachen, als der Pick-up auf dem Boden aufschlug. Jetzt drehten sich alle drei Wesen zu ihr. Nike ergriff die Flucht. Sie rannte in den Wald, in den Kim geworfen worden war. Sie sah sie. Kim stand wieder und schloss sich Nike an. Sie rannten an den Überresten ihres Pick-ups vorbei. Das Auto war zusammengequetscht, was eine Bergung von Gegenständen aus dem Auto unmöglich machte. Die sechsarmigen Affen kamen in den Wald gestürmt und Nike und Kim ergriffen die Flucht. Sie kletterten auf einen der umstehenden Bäume und warteten. Die Monster betraten den Bereich unter dem Baum. Sie schauten sich um, bemerkten sie aber nicht. Anscheinend verfügten diese Wesen weder über ein gutes Gehör, noch über eine feine Nase und verließen sich hauptsächlich auf ihre Augen.

Nike hoffte, dass die Wesen weggehen würden, doch sie holten Holz, machten ein Feuer und schlugen ein Lager auf. „Es ist indispensabel, von hier verschwinden, sobald sie schlafen", sagte Nike.

Kim stimmte zu, doch sie wussten nichts über die Wesen. „Hoffentlich schlafen sie überhaupt", sagte Nike. „Wenn nicht, müssen wir versuchen, hier zu verschwinden, ohne, dass sie schlafen."

Die Wesen legten sich zwei Stunden später hin und sahen so aus, als würden sie schlafen. Nike und Kim stiegen vom Baum und schlichen sich weg, doch als sie zehn Meter vom Lager entfernt waren, hörten sie ein Kreischen hinter sich. Kim drehte ihren Kopf. Eins der Wesen war aufgestanden und sah sich um. Es sah in ihre Richtung und quiekte. Seine

Genossen erhoben sich und setzten sich in Bewegung. Kim und Nike rannten, bis sich die Dunkelheit vor ihnen verdichtete. Sie kamen zum Stehen. Die Dunkelheit formte ein menschenähnliches Wesen, das auf sie herunterblickte. Hinter ihnen kreischten die sechsarmigen Affenviecher. Der Mann aus Dunkelheit hob den Kopf und ging auf die Affenwesen zu. Eins sprang ihn an und er packte seinen Hals. Er zerquetschte den Hals des Wesens und ließ es fallen. Er nahm die anderen Beiden an den Köpfen und schmetterte sie zusammen. Die Köpfe barsten und das dunkle Wesen ließ beide fallen. Die Gestalt drehte sich um. Nike und Kim wichen zurück. „Wisst ihr, warum sie euch angegriffen haben", fragte die Gestalt, mit einer tiefen Stimme, die nach Dunkelheit klang.

„Nein", sagte Kim verunsichert.

„Ich auch nicht", sagte die Gestalt, „aber diese Wesen sind eine Gefahr für alles. Den ganzen Planeten und mehr. Ihr müsst diese Monster aufhalten."

„Und wie?", fragte Nike belustigt.

„Du hast meine Gabe erhalten, die Dunkelheit zu Waffen zu formen", sagte die Gestalt. „Dir", sie zeigte auf Kim, „werde ich diese Gabe ebenfalls verleihen." Die Gestalt trat vor und legte eine Hand auf Kims Kopf. Er murmelte irgendwas Unverständliches und trat dann zurück. Kim keuchte und sackte in die Knie. Sie erhob sich wieder und ließ ein Schwert in ihrer Hand entstehen. Die Gestalt sprach weiter: „Mein Name ist Leviathan. Wie ihr eventuell schon gemerkt habt, ist es leichter, die Dunkelheit in eine greifbare Form zu bringen, wenn es dunkel ist. Haltet euch an mir fest."

Der Leviathan sprach: „Kriwotas." Alles um sie herum verschwand und sie fanden sich in einer Halle wieder. „Dies ist das Versteck des Ordens, den ihr mit mir gründen werdet", sagte der Mann. „Dieser Orden wird das Ziel haben, alle Monster und andere Gestalten, die hier nichts zu suchen haben, zu vernichten. Seid ihr dabei?"

Nike zögerte. Es schien ihr zu gefallen, doch sie war sich nicht sicher, ob sie einem Orden beitreten sollte, den ein Wesen der Finsternis mit ihnen gründen wollte.

„Ich bin dabei", sagte Kim. Der Leviathan nickte und gab ihr Anweisungen, was sie jetzt tun sollte. Sie musste sich in die Mitte eines Kreises stellen und die Arme auf einen Tisch legen, der dort stand. Der Kreis fing an zu leuchten und aus dem Nichts ertönte eine Stimme: „Bist du bereit dich dem Orden anzuschließen und den Planeten von Schädlingen zu bereinigen?"

„Ja", sagte Kim. „Ist dir bewusst, dass es sich um einen geheimen Orden handelt und du außerhalb dieses Ortes nicht über seine Existenz sprechen solltest, falls nicht nur Mitglieder des Ordens anwesend sind, weil du sonst auf schmerzhafte Weise sterben wirst?"

„Jetzt schon", sagte Kim.

„Dann ist dir gestattet, dem Orden beizutreten."

Auf Kim linkem Arm erschien ein Zeichen, das so aussah, als wäre es ein griechisches Delta, um das sich eine Schlange wickelte. Kim trat aus dem Kreis heraus und sah Nike an. „Ok", sagte diese, „ich bin ebenfalls dabei."

Der Prozess wiederholte sich. Der Leviathan lächelte und zeigte zwei Türen. „Das sind eure neuen Gemächer." Er zeigte ihnen die Waffenkammer und alles, was es sonst gab, wie einen Speisesaal, eine Küche und einen Raum, in dem man alles Mögliche trainieren konnte. Als sie wieder in die Halle kamen, in der sie angekommen waren, stand in der Mitte ein kleines Podest, auf dem ein großer dunkelblauer Stein lag. Er sah aus, als wäre er ein Vermögen wert, was er war. Der Leviathan zeigte ihnen einen Raum, in dem viele kleinere dieser Steine aufbewahrt wurden und erklärte, was man damit anzustellen vermochte: „In diesen Steinen lässt sich Kraft speichern. Ihr könnt sie einem Wesen aussaugen, seit ich euch diese Gabe verliehen habe und sie in einen solchen Stein übertragen. Dann vermögt ihr sie mit euch herumtragen, ohne, dass ihr von der Energie vernichtet werdet. Und solltet ihr Kraft in diesen kleinen Steinen gespeichert haben, müsst ihr sie irgendwann teilweise in den Stein, der in der Ankunft- und Zeremonienhalle steht übertragen, weil der eine größere Speicherkapazität hat."
„Wie viel Energie passt denn in die kleine Variante?", fragte Nike.

„Die Lebensenergie von hundert Menschen. In den großen passt locker die Energie von zehn Millionen."

„Und wie kommen wir hier wieder weg?", fragte Kim.

„Ihr stellt euch in diese Halle und sagt: „Exo"."

Sie standen Sekundenbruchteile später wieder im Wald. „Ihr müsst euch merken, wie ihr rein und raus kommt", sagte der Leviathan. „Sonst sitzt ihr drinnen oder draußen fest."

Dann verschwand er. Nike stellte sich hin. Sie fuhr mit der Hand über ihre Tätowierung und diese begann zu leuchten. Sie drückte darauf und sie stand in der Ankunftshalle des Verstecks. Sie rief: „Exo" und stand wieder im Wald.

„Lass uns ins Versteck gehen, schlafen und uns mit Waffen ausstatten, damit wir morgen fit sind und Jagd auf die Monster machen können", sagte Kim.

So machten sie es. Sie reisten ins Versteck und schliefen in ihren Betten ein.

Am nächsten Morgen wachte Nike auf, weckte Kim und wandelte mit ihr in die Waffenkammer. Dort gab es viele Waffen. Schwerter, Dolche, Speere, Bogen, Äxte und alles was man sonst so brauchte. Sie hatten in ihren Zimmern neue Kleidung gefunden, weshalb Nike jetzt eine schwarze Hose, einen schwarzen Pulli und Stiefel trug. Sie hatte eine Kapuze auf dem Kopf und ein Tuch über die untere Hälfte ihres Gesichts gezogen. Sie schob sich zwei Dolche in den Gürtel, hängte sich einen Köcher über die Schulter und nahm sich einen Bogen. Kim trug ähnliche Sachen, wählte aber nur einen Dolch und ein Schwert. Sie liefen zurück in die Halle und beförderten sich in den Wald. Sie gingen an die Stelle, an der sie im Auto von den sechsarmigen Monstern angegriffen wurden, doch von denen war keins zu sehen.

„Wir könnten zum Felsen gehen, wo sich die Würmer in die Erde gefressen haben und den Tunneln, die sie gegraben haben, folgen", sagte Kim.

„Ich glaube, dass sie die Tunnel wieder zuschütten, denn sonst wäre schon etwas eingestürzt", entgegnete Nike.

„Möglich."

Sie machten sich auf den Weg in die Stadt. Eine Minute später kam sie zurück. „Hier steht: „Familie von Aliens entführt". Das könnten doch welche von den Monstern sein."

Nike nickte. „Wo ist das passiert?"

„In der Nähe von Stockholm."

„Dann ab zum nächsten Bahnhof."

Sie fuhren mit dem Zug nach Stockholm und gingen dann zu Fuß weiter. Sie erreichten bald das Dorf, in dem der „Alien Angriff" stattfand. Nike stieg auf ein Dach und blickte sich um. Obwohl es früh am Nachmittag war, war in den Straßen kein Leben zu sehen. Sie ließ ihren Blick schweifen. Das hatte sie sich bestimmt nur eingebildet. Und doch saß auf einem Haus, nicht weit von dem entfernt, auf dem Nike stand ein Wesen. Es sah aus wie ein Mensch, doch es bewegte sich auf allen vieren.

„Kim, komm bitte hoch", sagte Nike. Als Kim neben ihr stand zeigte sie auf das Wesen. „Da, wir müssen da hin."

Sie schlichen sich über die Dächer, bis sie auf demselben Dach standen, wie das Wesen. Es bewegte sich und drehte sich zu ihnen. Es war kein Mensch. Es hatte ein fast plattes Gesicht, spitze Reißzähne und bewegte sich auf allen vieren. Es kam langsam auf sie zu. Als es etwa fünf Meter von ihnen entfernt war, sprang es auf sie zu und Kim warf sich zur Seite, damit es sie nicht vom Dach beförderte. Das Wesen flog an ihr vorbei und Kim trat ihm in den Rücken. Es fiel vom Dach und landete auf der Straße. Es fauchte und kam wieder auf die Füße. Kim hatte erwartet, dass das Wesen sich verletzte oder sogar starb, aber es drehte sich nur ein bisschen und sprang. Es flog die acht Meter zum Dach des Hauses hoch, landete auf dem Dach, fauchte und schlug mit seinen Krallen nach Kim. Nike schoss einen Pfeil auf das Wesen, welches aber ohne Probleme auswich. Kim zog ihr Schwert und ging auf das Wesen los, doch es parierte ihren Hieb mit einer Hand und schlug mit der anderen zu. Es traf mit seinen Krallen Kims linken Arm und diese schrie auf. Nike griff es an, hieb auf es ein, stach zu und wich aus, doch das Wesen war schnell. Nike traf kein einziges Mal. Sie steckte ihre Dolche ein. Sie sammelte ihre Energie in ihrer Hand und schoss einen blauen Blitz auf das Monster. Sie erwartete, dass es ausweichen und sie angreifen würde, doch der Blitz war zu schnell. Er traf das Monster in die Brust, welches zuckte, dann erstarrte und rückwärts vom Dach geschleudert wurde. Es klatschte auf dem Boden auf und bewegte sich nicht mehr. Sie stieg vom Dach und zog den Stein, den sie aus dem Versteck mitgenommen hatte aus der Tasche. Sie berührte mit einer Hand das Monster und mit der anderen den Stein. Sie zog die Energie aus dem reglosen Körper, der den Sturz aber überlebt hatte. Sie übertrug die Energie auf den Stein und das Monster zerfiel.

„Das waren die Aliens, die diese Familie entführt haben. Ich glaube eher, dass die Wesen sich wie Vampire vermehren und die Bewohner der ganzen Stadt jetzt dieser Spezies angehören oder die Menschen hier getötet wurden." Sie hörten ein Kreischen von irgendwoher. Nike kletterte aufs Dach, gerade rechtzeitig, um zu sehen, wie sechs weitere dieser Wesen auf der Straße erschienen. Die Wesen schnüffelten, drehten ihre Köpfe nach oben und sahen, wie Nike und Kim auf dem Dach standen. Sie sprangen alle gleichzeitig nach oben und Nike griff nach dem Stein. Die Monster landeten auf dem Dach und kamen auf sie zu. Nike leitete Kraft vom Stein und sonst aus ihrem Körper in ihr rechtes Bein und als das erste Wesen nah genug war, trat sie ihm so fest an den Kopf, dass sein Schädel brach und es einen Salto rückwärts schlug. Die anderen sahen, wie ihr Kamerad starb, und fauchten wütend. Eins der Wesen sprang auf sie zu und schlug nach ihrem Kopf. Nike wich knapp aus. Sie ergriff die Handgelenke des Wesens und saugte ihm seine Energie aus. Es blieb als leere Hülle liegen. Die anderen vier griffen Nike im Team an und schlugen nach ihr, versuchten sie zu beißen und fauchten dabei entsetzlich. Auf Kim achtete niemand, bis der Kopf eines Monsters zu Boden fiel, abgetrennt von Kims Schwert. Eins griff Kim an und die anderen beiden versuchten immer noch, Nike zu töten. Kim parierte mit ihrem Schwert die Schläge des Wesens und schlug zu, wenn sie konnte. Das Wesen sprang von der einen Seite auf die andere und griff schnell an. Kim gelang es, sich zu verteidigen, doch es war klar, dass das Wesen, mit jeder Sekunde, die verstrich, bessere Chancen hatte. Kim hielt ihr Schwert in der rechten Hand und versuchte ihren verletzten linken Arm so nah an ihrem

Körper zu lassen, wie möglich. Nike trat eins der Wesen vom Rand des Daches und warf das andere ein paar Meter von sich weg. Sie zog ihren Bogen, legte einen Pfeil ein und ließ die Sehne los, als das Wesen erneut angriff. Er durchbohrte seinen Kopf und Nike zog die letzten Energiereste aus seinem Körper. Das vom Dach gefallene Wesen kam auf sie zu und schlug ihr den Bogen aus der Hand. Sie packte es an den Armen und lies es über ihren Kopf segeln. Dann drehte sie sich um und donnerte ihm ihre Faust unters Kinn. Es ignorierte den Schlag und stürzte sich auf sie, doch sie schlug seine Arme beiseite und packte das Wesen am Hals. Sie zog die Energie aus seinem Körper und warf die Hülle vom Dach. Kim war im Kampf weiter verletzt worden, hatte dem Monster aber auch einige Wunden zugefügt. Nike warf einen ihrer Dolche, der dem Wesen über den Rücken fuhr. Es drehte den Kopf in ihre Richtung und fauchte. Kim nutzte diese zwei Sekunden. Der Kopf des Monsters fiel zu Boden und Kim saugte die letzten Energiereste aus dem sterbenden Körper. Sie hatten beide überlebt, doch Kim war verwundet. Sie mussten aber herausfinden, ob mehr der Wesen in der Nähe waren.

Sie gingen nach unten und sahen sofort, von wo die Viecher gekommen waren. In einer Wand war ein großes Loch, das nach Fäulnis roch.

„Wie viele sind da wohl drin?", fragte Kim.

„Wenn wir Pech haben, sind da ein paar tausend drin und wenn wir Glück haben keins. Wir müssen da rein, doch erst müssen wir uns um deine Wunde kümmern."

Kim ging ein paar Schritte und sagte: „Geh du rein und sieh nach, ob da noch welche drin sind. Ich kehre zum Versteck zurück und kümmere mich um meine Wunden."

Nike fand den Plan nicht gut, doch ihr fiel nicht Besseres ein, deshalb stimmte sie zu.

„Wenn ich bis in sechs Stunden nicht wieder im Versteck bin, musst du davon ausgehen, dass ich in diesem Loch das Zeitliche gesegnet habe."

Kim kam auf sie zu und Nike umarmte sie. Sie küssten sich. Vielleicht zum letzten Mal. Sie lösten sich voneinander und Kim sagte: „Kriwotas."

Sie verschwand und Nike war allein. Sie nutzte die Energie, die sie in ihrem Stein gespeichert hatte, um Dunkelheit um sich zu sammeln, damit sie nicht gesehen wurde. Sie ging zum Loch und rutschte aus. Sie rutschte ins dunkle Loch hinein. Als sie stehen blieb, war sie in einem feuchten, dunklen Loch voller Leichenreste, Schimmel und Gestank. Sie hatte Pech. Überall hockten diese Wesen. Es mussten tausende sein, wenn nicht sogar Zehntausende. Sie fluchte lautlos. Sie bewegte sich ein paar Meter durchs Loch. Von hinten kam plötzlich eins der Wesen und rannte sie um. Ihre Schatten versagten und sie lag für alle sichtbar da. Die Umstehenden kreischten. Sie fielen sie an und ihr wurde schwarz vor Augen.

Als sie wieder bei Bewusstsein war, lag sie gefesselt auf einem Altar oder etwas Ähnlichem. Über ihr stand eins dieser Wesen, hielt seine Krallen schlagbereit über ihrem Kopf und kreischte und brüllte. Offenbar hielt er eine Rede, bevor er sie tötete. Sie schaffte es, ihren rechten Arm aus den Fesseln zu ziehen und die restlichen zu durchtrennen. Sie beschwor eine Klinge, als es sich so anhörte, als ob der Redner seine Rede beendete und stach sie ihm in den Hals. Das Wesen fiel in die Scharen seiner Artgenossen, die anfingen aggressiv zu kreischen. Sie murmelte: „Kriwotas." Nichts passierte. Offenbar vermochte sie diesem Ort nur auf einem Weg entkommen. Sie sammelte etwas Energie in ihrer Hand und warf sie in die Menge, die vor dem Ausgang stand. Die Energie explodierte und zwei duzend der Wesen wurden zur Seite geschleudert. Zwei starben durch die Explosion. Nike sprang vom Altar und rannte. Sie konnte sich nicht mit klettern aufhalten, deshalb drückte sie die Luft so, dass sie nach oben geschleudert wurde. Sie flog aus dem Loch und warf Energie hinein, sodass der Weg versperrt wurde.

„Das wird sie nicht ewig aufhalten", dachte Nike und rief: „Kriwotas."

Sie landete in der Halle und stolperte vorwärts. Kim saß an einem Tisch und blickte auf, als Nike erschien.

„Du hast es überlebt. Waren viele da drin?", fragte Kim. „Mehrere Tausend."

Kim fluchte.

„Wir müssen sie aufhalten."

„Irgendwelche Ideen?", fragte Kim. „Diese Viecher haben sich ja schon zu wenigen fast nicht aufhalten lassen."

Nike lächelte. „Wir müssen herausfinden, ob sie immun gegen Schusswaffen sind."

Unglaublich viel Gemetzel

Nike verschwand und stand kurz darauf mit einer Pistole wieder da, außerdem hatte sie eine Tasche dabei.

„Das ist eine Walther P99, wenn die sich damit ausschalten lassen, haben wir Glück."

„Und was hast du in der Tasche", fragte Kim.

Nike holte etwas Größeres raus. „Das hier ist ein M16 Sturmgewehr. Wenn sie nicht gegen Schusswaffen immun sind, das aber aushalten, sind sie schon widerstandsfähig."

Nike holte einen zweiten Gegenstand aus ihrer Tasche. „Das hier ist ein Dragunow-Scharfschützengewehr oder SWD, wenn sie das nicht umhaut, werden sie gegen Schusswaffen immun sein. Wenn sie aber nicht immun sind, werden wir uns einen Kampfhelikopter beschaffen und diese Viecher vernichten. Es sind einfach zu viele, um sie alle mit Einzelschusswaffen oder Nahkampfwaffen auszuschalten."

Kim nickte. Nike hatte recht. Sie verließen das Versteck und Nike positionierte das Scharfschützengewehr auf einem Dach. Kim erlegte einige Hasen und legte sie vor das Loch in der Wand, sodass die Monster rauskommen mussten, um sich alle Hasen zu holen.

Sie warteten nicht lange, bis die ersten Monster ans Tageslicht kamen. Kim lud die P99 und feuerte sechs Schüsse auf den Kopf des ersten Monsters. Es fuhr herum und fauchte, schien aber nicht verletzt worden zu sein. Sie sprach in ihr Funkgerät: „Negativ."

Nike gab keine Antwort, doch Kim wusste, dass sie sie gehört hatte. Sie steckte die Waffe weg und nahm das M16 in die Hand. Sie hatte es schon geladen, damit sie sich nicht unnötig aufhalten musste. Sie feuerte eine Salve auf eins der Monster, die sich über die Hasen hermachten. Es wirbelte herum und kam auf Kim zu. Es sprang die letzten Meter und schlug im Sprung zu. Kim konnte knapp ausweichen. Die Krallen kratzten mit einem ekelerregenden Geräusch die Wand entlang. Kim donnerte seinen Kopf in die Wand und trat ihm unters Kinn. Das Monster taumelte zurück, doch es sprang sie erneut an. Sie packte es am Hals und schleuderte es von sich. Das Monster fauchte und bewegte sich langsam auf sie zu. Kim zog ihren Dolch und das Monster sprang erneut auf sie zu. Sie erwartete, dass es sich auf ihrem Dolch aufspießte, doch es entging ihm und klammerte sich an sie. Sie drückte es gegen die Wand und donnerte ihm ihren Ellbogen ins Gesicht. Sie hörte einen Schuss und das Monster fiel von ihrem Rücken. Es taumelte davon und schien sich nicht orientieren zu können geschweige denn, dass es angreifen konnte. Ein weiterer Schuss ertönte und das Monster fiel auf den Boden. Es hatte ein Loch im Kopf, aus dem eine blaue Flüssigkeit lief, offenbar das Blut des Wesens. Kim trat an es heran und durchbohrte seinen Kopf mit ihrem Schwert. Sie trennte den Kopf zur Sicherheit ab und warf ihn weg.

Sie kehrte zu Nike zurück und sie machten sich auf den Weg zum nächsten geheimen Militärstützpunkt, der einen Kampfhubschrauber beherbergte. Sie schlenderten auf den Vordereingang zu und betraten den Ort wie zivilisierte Menschen. Als ein Wachmann sie aufhalten wollte und er sich selbst nach einer überzeugenden Argumentation, seitens der beiden Frauen, nicht dazu bereit erklärte ihnen den Heli zu überlassen, packte Nike seinen Hals mit der Rechten und verdrehte seinen Kopf. Als ein Knacken zu hören war, zog Nike die letzten Energiereste aus dem sterbenden Körper und sie gingen zum Heli. Nike setzte sich auf den Sitz des Piloten und Kim übernahm den Kopiloten sitz. Es kamen zwei Menschen angerannt, als Nike den Heli in die Luft befördert hatte, doch sie konnten nichts tun, als zuzusehen, wie der Heli davonflog.

Sie kamen wieder in die verlassene Stadt und Kim aktivierte die Waffen. Jetzt saßen auf einigen Dächern Monster. „Wachposten", sagte Nike. Sie steuerte den Heli auf eine Ansammlung der Wachen zu und betätigte das Maschinengewehr. Die Körper, der Monster, wurden zerfetzt. Kim schoss zwei Raketen auf den Bau der Wesen ab. Es gab einen Knall, als sie explodierten. Es bildeten sich Risse im Boden und auch das Haus war ihnen übersäht. Es brach mit einem lauten Rumpeln und Dröhnen zusammen und begrub den Bau unter Tonnen an Schutt.

„Die sind wir los", sagte Kim.

Nike sah aus dem Fenster und schüttelte den Kopf. Aus dem Trümmerhaufen hatten sich einige Wesen befreit und warfen mit riesigen Steinen auf den Hubschrauber. Nike entging den meisten, doch einer traf sie voll an der Seite. Der Heli sank. Nike landete auf einem Gebäude. Es hatte ein großes Dach, sodass der Heli nicht runterfiel und sie auszusteigen vermochten. Sie hörten ein lautes, vielstimmiges Kreischen und das Gebäude wurde von hunderten der Monster erklommen. Nike stand auf der einen Seite des Helikopters und Kim auf der anderen. Sie zogen ihr Waffen, als die ersten Monster über die Dachkante kletterten. Es war dunkel geworden, sodass sie, vom Gebäude aus, die Straße nicht mehr sehen konnten. Eins der Monster sprang auf Nike zu und sie beförderte es mit einem kräftigen tritt zurück in die Dunkelheit. Weitere griffen sie an. Sie packte eins, zog die Kraft aus seinem Körper und warf es dann in ein anderes, welches daraufhin vom Dach fiel. Kim schlug einem der Wesen mit ihrem Schwert den Kopf ab und ließ ein, was ihr zu nah gekommen war mit einem Tritt vom Dach segeln. Drei sprangen synchron auf sie zu und Nike warf eine Welle aus purer Kraft in sie hinein. Alle verschwanden wieder in der Dunkelheit. Sie hatten jetzt insgesamt schon zweihundert von ihnen erledigt, doch es kamen immer mehr. „Nur noch ein paar tausend", rief Nike Kim zu und schoss einem der Monster in den Kopf, bevor es Kim von hinten anfallen konnte. Bisher hielten sie sich gut, doch sie würden nicht gewinnen können. Zwei der Wesen sprangen auf Nike zu, doch diese zog ihre Dolche und stach beide im Sprung ab. Sie trat ein weiteres vom Dach, doch die Anstrengung machte sich bemerkbar. Sie wichen zum Heli zurück und Kim stellte sich ins Cockpit. Nike sammelte Energie und warf sie auf den Boden. Die Druckwelle breitete sich aus und beförderte mindestens fünfzig Monster in die Dunkelheit. „Wenn sie sterben würden, wenn man sie vom Dach wirft, hätten wir schon gewonnen", rief Kim.

Außer, dass die beiden Frauen nicht mehr im Vollbesitz ihrer Kräfte waren, ließ sich kein Unterschied zum Anfang erkennen. „Schaffst du es, diese Wesen für einen Moment allein davon abzuhalten, das Dach zu stürmen?", fragte Nike.

„Muss ich wohl", antwortete Kim und Nike setzte sich auf den Pilotensitz des Helis. Sie startete den Motor und hob einige Zentimeter vom Boden ab. Kim sprang in den Heli und Nike flog den Heli weiter nach oben. Das Dach war jetzt vollkommen von Monstern bedeckt. Die Seitenwände des Gebäudes waren ebenfalls nicht zu erkennen, da sich so viele Monster am Aufstieg versuchten. Eins sprang vom Dach nach oben und erwischte den Helikopter. Kim trat es nach draußen, doch weitere folgten dem Beispiel, bevor Nike den Heli hochziehen konnte. Sie sanken. Das hinderte Kim aber nicht daran jedes Monster, das in ihre Reichweite kam, in die Nacht hinaus zu befördern und Nike hinderte es nicht daran die Waffen zu aktivieren. Das Maschinengewehr des Helikopters vernichtete Monster um Monster, doch es waren so viele, dass sie nach zwei Minuten immer noch nicht außer Gefahr waren. Einige Monster griffen wieder zu Steinbrocken und der Helikopter sank.

Nike versuchte ihn hochzuziehen, doch es war schnell klar, dass sie den Heli nicht mehr retten konnte. Sie sahen etwa tausend Monster in den Straßen und auf den Dächern. Nike sprang, als der Heli ein Dach passierte und Kim folgte ihr. Die Raketen, die sie vor ihrem Sprung aktiviert hatte, flogen auf eine große Gruppe Monster zu und vernichteten sie. Die, die noch lebten, waren jetzt auf sie fokussiert. Nike stand auf einem Dach, Kim auf einem anderen. Die Monster hatten sie schnell umzingelt. Ein Auto hielt unten auf der Straße und zwei Menschen stiegen aus. Zwei der Monster sprangen den Neuankömmlingen an den Hals. Die Menschen schrien, doch die Monster rissen ihnen die Kehlen heraus und das Schreien verstummte. Nike sah, wie die Monster die Menschen fraßen. Innerhalb weniger Sekunden war nichts mehr von ihnen übrig, als ein Haufen Knochen. Nike zog drei Pfeile aus ihrem Köcher und schoss. Die Pfeile durchbohrten die Köpfe der ersten Reihe und wurden von den dahinterstehenden Monstern aufgehalten. Sie schoss einen Blitz auf eins der Monster ab und es zerfiel zu Staub. Nike wirbelte mit ihren Dolchen in der Hand im Kreis herum, schlitzte Monster auf, parierte Krallen und trat Monster vom Dach, wenn es nötig war.

Das Dach leerte sich, sie sprang auf das letzte Monster zu und stach ihm ihre Dolche in den Hals. Sie zog sie wieder raus und trat den Körper vom Dach. Sie brach zusammen. Sie konnte sich nicht mehr rühren. Sie war zu erschöpft.

Von oben fiel etwas aufs Dach. Zehn der Wesen landeten und griffen als Gruppe an. Nike vermochte sich nicht zu rühren und akzeptierte ihren Tod. Eine Welle aus Kraft traf die Wesen und schickte neun der zehn vom Dach. Sie stürzten unter Kreischen ab. Das zehnte wurden von einem Schwert gestoppt, dass seinem Hals durchtrennte. Kim steckte es weg und vergewisserte sich, dass das letzte der Monster tot war. Sie hob Nike auf und kurz darauf standen sie in der Halle ihres Verstecks. Kim legte Nike ins Bett und sorgte dafür, dass sie etwas zu essen bekam.

Wunden Lecken

Nike erwachte, blieb aber im Bett liegen. Sie befand sich in ihrem Zimmer im Versteck dieses Geheimordens, den sie mitgegründet hatte. Sie war immer noch fertig vom Kampf, der vor ein paar Stunden zu Ende gegangen war. Sie sah, dass auf ihrem Nachttisch ein Frühstück stand. Kim hatte für sie gesorgt. Nachdem sie gefrühstückt hatte, stand sie auf und schritt in die Halle, wo sie Kim antraf. Sie saß einem Mann gegenüber und redete mit ihm. Nike fühlte sich nicht wohl dabei, die beiden zu beobachten. Aber wer war dieser Mann? Hatte Kim etwa einen Verehrer? Oder noch schlimmer: Einen Freund, beziehungsweise Ehemann? Nike sah, wie die beiden aufstanden und sich die Hand gaben. Das sah eher nach einer Art Geschäftspartner auf, als nach einem Liebhaber. Nike atmete erleichtert auf und ging zu den beiden hinüber.

„Wer ist das und was macht ihr hier?", fragte Nike.

„Er wollte unserem Orden beitreten", sagte Kim. „Er heißt Paul Denechoedea."

„Nike", sagte Nike zu Paul.

Er nickte ihr zu. Kim führte ihn zum Kreis und erstellte sich hinein. Er befolgte ihre Anweisungen und der Kreis hörte wieder auf zu leuchten. Paul trat heraus. Kim führte ihn herum. Nike wies ihm ein Zimmer zu und er verschwand darin. Er nahm die Waffen, die er ihn der Waffenkammer gewählt hatte mit und verschwand für die nächsten zwei Stunden.

Nike übertrug die Energie, die sie in den letzten Tagen in ihrem Stein gespeichert hatte, zu siebzig Prozent auf den großen, der auf dem Podest in der Halle lag. Als Paul wieder auftauchte, informierte Nike ihn darüber, dass, wenn er irgendwem vom Orden erzählte, einen grausamen und schmerzhaften Tod erleiden würde und alle, die seine Worte hörten ebenfalls. Paul nickte etwas verunsichert. „Sind dir in letzter Zeit Meldungen über irgendwelche Monster oder Außerirdischen zu Ohren gekommen?", fragte Nike.

„Nein", antwortete Paul. „Gut, sonst müssten wir dorthin, wo sie aktiv sind und sie alle töten."

„Warum", fragte Paul.

Kim antwortete für Nike: „Weil es dann mit ziemlicher Sicherheit Monster sind und diese das Bedürfnis haben zu töten."

Paul ging davon und verschwand in einem Gang, der hauptsächlich Räume zum Trainieren enthielt. Nike stellte sich hin und sagte: „Ich gehe in die nächste Stadt, du bleibst hier und passt auf, dass Paul keine Probleme macht. Okay?" Nike wartete Kim Antwort aber nicht ab. Sie tippte auf ihre Tätowierung und verschwand. Sie ging durch die Straßen der, jetzt leeren, Stadt und suchte das Auto, mit dem die beiden Menschen angekommen waren, die von den Monstern verschlungen wurden. Sie fand es, stieg ein und fuhr in die nächste Stadt. Dort angekommen betrat sie einen Laden. Sie hasste es zwar, Klamotten zu kaufen, doch sie brauchte etwas zum Anziehen, seit die Kleidungsstücke in ihrem Besitz zum Teil nur noch Fetzen waren. Das hatte mit ihren letzten Kämpfen zu tun. Sie nahm sich etwas, das ihr gefiel, ging zur Umkleide, marschierte an der Schlange vorbei und betrat die Umkleide, ohne zu warten, dass sich eine Tür öffnete. Sie saugte dem Mann, der sich darin befand, die Energie aus, probierte die Sachen an, sie passten, und ging hinaus, ohne einen Abstecher an der Kasse zu machen. Sie war wieder draußen und blickte auf ihre Uhr. Es waren sieben Minuten vergangen, seit sie den Laden betreten hatte. Sie setzte sich ins Auto und dachte an die Menschen, die sie im Laufe ihres Lebens getötet hatte. Es waren bisher nur Erwachsene gewesen, weil sie es nicht für nötig befunden hatte ein Kind zu ermorden. Sie dachte daran, wer die Menschen gewesen waren und daran wie egal es ihr war, dass sie sie in den Tod geschickt hatte. Sie kümmerte nicht einer dieser Morde und sie bereute auch keinen. Warum auch? Sie konnte es eh nicht ändern. Wenn sie Schuldgefühle wegen dieser Morde gehabt hätte, wäre ihr restliches Leben zur Hölle geworden, da sie sich immer nur fragen würde, warum sie die Menschen getötet hatte oder wie es sich hätte verhindern lassen. Sie parkte aus und fuhr los. Sie stellte das Auto ein paar Straßen weiter wieder ab und setzte ihren Weg zu Fuß fort. Sie ging durch leere Nebenstraßen und wurde plötzlich in eine dunkle Gasse, mitten in einem leeren Viertel, gezogen. Der Mann, der sie in die Gasse gezogen hatte, schob sie weiter in den hinteren Bereich der Gasse. Es war eine Sackgasse und so hatte Nike bald eine Wand im Rücken. Der Mann kam auf sie zu und wollte nach ihr greifen, doch sie schlug seine Hand zur Seite, drehte ihm den Arm auf den Rücken und knallte seinen Kopf gegen die Wand. Er taumelte von der Mauer weg. Nike packte ihn am Hals und hob ihn hoch, sodass seine Füße ein paar Zentimeter vom Boden entfernt waren.

„Was sollte das?", fragte Nike.

„Ich war in dieser Gasse und sie kamen vorbei. Da dachte ich mir: So eine Chance bekommt man nicht alle Tage."

„Du hattest also vor mich zu vergewaltigen?"

„Ähm… Leugnen nützt wohl nichts."

„Wehe, du lügst mich an", zischte Nike. Sie verstärkte den griff um seinen Hals.

„Na gut, ich gebe es zu. Das ist mein Plan gewesen."

Nike packte ihn und warf ihn herum. Er knallte auf den Boden und stöhnte. „Bitte, hab Gnade. Ich habe eine Familie."

„Ja und?", fragte Nike. „Deine Familie interessiert mich genauso wenig, wie dein erbärmliches Leben. Sie sollten sich freuen, dass ich dir endlich zeige, dass sich sowas nicht gehört." Sie drückte seinen Kopf mit der linken Hand auf den Boden und übte mit der rechten Hand Druck auf seinen Kopf aus. Sie nahm einen Stein und schlug ihm damit so fest auf den Kopf, dass ein Knacken ertönte. Sie hatte soeben jemandem den Schädel zerschmettert.

Sie ließ den Leichnam liegen und ging durch ein paar weitere Straßen, bis sie einen Tätowierer entdeckte.

„Ich wollte mir doch schon vor Wochen einen Drachen auf den linken Oberarm tätowieren lassen", dachte sie und betrat das Tattoo-Studio. Sie hatte zufällig eine Zeichnung dabei, die sie vor ein paar Wochen angefertigt hatte. Darauf war ein kunstvoll gezeichneter Drache zu sehen. Als alles fertig war verließ sie das Tattoostudio wieder, suchte eine leere Gasse und ging zurück ins Versteck des Ordens. Es war Mitte August und warm. Unter der Erde war es zu Glück nicht so schlimm. Nike dachte daran, dass sie in sechs Tagen, am sechsundzwanzigsten August 2019, zwanzig werden würde und fragte sich, ob Kim ihr etwas zu Geburtstag schenken würde. Sie hatte ihr, kurz nachdem sie sich kennengelernt hatten, gesagt, wann sie geboren worden war. Sie ging in ihr Zimmer und legte sich auf ihr Bett. In drei Tagen könnte sie den Verband, der jetzt noch ihr Tattoo bedeckte, abnehmen. Bis dahin durfte sie auch keinen Sport treiben, was sie nicht freute. Sie ging in die Halle und dachte an ihr Wohnzimmer in ihrem Haus. Sie murmelte: „Exo" und stand einen Moment später in ihrem Haus. Sie ging nach oben und nahm sich eine ihrer akustischen Gitarren. Sie sagte: „Kriwotas" und stand wieder in der Halle. Sie ging in ihr Zimmer und fing an Gitarre zu spielen.

Sie wusste nicht, wie viel Zeit vergangen war, als Kim klopfte und hereinkam. „Wo hast du die Gitarre her?", fragte Kim. „Ich war bei mir Zuhause und habe eine meiner Gitarren mitgenommen."
„Aber wir sind doch weit weg von deinem Haus."
„Wir können kontrollieren, wo wir rauskommen, wenn wir diesen Ort verlassen."
Kim war verblüfft. „Wie geht das", fragte sie.
„Komm, ich zeige es dir", sagte Nike, legte ihre Gitarre weg und ging mit Kim in die Halle. „Du stellst dir den Ort vor, an den du möchtest und sagst dann, was du sagen musst, um hier raus zu kommen. Du kannst es versuchen. Stell dir mein Wohnzimmer vor und sag „Exo"."

Kim folgte den Anweisungen und fand sich kurz darauf in Nikes Wohnzimmer wieder. Sie reiste wieder zurück und stand in einer leeren Halle. Nike war wieder in ihrem Zimmer verschwunden. Paul erschien in der Halle und er war nicht allein. Es waren ein Mann und eine Frau bei ihm.

„Warum sind sie hier", fragte Kim und zeigte auf die beiden Fremden. „Ihre Stadt wird von irgendwelchen riesigen Monstern zerstört und ich habe sie hergebracht, um sie zu schützen." Kim schwieg kurz, doch dann antwortete sie: „Dir ist aber schon bewusst, dass sie sich jetzt dem Orden anschließen müssen, weil sie sonst sterben müssen, oder?"

„Ja, das war mir bewusst."

Kim wandte sich an die beiden Fremden. „War euch das auch bewusst?", fragte Kim.

Die beiden schüttelten den Kopf. „Seid ihr denn bereit euch dem Orden anzuschließen?", fragte Kim an die Fremden gewandt.

„Was ist das für ein Orden", fragte der Mann.

„Der Orden der Schatten macht Jagd auf alles, was diesem Planeten oder seinen Bewohnern schadet. Hauptsächlich zumindest."

„Hauptsächlich?", fragte die Frau.

„Nun, es gibt Dinge, die wir tun, die nicht nur im Interesse des Planeten und seiner Bewohner sind."

Der Frau überlegte kurz. „Das heißt, ihr arbeitet quasi für die Menschen."

Kim schüttelte den Kopf und Paul antwortete für sie: „Die Menschen sind nicht die einzigen Bewohner dieses Planeten, deshalb arbeiten wir nicht nur für die Menschen. Und da es sehr viele Menschen gibt und von den verschiedenen anderen Erdenbewohnern meistens nicht so viele, hat es oft Priorität diese zu schützen."

„Da mache ich nicht mit", sagte die Frau, bevor sie von Kim am Hals gepackt wurde und man eine Klinge aus ihrem Hals ragen sehen konnte. Der Mann war nicht so widerspenstig und erklärte sich bereit dem Orden beizutreten. Er bekam ein Zimmer zugewiesen und Kim kümmerte sich um die Leiche. Nike kam aus ihrem Zimmer und Paul informierte sie darüber, dass es ein neues Mitglied gab. „Er heißt Gerd Güntinger."

Nike nickte und machte sich auf den Weg in die Küche, um etwas essbares zu fabrizieren. Als sie fertig war, ging sie kurz ins Büro und drückte ein paar Knöpfe. Danach sagte sie in ein Mikrofon, welches im Büro auf dem Schreibtisch stand: „Es gibt essen. Wer in fünf Minuten nicht am Tisch sitzt, muss leider verhungern." Sie ging zurück und aß zusammen mit den anderen. Danach ging sie in ihr Zimmer und entfernte den Verband, der um ihren linken Oberarm und schritt mit einem gut sichtbaren Tattoo zurück in die Halle. Sie rief Paul zu sich und informierte alle, dass sie in die Stadt gehen würden, die angegriffen worden war, um dafür zu sorgen, dass die Monster nicht für mehr Schaden sorgten, als sie das schon getan hatten. Nike und Paul nahmen ihre Waffen. Er berührte sich kurz an der Schulter und sagte: „Exo."

Sie standen auf einem Dach in einer Stadt. Sie sahen brennende Gebäude und fünf riesige Wesen, die sich mit Keulen bewaffnet durch die Stadt bewegten und eine Spur der Verwüstung hinter sich herzogen. Sie sahen wie Riesen aus und das waren sie auch. Nike nahm ihren Bogen vom Rücken und Paul zog ein Schwert. Sie bewegten sich über die Dächer auf die Riesen zu und wurden fast vom Dach geworfen, als ein kleineres Wesen nach ihnen schlug. Es sah wie einer der Riesen aus, doch es war kleiner. Sein Kopf hatte eine Höhe von circa zwei Metern. Babyriesen? Nike schoss dem Wesen in den Bauch und trat ihm an den Kopf, als es sich krümmte. Es fiel vom Dach und klatschte auf den Boden. Das Haus erbebte und Paul sah nach unten. Einer der Riesen versuchte, mit seinen Händen, das Haus umzuwerfen. Paul sprang auf seinen Kopf, doch der Riese schlug mit einer Hand nach ihm und Paul verschwand hinter einem Haus. Nike hörte weder, dass er schrie, noch dass er aufprallte. Sie schoss dem Riesen zwei Pfeile in den Kopf und sprang ihm ebenfalls auf den Kopf. Er ließ vom Haus ab und schlug nach ihr. Sie konnte ausweichen, da er sie nicht sehen konnte. Sie zog ihre Dolche und stach ihm beide in den Kopf. Er brüllte und schlug mit einer gegen die Hauswand. Sie brach unter lautem tosen zusammen. Er schlug mit seiner anderen Hand nach ihr und erwischte sie. Sie sah Häuser unter sich vorbeiziehen und sah auch, dass sie bald landen würde. Sie nutzte die Energie aus ihrem Stein, um ihren Stutz abzubremsen, und landete mit einer Rolle auf einem großen Flachdach. Neben dem Haus stand ein Riese. Er stand da und schien etwas zu beobachten. Sie legte ihm eine Hand auf den Kopf und begann ihm Energie abzusaugen. Sie übertrug die Energie in ihren Stein und er fing an, von innen zu leuchten. Sie hatte das nie gesehen, wusste aber, was es bedeutete. Die Kapazität des Steins neigte sich dem Ende. Er war voll und wenn sie mehr Energie in den Stein übertrug, würde er bersten und alles im Umkreis von zehn Metern ausradieren. Sie hörte auf, dem Riesen Energie abzuziehen, und der Riese bewegte sich. Er schlug mit einer Faust gegen die Mauer des Gebäudes, auf dem Nike stand und sie sah schon vor sich, wie es einstürzte und sie in den Trümmern starb, doch der Riese brüllte schmerzerfüllt und zog seine Hand zurück. Sie hatte ihn nicht getötet, doch sie hatte ihn geschwächt. Er richtete sich auf und sie konnte ihm ins Gesicht sehen. Er war zwar nicht so stark wie am Anfang, doch seine Kraft reichte locker aus, um sie zu zerquetschen. Sie musste die Energie aus ihrem Stein nutzen. Sie spannte ihren Bogen, doch der Riese schlug in ihr aus der Hand und er verschwand zwischen den Häusern. Sie griff mit ihrer linken Hand in ihre Tasche und holte den Stein heraus. Sie sammelte Kraft in ihrer Hand und schlug zu, als sie wusste, dass, wenn sie mehr Kraft in sich aufnahm, ihre Atome geschreddert werden würden. Ihre Faust traf den Riesen auf die Nase und er taumelte zurück. Er fiel auf den Boden und rührte sich nicht mehr. Sie ging zu seinem Körper und stellte sofort fest, dass er noch atmete. Sie legte eine Hand auf seinen Rücken und saugte die Energie aus seinem Körper. Als der Riese zerfiel, fing ihr Stein wieder an zu leuchten. „Riesen müssen verdammt viel Energie in ihrem Körper haben", dachte sie, bevor sie auf den Boden fiel. Sie wurde hochgerissen und gegen eine Wand geworfen. Einer der Babyriesen stand vor ihr und holte aus. Der Schlag traf sie voll ins Gesicht und Nike verlor fast das Bewusstsein. Sie sah die Faust erneut auf sich zu kommen und sie duckte sich. Jede menschliche Hand wäre bei der Wucht, mit der die Hand des Riesen in die Wand krachte, gebrochen, doch der Riese brüllte nur und schlug nach Nike, die schon zwei Schritte von ihm entfernt war. Er packte sie am Hals, hob sie hoch und drückte sie gegen die Wand. Er verstärkte seinen Griff und Nike wusste, dass in wenigen Sekunden ihr Hals zerquetscht werden würde. Sie machte sich bereit zu sterben. Der Druck an ihrem Hals ließ nicht nach, doch was war das? Er verstärkte sich auch nicht. Sie öffnete die Augen und sah, dass der Kopf des Riesen von einem Pfeil durchbohrt worden war. Nike trat ihm ins Gesicht und der Riese fiel um. Nike nahm er mit. Sie löste seine Hand und stand auf. Sie zog ihre Dolche und ließ den nächsten Babyriesen, der auf sie zukam, das gleiche Schicksal erleiden, wie den davor.

Eine Faust zerstörte das Gebäude, neben dem sie stand und ein lautes Brüllen ertönte. Sie machte sich schon bereit zu fliehen, als ein viel lauteres Brüllen ertönte. Es kam von einem nahegelegenen Hügel, auf dem ein Kopf erschien. Zwei weitere Riesen kamen zur Stadt gelaufen. Sie gingen nur, doch jeder Mensch wäre rennend zurückgeblieben. Die beiden Riesen schienen die Eltern der kleinen in der Stadt zu sein, denn die kleineren gingen auf sie zu und verhielten sich so, als wären ihre Eltern gekommen. Die neuangekommenen Riesen waren fünfzehn und dreizehn Meter groß und sahen ausgewachsen aus. Als das erste Haus ihren Weg kreuzte setzte der größere der beiden Riesen seinen Fuß darauf und das Haus zerbrach. Einige Menschen liefen durch die Straßen auf der Suche nach einer Möglichkeit zur Flucht, doch einige wurden von den Riesen verschlungen andere von Trümmern zerquetscht oder durch Stürze vernichtet. Keiner der Menschen überlebte. Die Riesen sahen, dass ein paar ihrer Babys zu Tode gekommen waren und brüllten. Nike hielt sich die Ohren zu, doch es war trotzdem unerträglich laut.

Die Riesen amüsierten sich, bis die Nacht hereinbrach. Der Leviathan erschien.

Er war etwa drei Meter groß und schlenderte auf die Riesen zu, die jetzt an einem Lagerfeuer saßen. „Wieso zerstört ihr die Städte der Menschen", fragte er.

Einer der Riesen schien etwas zu sagen, doch Nike verstand kein Wort. „Wenn ihr mich nicht angreift, tue ich euch nichts", sagte der Leviathan. „Wie würde es euch denn Gefallen, wenn etwas eure Städte zerstört, dass größer und stärker ist als ihr."

Die Unterhaltung ging weiter, doch Nike verstand nicht, was gesagt wurde. Irgendwann sprang einer der Riesen auf und schlug dem Leviathan ins Gesicht. Er murmelte etwas und veränderte seine Größe, als der Riese erneut angriff. Er war jetzt fünfzehn Meter groß und damit doppelt so groß wie der Angreifer. Er schnappte sich den Riesen und ließ ihn zu Staub zerfallen. „Ich dachte, wir könnten eine friedliche Unterhaltung führen, doch ihr scheint euch nicht friedlich mit mir unterhalten zu wollen. Geht jetzt und lebt euer Leben, doch greift keine fremden Behausungen an, denn wenn ihr das tut, werde ich euch töten."

Dann verschwand er. Nike ging durch die Straßen und fand irgendwann ihren Bogen. Er war unversehrt. Sie schaffte es, Paul aufzustöbern, und ging mit ihm zurück ins Versteck.

Ein Besuch Zuhause

Nike stand wieder in ihrem Wohnzimmer und sah sich um. Sie war schon lange nicht mehr hier gewesen. Sie betrat die Küche und öffnete einen Schrank. Alles war so, wie sie es hinterlassen hatte. Sie ging durch ihr Haus und landete irgendwann unter dem Dach in der obersten Etage. Sie betrat ihr Arbeitszimmer. Sie setzte sich hinter den Computer, der dort stand und fuhr ihn hoch. Ihren anderen Computer hatte sie mitgenommen, als sie abgereist war, doch dieser, den sie zum Arbeiten benutzte stand immer noch hier. Sie nahm sich eine Gitarre und von der Wand stimmte sie. Sie schaltete ihren Verstärker ein und testete den Sound. Sie spielte, bis sie zufällig über eine Tonfolge stolperte, die ihr gefiel und nahm sie auf. Danach stellte sie ihre Gitarre wieder weg und nahm ihren Bass von der Wand. Sie spielte das gleiche Riff ein.

Nike drückte auf abspielen und der Song, den sie in den letzten Stunden geschrieben hatte, tönte durch den Raum. Sie sorgte dafür, dass der Song zu einer MP3 Datei wurde, zog sie in ein Feld von einer Musikplattform und drückte auf veröffentlichen. Sie hatte diese Musikplattform selbst programmieren lassen. Sie stand auf und streckte sich. Sie ging zurück ins Versteck, wo sie die anderen am Tisch sah. Sie waren am Essen. Nike setzte sich dazu. „Wo warst du?", fragte Kim.

„In meinem Haus."

Kim wollte weitere Dinge fragen, doch Nike war bereits am Essen. „Nike hat morgen Geburtstag", dachte Kim. „Ich sollte ihr ein Geschenk besorgen."

Nike stand auf und half den anderen den Tisch abzuräumen. Sie ging in ihr Zimmer und die beiden Männer verschwanden in den ihren. Kim war jetzt allein. Alles um sie herum verschwand und sie stand in einer Stadt. Sie lief durch die Straßen, bis sie das Geschäft fand. Sie ging hinein, fand den richtigen Artikel und bezahlte. Als sie den Kassenbon nahm, um ihn in die nächste Mülltonne zu werfen, sah sie, wie teuer der Gegenstand gewesen war. Wenn sie kein Geschenk für Nike gekauft hätte, wäre ihr übel geworden. Sie verpackte es nicht, da sie eine schöne Box in der Hand hielt. Für eine Standardverpackung war sie erstaunlich hübsch. Sie ging zurück ins Versteck und legte die Box in ihr Zimmer. Danach verließ sie es wieder, da sie noch was zu tun hatte. Als sie an einer dunklen Gasse vorbeiging, hörte sie daraus ein Fauchen. Sie drehte sich leicht in Richtung des Fauchens und sah, wie sich etwas auf sie zu bewegte. Sie zog ihr Schwert und enthauptete das Wesen, als es sie ansprang. Sie warf Kopf sowie Körper zurück in die Dunkelheit und setzte ihre Tour fort.

Paul stand unterdessen mit Gerd auf einem Dach. Sie befanden sich in Washington, USA. Sie beobachteten einen Menschen, der sich durch die Straßen bewegte. Er bewegte sich in eine Gasse, wo er einem anderen Menschen begegnete. Aus dem Oberkörper des Menschen, den sie beobachteten, kamen Tentakeln und schlagen sich um den anderen. Er wehrte sich, doch die Tentakeln ließen ihm keine Chance. Das Tentakelmonster tötete den Mann und ließ seine Leiche liegen. Die Tentakel verschwanden wieder im Oberkörper des Mannes und er ging weiter. Gerd und Paul folgten ihm über die Dächer, ohne dass sie bemerkt wurden. Das Wesen ging durch eine weitere dunkle Gasse und Gerd griff an. Er schoss einen Pfeil ab, der den Mann, so sah er jetzt zumindest aus, in den Rücken traf. Das Wesen zischte und sah sich um. Es sah, dass die beiden Männer auf dem Dach standen und machte sich an den Aufstieg. „Na großartig", murmelte Paul. Das Wesen kam auf sie zu. Sein Oberkörper explodierte erneut und Tentakeln kamen zum Vorschein. Es schlug nach Paul, doch der wich aus. Gerd schoss weitere Pfeile auf das Wesen ab, doch es wich aus oder schlug sie zur Seite. Paul nahm eine Sense von seinem Rücken und startete, auf das Tentakelmonster los zu gehen. Er schlug zu und das Monster wollte den Schlag parieren, doch die Sense durchschnitt seinen Tentakel, als gäbe es ihn gar nicht. Das Monster zischte und schlug nach ihm. Er parierte mit dem Stiel seiner Sense, doch das Biest schlug mit einem anderen Tentakel zu. Der Schlag brachte ihn zu fall und das Monster kam auf ihn zu. Es fuhr herum, als Gerd es wieder angriff. Es ging auf ihn zu und wollte ihn mit seinen Tentakeln zerquetschen, doch Paul schlug zu und ein Sensenblatt ragte aus dem Hals des Wesens. Er schlug erneut zu und der Kopf des Wesens fiel zu Boden. Gerd stand auf und kickte den Kopf vom Rand des Daches.

Das Wesen schlug mit seinen Tentakeln um sich und Gerd wurde erwischt. Er flog davon. Das Wesen griff jetzt Paul an. Es schlang einen Tentakel um Pauls Hals, drehte ihn um sich und warf ihn weg. Er landete zwei Dächer weiter und stöhnte beim Aufprall auf. Seine Sense lag immer noch auf dem Dach, auf dem das Tentakelwesen sich befand. Sie hatten keine Chance. Er flüsterte: „Kriwotas" und stand im Versteck. Er humpelte auf eine Wand zu und zog an der

Schnur, die von der Decke hing. Eine Glocke läutete. Nike war in wenigen Sekunden vor Ort. Kim ebenfalls. „In Washington ist ein Tentakelmonster, welches wir unmöglich allein besiegen können."

„Ich komme mit", sagte Nike und sie verschwanden wieder. Sie standen ein Dach vom Monster entfernt und sahen, wie es von Gerd angegriffen wurde. Es schlug ihn weg und er landete neben ihnen. Sie gingen zum Monster. Es drehte sich um und Paul blieb stehen. Nike zog ihre Dolche und ging weiter. „So, und jetzt zu dir", sagte sie im Näherkommen.

Das Monster griff sie an und sie bewegte sich. Das Monster schlug von allen Seiten, mit vielen Tentakeln auf sie ein, doch Nike bewegte sich so schnell, dass kein Tentakel sein Ziel fand. Nike schnitt und schlitzte, bis sie das Monster schließlich mit einem kräftigen Tritt vom Dach beförderte. Ein Tentakel schoss nach oben und hielt sich am Rand des Daches fest, doch Nike stach mit ihrem Dolch darauf ein. Das Monster stürzte ab und schlug unter auf. Es war tot. Sie ging zurück zu Paul und Gerd, doch dann hörten sie einen Schrei. Sie blickte über die Kante und sah, wie unten ein Mädchen vorbeilief. Es wurde verfolgt. Nike hatte so ein Wesen schonmal gesehen. Es war eins von der Sorte, die sie in der verlassenen Stadt zu hunderten bekämpft hatte. Sie zog ihre Dolche und stellte sich mit dem Rücken zur Kante. Sie ließ sich im richtigen Moment fallen und landete hinter dem Wesen. Ihre Dolche drangen in den Kopf des Wesens ein und es starb. Das Mädchen war zum Stehen gekommen, da es gemerkt hatte, dass es in eine Sackgasse gelaufen war. „Möchtest du sowas auch mal machen?", fragte Nike.

Das Mädchen nickte unsicher. „Deine Entscheidung ist endgültig, deshalb rate ich dir, dieses Angebot nicht voreilig zu akzeptieren beziehungsweise abzulehnen."
Das Mädchen sagte: „Ja, ich will sowas auch machen."

Nike nickte und streckte ihre Hand aus. Das Mädchen ergriff sie und sie standen in der Halle, wo bereits Paul und Gerd eingetroffen waren. „Wir haben eine neue", sagte Nike. „Willst du uns sagen, wie du heißt", fragte Nike das Mädchen. „Enid Egomeafineismono."

Sie wurde aufgenommen. Nike verschwand danach in ihrem Zimmer und kam nicht mehr heraus. Kim weihte die anderen ein, dass morgen Nikes Geburtstag war und diese halfen ihr, alles vor zu bereiten.

Nike erwachte am nächsten Tag, weil ein Lied gesungen wurde. Sie öffnete die Augen und sah, dass alle in ihrem Zimmer standen und ihr ein Geburtstagslied sagen. Sie schickte alle raus, als das Lied zu Ende war und stand auf. Sie betrachtete sich im Spiegel und sah, dass, seit sie sich das letzte Mal so ausgiebig betrachte, hatte, neue Narben ihren Körper schmückten. Sie hatte kaum eine Stelle an ihrem Körper an, der sich keine Narbe befand oder nicht direkt daneben eine war. Sie zog sich eine Unterhose an und verdeckte ihre Brüste mit einem BH. Danach zog sie sich eine Hose an, zu mehr war sie nicht bereit, da es warm war und sie keinen Grund sah, mehr anzuziehen. Sie ging in die Halle und sah, dass ihr ein Geschenk besorgt worden war. Gerd streckte, wie zufällig, seine Hand aus und berührte ihre Brüste fast. Sie bewegte sich so schnell, dass Gerd überhaupt nicht merkte, was geschah, bis er eine Hand um seinen Hals hatte und einige Zentimeter vom Boden entfernt war. Nike sagte nichts und guckte ihm nur ins Gesicht. Als er auch nichts sagte, warf sie ihn über den Tisch. Sie ging weiter und setzte sich. Sie nahm ihr Geschenk und fragte: „Darf ich das jetzt schon auspacken oder muss ich damit warten, bis irgendwas passiert."

„Natürlich darfst du es jetzt öffnen."

Nike öffnete die Schachtel und darin lag ein Gegenstand aus Metall. Er war recht breit und lang, aber nicht dick. Es war ein Messer. Nike lächelte, als sie es in die Hand nahm. „Edelstahl", sagte sie. Sie warf es in die Luft und fing es wieder auf. „Mit einer Spur von Gold. Der Griff ist aus Stahl, aber mit Stoff umwickelt. Gefällt mir." Sie schob das Messer an ihren Rücken, so als hätte sie dort eine Messerscheide. Das Messer hatte eine Klingenlänge von dreiundvierzig Zentimetern. Es war so scharf, dass es ihren BH zerschnitt, als es damit in Berührung kam. Gerds Augen weiteten sich. „Nein, ich werde jetzt nicht meinen BH ablegen und den restlichen Tag oben ohne hier rumlaufen." Sie schob das Messer in ihren Gürtel und legte ihre Hände auf ihre Brüste, damit ihr BH nicht ungünstig verrutschte. Sie ging in Richtung ihres Zimmers und als sie sicher war, dass sie niemand mehr von der Seite sehen konnte oder sie einholen, warf sie ihren BH hinter sich. Sie ging in ihr Zimmer und drehte sich um. Kurz bevor sie die Tür schloss, sah sie, dass Gerd und Paul sich angeregt unterhielten und Kim zu ihr sah. Sie überlegte: „Hätte Gerd nicht versucht, mir an die Brüste zu fassen, hätte ich meinen BH abgelegt." Sie saß im Lotussitz auf dem Boden und meditierte, als Kim in ihr Zimmer kam. „Schonmal was von anklopfen gehört?", fragte Nike und öffnete ihre Augen. Sie hätte, selbst wenn sie nicht gewusst hätte, dass es Kim war, nicht versucht ihre Brüste zu bedecken, weil es eh zu spät gewesen wäre. Kim hatte die Tür geschlossen und Nike konnte sehen, dass sie fast nichts trug. Sie trug nur eine Unterhose. „Warum trägst du das?", fragte Nike.

„Ich hatte Lust dazu", sagte sie.

Nike nickte stumm. „Ich werde den restlichen Tag in der Stadt verbringen. Möchtest du mich begleiten?"

Kim schüttelte den Kopf. Nike sagte nichts und verschwand.

Sie ging durch die Straßen von London und sah sich die Gegend an. Nike war noch nie in London gewesen und genoss ihren Besuch, auch wenn sie nur ein paar Stunden bleiben würde.

Die andere Seite

Alle möglichen Wesen standen um Liliane Gebrachlich herum. Sie gehorchten ihr. Unter den Wesen war alles vertreten. Von Menschen über kleinere Monster, bis hin zu Riesen und größeren Wesen, wie einen der alles fressenden Würmer. Sie sprach mit ihnen. Ihr Mann, er hieß Christian Gebrachlich, stand neben ihr. Sie wollten die Welt in die Knie zwingen und würden jeden töten, der sich ihnen in den Weg stellte. Sie hatten eine gewaltige Armee aus verschiedensten Wesen, auch wenn sie in den letzten Wochen einige verloren hatten. Die Wesen brüllten, als sie ihre Rede beendet hatte. Sie wollten Blut.

„Ihr wollt Blut?", fragte Liliane. „Dann holt es euch. Ihr habt meine Erlaubnis, alles und jeden zu töten. Alle sollen sehen, was für ein Heer ich unter meinem Befehl habe und alle sollen bei dem Gedanken daran erschauern." Weiteres Gebrüll der Menge.

„Ihr", sagte Christian Gebrachlich und zeigte auf eine kleine Gruppe Menschen. „Geht nach London. Dort befindet sich eine Frau, die, wenn sie sich uns anschließt, gefährlich für unsere Feinde sein könnte. Findet sie, und bringt sie lebend her."

Gegen Mittag saß Nike in einer Bar an einem Tisch und trank ein Wasser. Ein paar Männer kamen herein. Vielleicht waren es auch Frauen, das konnte Nike nicht erkennen. Sie sahen sie und kamen auf sie zu. Sie stellten sich vor ihren Tisch. Einer der Männer fragte: „Interesse, dich unserer Gruppe anzuschließen?"

„Nein." Nike guckte den Mann, der gefragte hatte nicht mal an.

„Gut, dann zwingen wir dich dazu mitzukommen." Er schlug zu und Nike bekam eine Faust auf die Nase. Ein Mann am Nebentisch stand auf und sagte: „Lassen sie die Frau in Ruhe." Er bekam ebenfalls eine Faust auf die Nase und flog ein Stück nach hinten. Er stand nicht mehr auf. Nike erhob sich langsam. „Gut so", sagte der Mann. Einer der Männer wollte sie schlagen, doch Nike wich aus und er fiel mit dem Gesicht voran in die Wand. Nike lachte. „Ich komme nicht mit euch mit."

Einer der Männer, der davor am anderen Ende des Raums gestanden hatte, kam mit erhobenen Fäusten auf sie zu. Sie trat ihm einen Barhocker in die Beine und er ging fluchend zu Boden. Ein anderer schlug nach ihr und sie duckte sich, konnte dem darauffolgenden Schlag aber nicht ausweichen. Einer griff von hinten an und sie hob eine Faust, als wolle sie „Stopp" signalisieren. Er bekam die Faust ins Gesicht und ging zu Boden. Sie ließ einen anderen über ihre Hüfte segeln. Er landete wieder auf den Füßen und stolperte nach vorne. Er knallte auf den Tresen und ging keuchend und würgend zu Boden. Der, dem sie den Hocker in die Beine gekickt hatte, griff erneut an. Irgendwo im Raum schrie jemand panisch. Er rannte auf sie zu und sie trat zur Seite. Der Mann stolperte über ihr ausgestrecktes Bein und flog ein Stück nach vorne. Er kam wieder auf die Füße und baute sich vor ihr auf. Sie duckte sich und die Faust ihres anderen Angreifers traf den Mann vor ihr mitten im Gesicht. Die beiden Übrigen kamen hintereinander auf sie zu. Sie nahm einen am Genick und wirbelte ihn herum. Sie war wieder in ihrer Ausgangsposition, als der andere angriff. Beide trafen zusammen und gingen zu Boden. Nike verließ die Bar und verschwand.

Es war im Versteck etwas kälter als draußen, doch Nike sah trotzdem keinen Grund, was Wärmeres anzuziehen, da sie auch so fast verkochte. Zum Glück gab es in ihrem Zimmer eine Klimaanlage. Es war Hochsommer und tagsüber konnte es Temperaturen von bis zu achtunddreißig Grad Celsius erreichen. Warum hatten diese Menschen sie angegriffen? Hatte sie jemand geschickt? Und wenn ja, warum? Und wer waren sie überhaupt? Nike wollte Antworten auf diese Fragen und suchte das Büro auf. Das Büro glich eher einer Kommandozentrale für Spionage, als einem Büro und für solche Zwecke war sie erbaut worden. Sie setzte sich in den Sessel hinter einem Schreibtisch und fuhr den Computer hoch. Sie hatte ein paar AR Kontaktlinsen erworben, die ihr vielleicht helfen konnten. Sie hatte Fotos ihrer Angreifer geschossen und wollte herausfinden, wer sie waren, ob ein Auftraggeber bekannt war und warum sie sie angegriffen hatten. Sie betrachtete die Fotos. Auf einigen war ein Gesicht zu erkennen. Sie vergrößerte eins und ließ es vom Computer überprüfen. Sie fand keine Identität, aber sie fand heraus, dass ein solcher Mann in einem Hotel in London übernachtet hatte und das war nicht lange her. Sie schaffte es auch, den Namen des Hotels herauszufinden. Sie prägte ihn sich ein, suchte die Adresse und fand sie. Sie berührte die Tätowierung an ihrem linken Unterarm und verschwand. Sie stand in den Straßen von London vor einem Hotel. Sie ging hinein und fing an, den Portier zu befragen. Sie fand heraus, dass sich der Mann in Zimmer Nummer fünfhundertvierunddreißig aufhielt und das entsprechende Zimmer im vierten Stock war. Sie stieg die Treppe rauf und blieb vor besagtem Zimmer stehen. Auf ihr Klopfen reagierte niemand und sie konnte niemanden sehen, weshalb sie beschloss, die Tür einzutreten. Sie flog auf und Nike betrat das Zimmer. Es war leer, außer ein paar Kleidungsstücken und anderen Gegenständen, die vermuten ließen, dass das Zimmer bewohnt war. Sie setzte sich in einen Sessel, der am Fenster stand und wartete darauf, dass der Bewohner zurückkehrte. Sie musste nicht lange warten, denn schon nach dreißig Minuten öffnete sich die Tür erneut. Der Mann kam herein und bemerkte Nike erstmal überhaupt nicht. Er ging im Zimmer umher und Nike drehte sich um. Er bemerkte sie immer noch nicht. Er zog eine Waffe aus einem Holster und legte sie auf einen Nachttisch. Erst als Nike sich räusperte, drehte der Mann sich zu ihr und erschrak. „Was machen Sie hier?", fragte er.

„Ich bin hier, um herauszufinden, warum ihr mich angrifft und wer euch geschickt hat."

Der Mann wich zurück. „Wie bist du hier hereingekommen?"

„Durch die Tür. Und jetzt sag mir, was ich wissen will."

Der Mann nahm die Pistole, die er eben weggelegt hatte in die Hand und zielte auf sie. Nike blieb entspannt sitzen. „Leg sie weg, dann muss ich dir nichts tun und du kannst mir sagen, was ich dich gefragt habe."

Der Mann antwortete nicht, sondern richtete nur seine Waffe neu aus. Nike sah, dass sich sein Zeigefinger bewegte und sie zog ihren Kopf nach rechts, als er abdrückte. Die Kugel traf den Sessel da, wo vor nicht mal einer Sekunde noch ihr Kopf gewesen war. Sie war mit zwei Schritten bei ihm und entwand ihm die Waffe, bevor er nachladen konnte. Sie hatte Glück, dass er eine manuelle Waffe führte und keine halb- oder sogar voll automatische. In dem Fall wäre sie tot. Der Mann wich zurück, als sie die Pistole auf ihn richtete und hob die Hände. „Wer hat euch geschickt, um mich anzugreifen?"

„Niemand", sagte der Mann.

Nike seufzte. „Dann versuche ich erstmal was anderes. Warum habt mich angegriffen?"

Der Mann sah etwas unsicher aus, so als würde er damit rechnen, dass Nike jeden Moment schoss, was dumm von ihr wäre.

„Sie wollten uns nicht begleiten."

Nike nickte. „Wo hätte ich euch denn begleiten sollen?"

„Zu unserem Boss."

Nike lächelte zufrieden. „Also habt ihr doch einen Boss, der euch befahl, mich mitzunehmen und falls nötig anzugreifen."

Der Mann nickte. Er wusste, dass lügen ihn nicht weiterbringen würde. „Wer ist es?"

„Den Namen unseres Bosses gebe ich dir nicht", sagte der Mann.

Nike zog wortlos den Schlitten der Pistole nach hinten. Jetzt brauchte es nur ein wenig Druck und der Mann wäre tot. „Wer ist es?", fragte Nike. Sie war leiser und bedrohlicher geworden. Der Mann schüttelte den Kopf und Nike übte sichtbar etwas Druck auf den Abzug aus. Nike guckte ihn fragend an. Sie ging davon aus, dass klar war, was sie von ihm erwartete. Er wurde trotziger und lauter: „Nein."

Nike veränderte die Position der Waffe ein wenig und drückte ab. Die Kugel traf ihn ins Bein und er schrie auf. Nike lud nach. Die Pistole war jetzt leer, wie Nike feststellte und auch der Mann wusste das. Nike warf sie hinter sich und zog das Messer, welches sie zum Geburtstag bekam. Sie machte einen Schritt auf ihn zu und hielt ihm das Messer an den Hals. „Sag es mir." Sie flüsterte fast. Der Mann drückte sich an die Wand, doch die Klinge berührte seinen Hals trotzdem. „Wer?"

Der Mann schwieg. Er hätte den Kopf geschüttelt, wenn ihn das nicht getötet hätte. Nike erhöhte den Druck. Das Messer verletzte seine Haut leicht. Der Mann sagte immer noch nichts. Nike erhöhte den Druck erneut. Der Mann schwieg. Sie begann, ganz langsam, das Messer über seinen Hals zu ziehen. „Sie heißt Liliane", brachte der Mann panisch hervor. Nike senkte den Druck ihres Messers. „Nachname?"

„Gebrachlich."

„Sonst noch jemand?"

Der Mann nickte. „Ihr Mann Christian."

Nike senkte den Druck des Messers weiter. „Selber Nachname?"

Der Mann nickte erneut und Nike nahm das Messer von seinem Hals. „Schön, dass wir uns wie zivilisierte Menschen unterhalten konnten." Nike schob ihr Messer in die Scheide, die an ihrem Rücken hing. Es war dort gut versteckt. „Auf Wiedersehen", sagte Nike und verließ den Raum. Sie verließ das Hotel durch die Vordertür und ging auf direktem Weg in die dunkelste Gasse, die sie fand. Dort angekommen sagte sie: „Kriwotas" und verschwand.

Sie kam im Versteck an und trommelte sofort alle zusammen. Es gab ein neues Gesicht. Einen Fabio Konturas. „Wir haben einen Feind", stellte Nike fest. „Eine Liliane Gebrachlich und ihren Mann Christian."

„Warum sind sie unsere Feinde?", fragte Paul.

„Nun, sie können uns nicht leiden und wollen die Welt vernichten oder zumindest unterwerfen. Wir sind ihnen im Weg. Und soweit ich weiß, haben sie eine Armee aus allen möglichen Wesen. Von Menschen über kleinere Monster, bis hin zu Riesen und größeren Kreaturen."

„Das heißt", stellte Kim fest, „wir müssen versuchen sie zu stoppen."

Nike nickte. „Und ich fange jetzt an, zu recherchieren, damit wir so viel über unsere Feinde wissen wie möglich."

Noch mehr Morde

Kim stand auf einem Dach. Sie befand sich in London. Ihr gegenüber kauerte sich einer der sechsarmigen Affen, die sie schon mal angegriffen hatten. Das Wesen griff an und sie wich aus. Sie schwang ihr Schwert, um es zu enthaupten, doch es schlug ihr das Schwert aus der Hand und ging erneut zum Angriff über. Kim sprang nach hinten. Das Wesen flog an ihr vorbei und sie trat ihm in den Rücken. Es kreischte und machte einen Abgang. Es fiel und klatschte auf den Boden. Es sprang wieder auf die Füße und war mit einem Satz erneut auf dem Dach. Kim duckte sich unter den zwei Händen weg, mit denen das Wesen zuschlug und schlug ein Rad, wobei sie ihr Schwert ergriff. Sie schlug zu und das Wesen wich aus. Es schlug ihr mit drei Händen ins Gesicht und sie flog nach hinten. Sie überschlug sich und landete an der Kante des Daches. Es trat neben sie, packte sie am Hals und warf sie vom Dach. Kim fiel. Sie traf unsanft auf dem Boden auf. Das Wesen sprang vom Dach und hob seine Fäuste. Es schlug zu. Kim bekam vier Fäuste ins Gesicht. Es schlug erneut zu und Kim begann nicht mehr genau zu sehen. Als das Wesen zu dritten Mal zuschlug, wurde ihr schwarz vor Augen. Sie merkte noch, wie sie hochgehoben wurde, doch dann bekam sie nichts mehr mit.

Als sie wieder zu sich kam, saß sie in einer Zelle. Davor stand ein Mensch. Sie wurde bewacht, aber immerhin nicht von einem blutrünstigen Monster, welches sie töten würde, sobald es die Möglichkeit dazu hatte. Obwohl? Es war durchaus möglich, dass dieser Mensch genau das tun würde. Vielleicht war es nicht mal ein Mensch und es sah nur in ihren Augen so aus. Kim konnte sich nicht sicher sein.

Alles was sie mit Sicherheit wusste, war, dass sie hier eine Gefangene war und als gefährlich eingestuft worden war, da eine Wache vor ihrer Zelle stand. Aber vielleicht war es die Standardbehandlung für Gefangene. Sie wusste es nicht. Sie wusste auch nicht, ob sie lange in dieser Zelle sitzen würde, ob sie befreit werden würde oder ob sie aus einem anderen Grund diese Zelle würde verlassen dürfen. Sie lehnte sich an die Wand. Die Zelle bestand hauptsächlich aus Stein, doch die Tür war ein Gitter aus Eisen. Jedenfalls nahm Kim an, dass es Eisen war, es hätte aber auch jedes andere Metall sein können. Sie legte sich auf das Bett, welches in der Zelle stand und starrte an die Decke. Sie ging davon aus, dass die Zelle in die Wand gehauen worden war, damit man nur ein Gitter anbringen musste. Sie befand sich unter der Erde, wusste aber nicht, wie tief. Sie hätte sich zwei Kilometer tief in der Erdkruste befinden können oder auch nur wenige Zentimeter, so, dass sie die Decke mit der Hand zerstoßen und nach draußen klettern könnte. Es gab eine Toilette in der Zelle und einen Vorhang, der vor dem Gitter war, und von innen zugezogen werden konnte. Sie schloss die Vorhänge und legte sich aufs Bett. Sie schloss ihre Augen und fiel in einen natürlichen Schlaf. Es ging ihr gut beim Gedanken, dass sie die Wachen von draußen nicht beim Schlafen beobachten konnten.

Sie erwachte, weil gegen die Tür gehämmert wurde. „Öffnen Sie die Vorhänge." Die Stimme klang, als wäre sie es gewohnt, dass man den Befehlen ohne rückfragen folgte. Kim öffnete die Vorhänge und zwei bewaffnete Wachen kamen herein. Sie sagten nichts, als einer von ihnen ihre Arme auf den Rücken drückte und der andere ihr

Handschellen anlegte. Sie führten sie hinaus in ein Labyrinth aus Tunneln und Türen und Hallen. Die Wachen gingen durch die Gänge, ohne sich zu verlaufen oder über den Weg nachzudenken. Sie führten Kim in eine große Halle, in der zwei Menschen auf Stühlen saßen, die wie Throne anmuteten. Sie blickten auch drein, als wären sie Herrscher.

Zwei Stunden zuvor, hatte Nike eine Versammlung einberufen, zu der alle zu erscheinen hatten. Sie konnten sich nicht sicher sein, aber Kim war schon so lange verschwunden, dass sie davon ausgehen mussten, dass sie entführt worden war oder das Zeitliche gesegnet hatte. Sie gingen aber von Variante a aus. „Vermutlich waren es unsere Feinde", sagte Nike. „Wir sollten…" Sie verstummte plötzlich, als Männer, Frauen und Wesen, die nicht eindeutig zu bestimmen waren, in der Halle landeten. Die Menschen waren bewaffnet. Nike zog ebenfalls ihre Waffen. Die anderen taten es ihr nach. Sie bildeten einen Kreis, der schnell umstellt war. Einer ihrer Angreifer schoss und sie duckten sich. Sie gingen nach außen und zerbrachen den Kreis so. Nike trat einen Angreifer beiseite, entwand einem anderen die Waffe und jagte ihm eine Kugel in den Kopf. Paul ging auf eins der Wesen los. Sie sahen aus, wie eine Mischung aus einem Bären und einem Wolf und waren somit auch größer als normale Wölfe. Es griff an und Paul schoss ihm einen Pfeil zwischen die Augen. Gerd hatte sich einen Speer genommen und wirbelte ihn herum. Er stach Gegner zu Boden und schlug ihnen den Speerschaft um die Ohren. Enid hatte sich ebenfalls einen Bogen genommen und schoss einen Menschen nieder, als ihr einer der Bärenwölfe in den Rücken sprang. Enid landete auf dem

Bauch und das Wesen stand auf ihrem Rücken. Nike sprang und stach ihre Dolche in den Körper des Wesens. Es fiel um und Nike zog Enid wieder hoch. Enid warf einen Angreifer, der von hinten kam über ihre Schulter und schoss einem Wesen, das Nike von hinten anfallen wollte einen Pfeil in die Seite. Gerd wehrte sich gegen einen Angreifer, der sich ein Schwert genommen hatte. Er schlug ihm das Schwert aus der Hand und setzte zu Gnadenstoß an, doch der Mann trat zur Seite und entriss ihm den Speer. Er stach zu und der Speer durchbohrte Gerds Hals. Gerd taumelte nach hinten und stützte sich gegen die Wand, als der Speer aus seinem Hals gezogen wurde. Eins der Wesen schlug Paul den Bogen aus der Hand und er zog sein Schwert. Es biss zu, doch Paul versenkte sein Schwert tief in seinem Maul. Es fiel zu Boden und ein anderes traf ihn in den Rücken. Er wurde nach vorne geschleudert und knallte mit dem Gesicht in die Wand. Enid schoss dem Wesen, das Paul am Rücken hing einen Pfeil in den Kopf, drehte sich um und sah sich zwei Angreifern gegenüber. Einer legte an und zerschoss ihren Bogen, der andere feuerte auf sie. Sie merkte, dass er nur betäubend geschossen hatte, doch da brach sie schon zusammen. Nike sog die Energie aus dem Körper eines Wolfsbären und erstach einen Menschen, bevor sie etwas am Kopf traf und ihr schwarz vor Augen wurde. Paul wurde an die Wand geschleudert, von welcher er rutschte und reglos liegen blieb. Was von ihren Angreifern übrig war, drei Menschen und einer der Wolfsbären, hoben die Körper der Überlebenden auf und verschwanden mit ihnen.

Sie wurden mitgezogen und durch irgendeine Tür geschubst. Das war das Erste, was Nike mitbekam, als sie wieder halbwegs bei Bewusstsein war. Sie fielen hin, doch Nike stand sofort wieder auf. Sie befanden sich jetzt in einem Saal, an dessen einem Ende zwei Stühle standen. Die Stühle sahen so aus wie Throne und genau das waren sie. Im Raum standen eine Menge Wachen und auf den Thronen saßen zwei Personen. Nike vermutete, dass das Liliane und Christian Gebrachlich waren. Vor den Thronen hockte eine Gestalt. Die Art, wie sie dort hockte und die Tatsache, dass hinter ihr zwei Bewaffnete standen, legte nah, dass sie dort nicht freiwillig hockte. Nike und die anderen wurden in ihre Richtung gestoßen. Aus der Nähe konnte Nike erkennen, dass es Kim war. Nike freute sich, dass sie sie wiedersah, freute sich jedoch nicht über die Umstände. Jetzt waren auch die anderen wieder zu sich gekommen. Die Frau auf dem rechten Thron fing an zu sprechen. Sie sagte: „Ich werde eure lächerliche Gemeinschaft zerschlagen. Und ich fange jetzt damit an." Sie nahm einen Speer, trat hinter Enid und stach ihn ihr von hinten durch die Brust. Sie ging weiter und setzte dabei ihre Rede fort. Sie trug ein Gewand, welches nur aus einem roten Tuch bestand, welches sie sich um den Körper geschlungen hatte. Das Tuch verdeckte allerdings nicht viel, da es durchsichtig war. Hätte sie nichts getragen, dann hätte es den einzigen Unterschied gehabt, dass sie nicht rot gefärbt gewesen wäre. Sie hob den Speer erneut und stach ihn auch Paul in den Rücken. Er verzehrte sein Gesicht vor Schmerz und starb. Dann klatschte die Frau in die Hände und es wurde ein großes Becken sichtbar, in dem sich einige sehr hungrige Wölfe befanden. Sie packte Kim am Kragen und sagte: „Dich töte ich langsam und wesentlich schmerzvoller."

Sie ließ Nike an den Rand des Beckens ziehen und flüsterte ihr zu: „Und du darfst dabei zusehen." Sie warf Kim ins Becken und die Wölfe kamen auf sie zu. Sie waren geärgert und gequält worden, das sah Nike ihnen an. Sie hatten seit einigen Tagen nichts zu essen erhalten, weshalb sie aggressiver waren. Der Erste kam auf Kim zu und sie wich aus. Sie schlug dem zweiten an den Kopf, doch sie kam schon nicht mehr zum Schlag. Einer der Wölfe schlug ihr mit den Krallen in den Rücken und sie schrie vor Schmerzen. Nike wollte sich abwenden, doch sie wurde daran gehindert. Sie konnte Kim nicht helfen und sie musste zusehen, wie die Frau, die sie geliebt hatte, zu einem qualvoll schreienden, von Blut überströmten, Etwas wurde, bis einer der Wölfe ihr in den Hals biss und sie starb. Zorn loderte in Nikes Augen auf. Leviathan erschien und tötete alle Wachen innerhalb von wenigen Sekunden, sodass niemand Zeit hatte zu reagieren oder zu schreien. Nike ging zu ihm, sodass Leviathan und Nike, Liliane und Christian Gebrachlich gegenüberstanden. Liliane hatte immer noch den Speer in der Hand. Sie ging auf den Leviathan los und Nike attackierte Christian. Sie trat ihm an den Kopf und er stolperte nach hinten. Sie schlug ihm ins Gesicht und er taumelte gegen die Wand. Liliane stach mit dem Speer auf den Fürsten ein und er schmetterte sie an die Wand. Nike sammelte Energie in ihrer Hand. Als ihr Schlag Christian unter dem Kinn traf, flog er nach hinten, knallte mit dem Kopf gegen die Wand. Er blieb liegen und rührte sich nicht mehr. Nike drehte sich um und sah, dass Liliane Leviathan ihren Speer in die Brust gerammt hatte und er nach hinten taumelte. Nike blinzelte. Leviathan landete neben ihr und sie beugte sich zu ihm runter. Er begann zu flüstern: „Saug die Energie aus meinem Körper. Dann wirst du zur Dämonin. Du kannst sie beide töten"

Nike zögerte. „Tu es", drängte Leviathan, als Liliane und Christian sich näherten. „Aber nimm die Energie in deinen Körper auf und übertrag sie nicht in einen Stein."

Nike tat es. Als sie alle Energie aus seinem Körper gesogen hatte, zerfiel sein Körper zu Staub. Liliane und Christian blieben stehen und blinzelten. Nike begann zu zittern. Das Zittern wurde stärker und nach einer Minute barst ihr Körper. Nike dachte, dass der Leviathan sie reingelegt hatte, doch sie merkte, dass sie bei Bewusstsein blieb. Sie setzte ihren Körper wieder zusammen und stand hinter Christian. Sie sammelte Dunkelheit in ihrer Hand und ließ sie in Christians Körper laufen. Sein Körper kam mit so viel Dunkelheit nicht klar und erstarrte. Er war ganz kalt. Nike zog die Dunkelheit zurück und nahm Christians Seele mit. Sie verdaute die Seele und drehte sich zu Liliane um. Sie nahm den Griff des Speers, der auf sie zukam und zerbrach ihn, wie einen trockenen Zweig. Sie streckte ihre Hand aus und packte Liliane am Hals. Sie legte ihre rechte Hand auf ihr Gesicht, während ihre linke weiter den Hals festhielt. Sie riss ihr den Kopf ab und warf ihn in eine Ecke. Sie vergewisserte sich, dass alle tot waren, und ging ins Versteck des Ordens, der nicht mehr existierte. Sie nahm den großen Stein und sein Podest und reiste zu sich nach Hause. Sie stellte ihn in ihrem Schlafzimmer auf. Ihre Kleidung war von den letzten Kämpfen zerfetzt, weshalb sie sie ablegte. Sie ging ins Bad und ließ Wasser in ihre Badewanne. Sie legte sich ins Wasser und genoss es.

Sie kletterte eine halbe Stunde später wieder aus der Badewanne und trocknete sich ab. Es entstanden Schuppen, die sich über ihre Haut zogen. Sie bedeckten ihren ganzen Körper, außer die Stellen, an denen ihre Haare aus dem Kopf wuchsen. Sie war jetzt komplett schwarz, fast so, als hätte sie Gewänder aus Dunkelheit an. Nike fuhr über ihren Körper. Die Schuppen fühlten sich rau an, doch sonst war es, als hätte sie nichts an. Jedenfalls vom Gefühl her. Sie sah allerdings aus, als hätte sie was an. Sie warf sich einen schwarzen Mantel über, der über eine Kapuze und Ärmel verfügte und bis zum Boden ging, hängte sich ihr Messer in einer extra dafür angefertigten Scheide auf den Rücken, setzte die Kapuze auf, damit man ihr Gesicht nicht sehen konnte, und verließ das Haus. Sie hatte einen Stab in der Hand, der an der Spitze ein griechisches Delta abbildete, um das sich eine Schlange schlang. Obwohl sie nackt unterwegs war, guckte sie niemand komisch an. Sie hielten ihre Schuppen wohl für Kleidung. Nike konnte das verstehen und fand es gut. Das Letzte, was sie jetzt gebrauchen konnte, war jemanden, der sie fragte ob und warum sie nackt unterwegs war. Sie ging auf ein Café zu und flutete es mit Dunkelheit. Die Schreie der Gäste drangen nicht zu ihr durch. Sie saugte sie aus und nahm ihre Energie auf. Sie merkte, wie sie mächtiger wurde. Sie betrat irgendwann ein Gasthaus und nahm sich ein Zimmer. Sie legte ihren Mantel in ihr Zimmer, ließ die Schuppen aus ihrem Gesicht verschwinden und setzte sich an einen Tisch. Noch vor ein paar Wochen hätte sie es seltsam gefunden, nackt in einem Restaurant zu sitzen, doch jetzt bemerkte niemand außer ihr selbst, dass sie nackt war.

Ein Schatten in der Dunkelheit

Nike stand auf einem Dach. Es war drei Uhr siebenunddreißig am Morgen des ersten Septembers im Jahre Zweitausendneunzehn. Sie blickte nach unten in die Straße, wo gelegentlich Menschen vorbei gingen. Sie sah, wie jemand, ohne zu gucken, über die Straße lief. Er wurde von einem Auto erfasst, welches die Straße entlangfuhr. Sie konnte nicht sehen, was mit der Person geschah, doch es interessierte sie auch nicht. Ihr Körper, außer ihren Handflächen und ihrem Kopf, war mit schwarzen Schuppen bedeckt. Sie stand bereits seit einer Stunde beobachtend da und hatte auch nicht vor, sich so bald von dort wegzubewegen. Sie hörte ein Geräusch hinter sich und drehte sich um. Vor ihr stand jemand. Sie ließ ihren Mantel fallen und die Schuppen weiteten sich auf ihre Handflächen aus. Sie bedeckten jetzt auch ihren kompletten Kopf. „Ich habe gesehen, was sie tun. Es gefällt mir. Bitte, lassen sie mich bei weiteren Handlungen zusehen."

Nike lehnte mit einem Kopfschütteln ab. Er kam auf sie zu und wollte sie berühren, doch sie packte ihn am Hals und warf ihn aufs Dach. „Aber ich liebe sie", sagte der Mann.

Nike ließ ihn von Dunkelheit umschließen. Die Dunkelheit umschloss ihn und er war zunächst verwundert, doch als sich die Dunkelheit verengte, begann er in Panik zu geraten. Er begann zu schreien, als die Dunkelheit so eng wurde, dass sein Körper nicht mehr genug Platz hatte. Seine Knochen wurden zusammengedrückt und seine Schreie erreichten eine neue Frequenz. Außer Nike konnte seine Schreie aber niemand hören.

Als sie die Dunkelheit wieder zurückzog, lag der Leichnam des Mannes zusammengedrückt auf dem Dach. Sie zog die restliche Energie aus dem Körper und er zerfiel zu Staub. Nike erhob sich wieder. Sie ging zum Rand des Daches, hob ihren Mantel auf und zog ihn an. Sie sprang mit einem doppelten Salto vom Rand und landete mit einer Rolle auf der Straße. Ein paar Leute erschreckten sich, als Nike wieder auf die Füße kam, doch sie ging einfach weiter, ohne die Blicke der Leute zu beachten, die bald aufhörten, da sie sich von ihrem Aufschlagplatz entfernte. Sie ging weiter, bis sie ein Parkhaus fand. Sie stellte sich einem Auto in den Weg, als es das Parkhaus verlassen wollte. Der Fahrer hupte verärgert, als sie nicht aus dem Weg trat. Als sie nach dreißig Sekunden immer noch nicht aus dem Weg getreten war, öffnete der Fahrer das Fenster und brüllte ihr zu: „Verpissen sie sich endlich von der Straße."

Nike bewegte sich keinen Zentimeter von der Stelle. Die Tür des Autos öffnete sich. Der Fahrer stieg aus und kam wütend auf sie zu. Nike bewegte sich nicht. Der Mann brüllte sie an. „Warum stehen sie hier im Weg?"

Nike antwortete nicht.

„Verschwinden sie endlich."

Als Nike sich nicht bewegte wollte er sie wegschubsen, doch sie hob einen Arm, sodass seine Arme an ihr vorbei gingen. Sie packte ihn am Hals. Er würgte, als seine Füße den Boden verließen. Er schnappte nach Luft. Nike verstärkte ihren Griff. Der Mann lief im Gesicht leicht rot an. Er bekam keine oder nicht genug Luft. Nachdem sie ihren Griff nach einer Minute verstärkte, fing der Mann an, um sich zu schlagen.

Sie verstärkte ihren Griff und der Mann erschlaffte. Sie flüsterte: „Danke, dass sie den Wagen für mich angelassen haben." Sie warf den Leichnam in eine Ecke. Irgendwer würde ihn finden, doch das interessierte sie nicht. Ihr konnte sowieso niemand den Mord nachweisen. Und wenn ihr, entgegen ihrer Einschätzung, jemand den Mord nachweisen könnte und jemanden schickte, um sie verhaften lassen, würde sie diesen Jemand einfach auch töten. Sie stieg in den Wagen und warf die Tür zu. Sie fuhr aus der Stadt hinaus. Sie fuhr auf eine Landstraße und beschleunigte. Sie befand sich in einem Bentley Continental GT. Sie beschleunigte den Wagen auf zweihundertfünfundsiebzig Kilometer pro Stunde und schlängelte sich zwischen den anderen Autos hindurch. Sie wechselte auf die Autobahn und beschleunigte noch etwas weiter. Sie hatte nicht vor das Auto zu verschrotten oder irgendwo stehen zu lassen. Es gefiel ihr, weshalb sie beschloss, es zu behalten. Sie erreichte seine Höchstgeschwindigkeit von dreihundertdreiunddreißig Kilometer pro Stunde und lenkte das Auto um einen langsameren Wagen herum. Sie aktivierte den Tempomat und nahm ihren Fuß vom Gas. Sie war bereits einige Kilometer von ihrem Startpunkt entfernt.

Nach weiteren fünfzig Kilometern verließ sie die Autobahn und fuhr auf eine kleine Straße, die an einem Wald vorbeilief. Als es dunkel wurde, stellte sie den Wagen am Waldrand ab, zog den Schlüssel und steckte ihn ein. Sie verschloss das Auto und ging in den Wald. Sie ging, bis sich vor ihr ein Abgrund auftat. Sie stand auf etwas, wie einer Klippe, nur mitten im Wald. Das war der richtige Ort. Sie spürte es. Nike schloss die Augen und sammelte Dunkelheit. Sie formte die Dunkelheit und ließ los. Die Dunkelheit verlief und Nike stand einfach genauso da, wie vorher. Es war missglückt. Nike versuchte es erneut. Wieder scheiterte sie. Sie musste es schaffen. Sie würde weiter versuchen das Wesen zu erschaffen, bis sie es geschafft hatte. Nachdem sie es noch dreimal versucht hatte, setzte sie sich hin und lehnte sich erschöpft an einen Baum. „Was habe ich falsch gemacht?", fragte sie sich. Sie saß da und dachte nach.

Es war schon tief in der Nacht, als Nike etwas einfiel. Es klang in ihren Ohren logisch und sie musste es versuchen. Sie stand auf. Sie nahm ihren Stab und fing an.

Sie hatte schon Zweifel, ob es überhaupt funktionieren würde, doch dann nahm sie eine Bewegung wahr. Sie drehte sich um und sah etwas auf sich zukommen. Es war groß und schwarz. Als sie es genau erkennen konnte, stellte sie fest, dass es sich um eine Art Wolf handeln musste. Es sah aus, wie eins der Wesen, welche Kim getötet hatten, doch es war größer. Nike streckte ihre Hand aus und das Wesen kam weiter auf sie zu.

Als es nicht nach Nike biss, legte sie ihre Hand auf die Schnauze des Wesens. „Wer bist du und warum hast du mich gerufen?"

Nike sah sich kurz um, doch dann begriff sie, dass sie die Worte erstens nicht gehört hatte und zweitens, dass sie von dem Wesen ausgingen, welches sie berührte. „Mein Name ist Nike", sagte sie.

„Schön dich zu sehen Nike", sagte das Wesen. „Ich heiße Lykos tou thanatou und somit bin ich der Wolf des Todes. Wenn du es wünschst, werde ich mit dir zusammenarbeiten."

Nike lächelte und stimmte zu.

„Aber eins solltest du nicht vergessen: Ich arbeite als gleichberechtigter Partner mit dir zusammen. Ich arbeite nicht für dich."

„Ok", sagte Nike.

Lykos trat neben Nike und sie schwang sich auf seinen Rücken. Sie legte ihre Kleidung ab und ließ über ihre Haut schwarze Schuppen wachsen.

Als sie ganz von den Schuppen bedeckt war, sah sie auch aus wie die Partnerin des Wolfs des Todes. Sie legte ihren Mantel auf Lykos Rücken und legte ihre restliche Kleidung darunter. Sie würde sie nicht verlieren. Lykos setzte sich in Bewegung. Nike sagte ihm, dass er sie bitte zu ihrem Auto bringen sollte. Er stellte keine Fragen, sondern tat, worum sie ihn bat. Sie stieg ab und ließ das Auto von Dunkelheit umschließen. Sie beförderte es ins Versteck des ehemaligen Ordens, welches sie jetzt allein als Lager benutzte.

Als der Wagen im Versteck stand und Nike neben Lykos, schwang sie sich erneut auf seinen Rücken und er setzte sich in Bewegung. Er jagte davon und Nike legte ihren Oberkörper auf ihn drauf, damit sie nicht herunterfiel. „Was sollen wir jetzt tun?", fragte Lykos auf die Art, in der er sprach. „Ich schlage vor, dass wir irgendwo hingehen und ein paar Menschen töten."

Nike hatte nichts dagegen einzuwenden und deshalb taten sie genau das.

Sie kamen an einem Hof an und Nike stieg ab. Eine Frau kam aus dem Haus und schrie, als sie sie Nike und Lykos sah. Nike sprang auf sie zu und riss sie zu Boden. Lykos machte sich auf den Weg, irgendwen anders zu finden, den er töten konnte. Die Frau lag auf dem Rücken und Nike hockte auf ihr. Sie hatte nicht aufgehört zu schreien, weshalb Nike ihre Zähne bleckte. Wenn sie die Schuppen trug, wurden wahlweise auch ihre Zähne zu Reißzähnen. Nike senkte ihren Kopf und versenkte ihre Zähne im Hals der Frau. Sie riss ihr die Kehle aus dem Hals und jegliche Bewegungen oder Geräusche der Frau erstarben. Nike schluckte und trank etwas von dem Blut, das der Leiche aus dem Hals floss. Seit sie ein Wesen der Dunkelheit war, war der Geschmack von Blut nicht mehr unerträglich. Ganz im Gegenteil. Sie merkte, dass sie ihre Fingernägel zu Krallen ausbilden konnte und das tat sie auch. Sie sah aus dem Augenwinkel, wie Lykos einen der Menschen über den Hof jagte. Sie lächelte.

Im Haus war niemand auf ihr Kommen vorbereitet, weshalb alle aufschrien, als Nike das Haus betrat. Sie sprang auf jemanden zu und drückte ihm ihre Krallen in den Hals. Sie fiel mit ihm um und lag kurz auf ihm, doch dann sprang sie wieder auf die Füße und fauchte. Sie ließ ihren Blick durchs Zimmer schweifen und sah, wie sich ein Mann vor zwei Kinder stellte. Offensichtlich der Vater. Als sie lächelte, entblößte sie ihre Zähne. Der Vater würde seine Kinder nicht retten können. Die Kinder liefen weg und Nike ließ sie laufen. Lykos war ja noch auf dem Gelände. Sie bewegte sich auf allen vieren auf den Mann zu. Sie sprang und schlug ihm die Zähne in den Hals. Sie riss ein Stück seines Halses heraus und drehte sich um, als der Mann zu Boden fiel. Blut tropfte von ihren Zähnen. Sie ging auf die Frau zu, die wie erstarrt am anderen Ende des Zimmers stand. Sie bewegte sich auf sie zu und stand kurz vor ihr auf. Sie überragte sie etwas. Sie legte ihre Hände auf die Seiten der Frau und bewegte sie etwas nach oben. Die Frau konnte sich nicht wehren und als sie hoch genug war, drückte Nike ihr die Krallen in den Rücken. Sie erreichten ihr Herz und die Frau erstarrte. Sie fiel zu Boden und Nike riss etwas Fleisch aus dem Körper der Frau. Sie fing an ihren Beinen an und arbeitete sich mit Zähnen und Krallen weiter nach oben.

Irgendwann war nur noch der Oberkörper der Frau übrig und ein paar Knochen. Nike schob ihre Hand in den Körper der Frau und ergriff ihr Herz. Sie zog es heraus und schlang es herunter. Sie verließ das Haus wieder. Sie sah, wie Lykos die beiden Kinder verschlang. Er kam herüber. „Wie war es drinnen?", fragte er auf seine mentale Art.

„Großartig", antwortete Nike, wobei ihr wieder Blut von den Zähnen tropfte. Sie schwang sich auf Lykos Rücken. Sie saß da. Ihre Beine rechts und links von Lykos Rücken und ihr Oberkörper auf seinem Rücken. Sie behielt ihre Schuppen, lehnte sich nach vorne und drückte sich fest an seinen Rücken. Sie spürte, wie sich sein warmes Fell an ihre Schuppen drückte. Es kitzelte sie etwas am Hals. Sie merkte, dass sie sich ganz fest an Lykos Rücken klammerte, und löste diesen Griff.

Sie war bei Tagesanbruch im Wald. Sie waren die ganze Nacht unterwegs gewesen. Lykos trug sie in eine Höhle, wo sie abstieg. Sie nahm ihren Mantel von seinem Rücken und er legte sich hin. Sie legte sich auf den Rücken und starrte an die Decke. Sie ließ ihre Schuppen verschwinden und fuhr mit ihren Händen über ihre nackte Haut. Kim fehlte ihr, doch sonst waren ihr die Menschen egal. Sie dachte daran, wie gerne sie jetzt neben Kim liegen und sie berühren würde. Sie legte sich neben Lykos und spürte sein Fell und seine Wärme neben sich. Sie schlief ein.

Als sie erwachte, merkte sie als Erstes, dass Lykos noch schlief. Sie machte sich nicht die Mühe sich etwas anzuziehen oder ihr Schuppen zu rufen. Sie ging nach draußen und merkte, dass es dunkel geworden war. Sie fühlte sich lebendig, wenn es dunkel war. Sie entfernte sich etwas vom Höhleneingang und pinkelte hinter einen Busch. Ihr Urin hatte noch die gleiche Farbe, wie bevor sie zu einem Wesen der Dunkelheit geworden war. Sie stand auf und ging zu einem See in der Nähe. Sie betrachtete ihr Spiegelbild. Sie hatte neue Narben bekommen. Sie machte einen Schritt ins Wasser. Es belebte sie. Sie wusch sich und betrachtete ihr Spiegelbild danach erneut. Sie sprang ins Wasser und tauchte ab. Es war dunkel. Sie konnte trotzdem alles sehen. Nach zwei Minuten stellte sie verwundert fest, dass sie keine Probleme mit dem Sauerstoff hatte. Sie tauchte trotzdem wieder auf. Neben dem See stand ein Mann. Als er sie sah, kam er auf sie zu, schob sie etwas ins Wasser und zog sie an sich. Er küsste sie auf den Mund. Er brachte sie zu Fall und küsste sie erneut, als sie am Boden lag. Nike war so überrascht, dass sie sich nicht wehren konnte. Erst, als der Mann sich ausgezogen hatte und zu ihr herunterkam, fand Nike ihre Stimme und die Fähigkeit sich zu bewegen wieder. „Wer sind sie und was machen sie hier?"

Der Mann antwortete nicht, sondern begann ihr die Brüste zu kneten. Nike war erneut zu geschockt, um sich zu wehren. Er drückte ihre Beine auseinander und legte sich auf sie. Sie wusste, was als Nächstes kommen würde. Er band sie fest, sodass sie sich nicht mehr bewegen konnte. Nike blickte ihn hasserfüllt an und der Mann lächelte. Er fuhr mit seinen Fingern ihre Vagina entlang. Sie schwor sich, schon weil er es gewagt hatte ihre Brüste zu berühren, ihn langsam und qualvoll zu töten. Er würde lange leiden müssen. Sie spürte, wie der Mann zwei Finger in ihre Vagina schob. Sie riss mit der rechten Hand an ihrer Fessel. Nichts passierte. Der Mann hatte gute Knoten gemacht. Sie lag auf dem Rücken. Ihre Beine waren fast in einen Spagat gestreckt und ihre Hände waren über ihrem Kopf festgebunden. Sie spürte und sah, wie er seine Finger aus ihrer Vagina zog und sich etwas anders positionierte. Sie sammelte ihre Kraft in ihrem rechten Arm. Sie brüllte und zerriss ihre Fesseln. Sie merkte, dass sie aus Metall gewesen waren. Sie packte den Mann am Hals und Schuppen überzogen in Sekundenschnelle ihren Körper. Sie warf ihn in die Luft und lies ihn im Fall von Dunkelheit einschließen, sodass er, als sie seinen Fall knapp über dem Boden bremste, von einer Blase aus Dunkelheit umschlossen war. Sie erschuf einen Speer aus Dunkelheit und drückte ihn in die Blase. Aus der Blase hörte sie einen Schrei. Diese Speere würden den Mann nie töten, sie verstümmelten ihn nicht mal, sie bereiteten ihm aber unermessliche Schmerzen. Sie erschuf einen weiteren Speer und stieß ihn in die Blase. Der Mann schrie erneut vor Schmerzen auf. „Tut dir leid, was du getan hast und tun wolltest?", fragte Nike.

„Ja" kam die weinerliche Antwort aus der Blase. Falls er dachte, dass Nike ihn jetzt gehen lassen würde, hatte er sich getäuscht. Nike schob einen weiteren Speer aus Dunkelheit in die Blase. Der Schrei von innen wurde zu einem wimmern. Sie konnte nicht mehr genug von seiner Qual hören, deshalb schnippte sie mit den Fingern und die Blase wurde durchsichtig. Sie schickte erneut einen Speer in die Blase und das Gesicht, welches von Schmerz verzerrt war, krampfte sich erneut in stummer Qual zusammen. Sie drehte die Blase in einer Geschwindigkeit, dass sich der Mann im inneren übergab. Er sah aus, als wäre er vor kurzem gestorben. Nike schickte erneut Schmerz in Form eines Speers in die Blase. Der Mann krümmte sich und sein Gesicht war schmerzverzerrt. Nike stieß ihren Stab auf den Boden und die Blase verschwand. Der Mann fiel auf den Boden. Nike ging zu ihm, und fing an seine Beine zu verspeisen. Der Mann schrie. Nike hob den Kopf. „Das ist der Lohn für deine Aktion." Nike aß weiter und das Geschrei des Mannes verstummte, sie seine Beine bis zu den Oberschenkeln verspeist hatte. Er war durch Blutverlust gestorben. Nike aß den Rest seines Körpers und erhob sich. Sie ließ die ungenießbaren Teile seines Körpers liegen und ging zur Höhle zurück. Lykos war erwacht. Er begrüßte sie mit einem Kopfnicken. Sie leckte das Blut von ihren Zähnen und nahm ihre Sachen. Sie schwang sich auf Lykos Rücken und er setzte sich in Bewegung.

Als sie aus dem Wald raus waren, kamen sie zu einer Mauer. „Nach links", rief Nike, doch Lykos rannte auf die Mauer zu. Er sprang und kurz, bevor er in die Mauer flog, löste sich Lykos Körper, und mit ihm der von Nike, auf und entstand hinter der Mauer wieder. Das Ganze passierte so schnell, dass Nike gar nicht gemerkt hatte, was los war. Er jagte durch das Haus, welches sich hinter der Mauer befand und stand schon bald auf dem Dach. Im Haus und der umliegenden Stadt schlief alles. Lykos brüllte, als sie auf dem Dach waren. Es klang wie eine Mischung aus dem Brüllen eines Löwen und dem Heulen eines Wolfs. Nike stieg ab. Sie ging zum Rand des flachen Daches und guckte über die Kante. In den Straßen war fast nichts los. Sie ging zur anderen Seite, doch als sie ein paar Schritte von der Kante entfernt war, sprang sie von hinten etwas an. Ihr Körper fiel aufs Dach. Sie spürte, wie Krallen über die Schuppen an ihrem Kopf kratzten. Sie sprang auf alle Viere und fauchte. Das Wesen, das sie angegriffen hatte, fauchte zurück. Es griff an, doch diesmal war Nike vorbereitet. Sie schlug die Krallen zur Seite und griff ihrerseits an. Ihre Krallen fuhren über den Bauch des Wesens und es fauchte. Es klang schmerzerfüllt. Das Wesen sprang auf sie zu, doch Nike rollte sich unter ihm durch. Sie griff an und trat das Wesen vom Rand des Daches. Es kreischte und schlug auf dem Boden auf, wo sein Körper barst. Nike bleckte die Zähne. Sie ging auf Lykos zu und schwang sich auf seinen Rücken. Er setzte sich nach unten in Bewegung. Durch die Decken. Sie fanden keinen Bau oder etwas ähnliches, weshalb sie annahmen, dass es das einzige Exemplar in der Gegend war. Nike war froh, dass ihre Schuppen ihre Vagina verdeckten und ihren Hintern nur so zeigten, wie es bei einer Hose der Fall wäre. Dasselbe galt für ihre Brüste. Lykos trat auf die Straße und Nike stieg, auf eine Bitte von Lykos hin, ab. Lykos tou thanatou ging neben ihr her durch die Straße. Die Morgendämmerung war schon nah, was hieß, dass sie sich eine Unterkunft für den Tag suchen sollten. Sie würden aber auch ohne überleben. Bis sie zur Dämonin und somit zu einem Geschöpf des Schattens und der Dunkelheit aufgestiegen war, war sie Veganerin gewesen, doch jetzt aß sie Fleisch. Aber nur Menschliches. Wenn sie in Restaurants aß, aß sie immer noch keine tierischen Produkte. Nike ließ Lykos laufen, wohin er wollte, er würde zurückkommen, wenn sie ihn rief, und machte sich auf die Suche nach etwas Essbarem.

In einem Hinterhof fand sie, was sie suchte. Dort befand sich ein Mensch. Er war allein. Sie hockte sich in die Dunkelheit und wartete, dass er vorbeikam. Sie musste nicht lange warten, denn dann ging er an ihr vorbei. Sie sprang. Ihre Krallen bohrten sich in seine Haut und ihre Zähne in sein Fleisch. Er schrie, weshalb sie ihm in Sekundenschnelle die Kehle rausriss. Sie verspeiste ihn und als sie fertig war und ihren Kopf hob, lächelte sie, während Blut von ihren Reißzähnen tropfte. Sie lachte leise und kletterte aufs nächste Haus. Sie hatte schon vorher klettern können, doch jetzt war es, als hätte sie noch nie in ihrem Leben etwas anderes getan. Sie ging über das Dach. Sie verursachte kein Geräusch. Ihr hatte das Blut geschmeckt und sie war blutrünstiger geworden, seit sie Schuppen am

Körper trug und sich von Dunkelheit, Menschenfleisch und Blut ernährte. Sie beging noch einen Mord, doch diesmal hinderte sie ihr Opfer nicht am Schreien, indem sie es tötete, denn sie wollte das Leiden in seinem Gesicht sehen, während sie den Menschen aß. Sie ließ die Schuppen an ihrem Kopf verschwinden, als sie den zweiten Menschen verspeist hatte. Ihre Haare fielen ihr wieder über die Schultern. Sie flocht sie sich zu einem Zopf und ließ weitere Schuppen verschwinden. Als alle Schuppen verschwunden waren, zog sie sich erneut Kleider an. Sie ging in Gestalt eines menschlichen Wesens aus der Gasse hinaus. Sie kam an einem Kiosk vorbei und warf einen Blick in die Zeitungen, die dort auslagen. Sie las die Schlagzeilen im Vorbeigehen. „Familie spurlos verschwunden. Blut im Haus" oder „Mensch verschwunden. Polizei geht von Entführung aus." Nike wusste, was hinter den Vorfällen steckte. Sie hatte die Morde selbst begangen. Sie ging in ein Hotel und nahm sich ein Zimmer. Sie verschwand im inneren und verdunkelte die Fenster. Es war acht Uhr morgens und ihre Augen wollten wieder Dunkelheit haben. Sie zog sich aus und rollte sich in einer Ecke zusammen. Sie schlief ein.

Erneut

Es würde erneut passieren. Nike merkte es, als sie abends an einem Tisch im Restaurant des Hotels saß. Sie war dabei ein Mahl einzunehmen. Sie hatte vor, wenn sie fertig wäre das Hotel zu verlassen. Sie sah aus dem Augenwinkel eine Bewegung und eine junge Frau trat an ihren Tisch. „Darf ich mich dazu setzen?", fragte sie.

„Gerne", sagte Nike.

Die Frau setzte sich neben Nike auf die Bank. Sie sagte etwas und ehe sie es sich versah, war Nike mitten in einer Unterhaltung mit dieser Frau. Sie merkte, wie die Frau während ihres Gesprächs immer näher an sie ran rutschte. Irgendwann nahm die Frau Nikes Hand und Nike blickte sie an. Die Frau lächelte. Als Nike fertig war, zog die Frau sie hoch und zog sie die Flure entlang. Nike sah, wie die Frau eine Tür aufschloss, sie in das Zimmer dahinter schob, die Tür wieder verschloss, das Licht dimmte und die Vorhänge vorzog. Nike fand es angenehm, so im Halbdunkel zu sein. Die Frau stellte sich ihr gegenüber und legte ihre Hände auf Nikes Hüfte. Sie zog sie an sich heran und küsste sie. Nike wurde an die Wand gedrückt und geküsst. Sie erwiderte die Küsse. Die Frau löste sich kurz von ihr, zog ihr T-Shirt aus und drückte Nike erneut mit ihrem Körper an die Wand. Nike legte ihre Hände auf die Hüfte der Frau und fuhr weiter nach unten. Sie öffnete die Hose der Frau und zog sie ihr aus. Nike spürte, wie ihr T-Shirt ihren Körper verließ. Nike zog der Frau im Gegenzug auch das T-Shirt aus. Nikes Hose verlor den Kontakt mit ihrem Körper und sie wurde von einer Frau in Unterhose und BH an die Wand gedrückt. Nike schlang die Arme um den Oberkörper der Frau und öffnete ihren BH. Sie warf ihn weg und drückte auf die Brüste, die sich darunter verborgen hatten. Nike wurde etwas von der Wand weggezogen, ihr BH wurde geöffnet und ihre Brüste entblößt. Sie drehte sich um die Frau, drehte sie mit und drückte sie dann ihrerseits an die Wand. Die Brüste der beiden Frauen berührten einander. Die andere Frau sah fast noch wie ein Mädchen aus. Sie war wohl etwas jünger als Nike. Nike fasste die Unterhose der Frau und zog sie nach unten. Danach spürte sie, wie ihre Unterhose ebenfalls von ihrem Körper gezogen wurde. Nike nahm die Hände der Frau und drückte sie neben ihrem Kopf an die Wand. Die Frau stand an die Wand gedrückt da und knutschte mit Nike rum. Dann drehte Nike die Frau und warf sie ins Bett. Sie folgte ihr. Nike legte sich auf die Frau und wurde geküsst.

Am nächsten Morgen erwachte Nike. Ihre Hand wurde von der Frau festgehalten, die sie in der letzten Nacht in ihr Zimmer mitgenommen hatte. Sie entzog ihr sanft ihre Hand und nahm sich einen Zettel. Sie begann zu schreiben:

„Liebe Elisabeth, ich musste leider weg. Mir gefiel die letzte Nacht, doch ich muss jetzt verschwinden. Vielleicht sehen wir uns irgendwann erneut.

Nike"

Sie legte den Zettel auf Elisabeths Nachttisch und ließ Schuppen an ihrem ganzen Körper wachsen. Sie ließ Elisabeth leben. Ihre Haut fühlte sich rau an, wenn sie die Schuppen trug. Sie fuhr zwischen ihren Beinen durch. Hier war die Hand der schlafenden Frau in den letzten Stunden viel gewesen.

Nike sprang aus dem Fenster. Sie schlug einen Salto und rollte sich ab. Sie würde verschwinden. Sie schnippte mit den Fingern und die Dunkelheit hob sie hoch. Sie lief auf einem Teppich aus Dunkelheit weiter, bis sie auf Höhe des Daches war. Sie sprang aufs Dach und lief weiter. Sie schlug einen Salto und lief in Richtung Stadtrand. Sie sprang von einem Dach aufs nächste und erreichte zehn Minuten später die letzten Häuser der Stadt. Sie sprang vom letzten Dach und lief auf dem Boden weiter. Sie sprang in die Luft und Lykos erschien aus dem Boden. Sie landete auf seinem Rücken und er lief weiter. Er sprang durch die nächste Mauer. Er lief zum Waldrand und in den Wald. Als sie schon zehn Minuten durch den Wald liefen, sprang Nike ab. Sie hatte Lust zu töten. „Was würdest du sagen, wenn ich dir die Möglichkeit geben würde, an mehr Macht zu kommen und über alles Übel auf dem Planeten zu gebieten?"

Nike blickte ihn an. „Das Angebot würde ich annehmen." „Diese Möglichkeit gibt es. Du müsstest nur zur Herrscherin der Hölle aufsteigen."

Nike lachte. „Herrscherin der Hölle? Nur?"

Lykos gab etwas wie ein Lachen von sich. „Na ja, nur ist etwas übertrieben. Es würde schwer werden und es besteht die Möglichkeit deines Ablebens, aber wenn du es schaffst, besitzt du die meiste Macht auf dem gesamten Planeten und kannst machen, was immer du willst."

Nike legte ihren Kopf von einer auf die andere Seite, abwägend, ob der Lohn die Risiken wert war.

„Okay, ich bin dabei."

„Du müsstest vier Teile eines Amuletts finden."

Nike blinzelte. „Du weißt nicht zufällig, wo sich die Teile befinden, oder?"

Lykos bewegte seinen Kopf. „Na ja, ich weiß, dass sich das Erste in Ägypten befindet. Es gehört einem gewissen Heinz Fischer. Von den anderen weiß ich es nicht."

Nike ließ ihre Schuppen verschwinden und schlag ihren Körper in Dunkelheit. Sie trug jetzt normale Gewänder, nur das diese aus Dunkelheit bestanden. „Dann los. Nur wie sollen wir nach Ägypten kommen?"

Lykos Gestalt veränderte sich. Er sah jetzt fast aus wie ein Mensch. Er machte aber noch die gleichen Geräusche wie als Wolf. „Mit einem Flugzeug natürlich."

Sie waren auf dem Flughafen von irgendeinem Kaff in Schweden und warteten auf ihren Flug nach Kairo. Es war der einzige Flug an dem Tag und Nike fragte sich, warum dieser Flughafen überhaupt existierte und ob es sich für die Erbauer in irgendeiner Form lohnte. Sie stiegen ins Flugzeug und setzten sich auf ihre Plätze. Der Flug würde elf Stunden dauern. Sie schnallte sich an und lehnte sich zurück. Als das Flugzeug in der Luft war, schloss sie ihre Augen und lehnte sich an den Sitz. Sie schlief ein.

Als sie aufwachte, stellte sie fest, dass sie acht Stunden geschlafen hatte. Ungewöhnlich lange für ihre Verhältnisse. Der Flug würde trotzdem noch drei Stunden ihrer Zeit in Anspruch nehmen. Sie zog ihr Smartphone aus der Tasche ihrer Hose. Dass diese nur aus Dunkelheit bestand, störte weder sie noch ihr Handy. Sie blickte auf die Uhr und sah, dass es 17:40Uhr Ortszeit war. Sie ging ins Internet.

Drei Stunden später landete der Flieger planmäßig in Kairo. Nike und Lykos verließen das Flugzeug und Nike wurde von der Hitze überwältigt. Sie war noch nie in Ägypten gewesen. Als sie weitgenug vom Flughafen entfernt waren, nahm Lykos seine Wolfsgestalt an. Es war seine natürliche Gestalt und er wurde ganz schlecht gelaunt, wenn er zu lange von ihr getrennt war. „Also, wie hieß nochmal der Typ, der das erste Teil besitzen soll?", fragte Nike.

„Heinz Fischer."

„Ok, ich nehme mir eine Unterkunft und gucke, was ich über ihn herausfinden kann und du... machst was du willst."

Lykos lief los und Nike nahm ihre Tasche. Sie war sehr klein, da sie nur wenig mit sich führte. Sie kam zu einem Hotel und ging hinein. Sie nahm sich ein Zimmer. Das Zimmer war klein. Es gab nur ein Bett, ein Badezimmer, einen Schrank und einen Tisch. Sie nahm ihren Laptop aus der Tasche und stellte ihn auf den Tisch. Die Tasche warf sie in eine Ecke. Als der Computer hochgefahren war, verband sie sich mit dem örtlichen W-Lan und startete den Browser. Sie aktivierte einige Programme, die dafür sorgten, dass ihre Suchanfragen nicht zu ihrem Gerät zurückverfolgt werden konnten, damit niemand ihren Standort ausfindig machen konnte. Sie gab den Namen Heinz Fischer in die Suchleiste ein. Sie fand sofort einen Wikipedia Artikel. Herr Fischer war anscheinend bekannt. Nike hatte trotzdem noch nie etwas von ihm gehört. Dass der Mann bekannt war, hatte Vor- und

Nachteile. Der Vorteil war, dass sie ihn so leichter ausfindig machen konnte. Der Nachteil war aber, dass, wenn sie sich gezwungen sah ihn zu töten, es mehr Aufmerksamkeit bekommen würde. Sie fand schnell heraus, was er machte, wo er wohnte und warum er berühmt war. Sie schaltete ihren Laptop aus und packte ihn in ihre Tasche. Als sie ihre Tasche schulterte, war sie froh, dass sie das Zimmer nur für eine Nacht bezahlt hatte, denn sie wusste nicht, ob die überhaupt zurückkommen würde. Sie ging durch die Straßen, auf dem Weg zu Heinz Fischers Haus. Sie überlegte, ob sie Lykos rufen und ihm ihren Rucksack geben sollte, da er sie eventuell stören würde, doch sie verwarf den Gedanken schnell wieder. Sie hatte das Messer, welches sie vor einem Monat von Kim zum Geburtstag bekommen hatte in ihrem Rucksack. Sie hatte es so verpackt, dass es den Kontrollen am Flughafen nicht aufgefallen war. Sonst hatte sie nichts in ihrem Rucksack außer einer Pistole. Niemand aus der Straße merkte, dass sie Waffen mitführte und Nike war froh darüber, denn sonst würden sie wahrscheinlich in Panik geraten und dann hätte sie eventuell die Polizei am Hals. Darauf konnte sie gut verzichten.

Sie erreichte das Haus. „Hier soll Heinz Fischer wohnen", dachte sie. Das Haus sah auch aus, als würde dort eine berühmte Person wohnte. Es war riesig und sie sah im Haus einige Menschen herumlaufen, die wie Diener aussahen. Oder jedenfalls Bedienstete. Sie klingelte an der Tür. Es wurde geöffnet. Der Mann, der öffnete, sagte irgendwas auf Ägyptisch. Nike verstand kein Wort. Sie versuchte es auf Englisch. Der Mann sagte ihr, dass der Herr tatsächlich in diesem Haus wohnte, doch sehr beschäftigt sei und sie nicht empfangen würde. Nike senkte ihre Stimme, bis sie fast nur noch flüsterte. „Sie werden mich jetzt zu ihm bringen. Sonst steche ich sie ab."

Aufgrund einer weiteren freundlichen Empfehlung von Nike, was natürlich nichts damit zu tun hatte, dass Nike ihm ihr Messer Hals hielt, willigte der Mann ein. Sie steckte ihr Messer wieder weg und folgte dem Mann ins Haus. Er ging durch diverse Gänge und Räume und blieb irgendwann vor einer Tür stehen. Er verschwand wieder und Nike war allein. Sie klopfte. „Nein, ich bin beschäftigt", kam eine Stimme von innen. Nike öffnete die Tür. „Habe ich ihnen nicht gesagt, dass ich beschäftigt bin?"

Nike blinzelte. „Das muss ich überhört haben. Soweit ich weiß, sind sie im Besitz eines Teils eines Amuletts."

Der Mann guckte verärgert drein und wedelte mit der Hand. „Woher soll ich das wissen?", fragte der Mann. „Ich besitze eine Menge Schmuckstücke. Ich besitze bestimmt ein Amulett, aber wenn sie eins kaufen möchten, dann können sie gerne einen Termin machen, wo sie sich die Stücke ansehen können."

Nike lächelte. „Das möchte ich nicht. Das Stück sollte schwarz sein. Mit etwas Rot an einer Seite."

Der Mann ging zu einer Schublade, öffnete diese und holte ein Stück an einer Kette heraus. „Sieht es so aus?", fragte er. Das Stück passte exakt zur Beschreibung, die Lykos ihr gegeben hatte. „Ja, ich denke, das ist das Richtige."

„Wie viel wollen sie dafür bezahlen?"

„Nichts", sagte Nike.

Der Mann blinzelte verwirrt. „Wie bitte?"

Nike lächelte. „Sie haben mich schon verstanden, ich habe nicht vor ihnen etwas dafür zu bezahlen. Sie werden mir das Teil geben und ich gehe aus der Tür. Sie werden mich danach, aller Wahrscheinlichkeit, nicht mehr wiedersehen."

Der Mann sah nicht ein, dass Nike nichts für das Stück bezahlen wollte. Nike wurde langsam ungeduldig. Sie ging auf den Mann zu und auf den Tisch, neben dem er stand, auf dem das Amulett lag.

„Bleiben sie stehen."

Nike reagierte nicht. Er wich zurück. Sie nahm das Amulett und sagte: „Danke, dass sie mir dieses Stück so ohne Widerstand überlassen haben." Sie schob es in ihre Tasche, drehte sich um und verließ den Raum durch die Tür, durch die sie reingekommen war. Sie ließ ihn verwirrt zurück und suchte den Ausgang. Als sie sich sicher war, dass sie den Ausgang nicht finden würde, öffnete sie ein Fenster und sprang hinaus.

Das zweite Teil

Lykos war, während Nike den ersten Teil des Amuletts besorgt hatte nicht untätig geblieben. Er hatte herausgefunden, wo sich der zweite und dritte Teil des Amuletts befanden. Jetzt saßen sie in einem Flieger nach Rom. Nike langweilte sich. Sie sah sich einen Film auf dem Bildschirm an, der in den Sitz vor ihr gebaut worden war. Als der Film zu Ende war, würde der Flug noch eine Stunde dauern. Nike ging auf die Toilette. Sie hoffte, dass die Person, die den zweiten Teil besaß, weniger reich und weniger berühmt war. Sollte das der Fall sein, hätte Nike große Lust, einfach ihre Tür einzutreten und die Person umzubringen, die den Teil besaß. Natürlich nur, nachdem sie ihr das Stück des Amuletts gegeben hatte, ob freiwillig oder unfreiwillig, war ihr egal.

Der Flieger landete auf dem Flughafen in Rom und Nike guckte, was sie über die Frau herausfinden konnte. Die Frau war zu Nikes Glück nicht bekannt, nutzte aber exzessiv soziale Medien, was Nike die Recherche erleichterte. Sie fand heraus, wo die Frau wohnte, wann sie Zuhause war, was sie arbeitete, dass sie mit ihrem Mann zusammenwohnte und keine Kinder hatte. Nike legte sich ins Bett und schlief ein.

Sie erwachte am nächsten Morgen um vier und stand auf. Sie zog sich an und verließ das Hotel. Sie ging durch die Straßen und gelangte bald zum Haus, in dem die Frau wohnte. Sie sah, dass Rauch vom Haus aufstieg. Es brannte. Sie lief hinein und suchte die Frau. Sie riss eine Tür auf und sah, dass es ein Arbeitszimmer war. Sie brauchte drei weitere Versuche, bis sie das Schlafzimmer fand. Sie zog den Schlüssel von der Tür und schob ihn von außen an. Sie weckte die Frau, indem sie ihr die Klinge des Messers an den Hals hielt, welches sie mit sich führte. Sie hob den ersten Teil des Amuletts. „Haben sie ein Schmuckstück, welches so ähnlich aussieht wie dieses?"

Die Frau nickte. „Im Bad. In einem kleinen Kästchen."

Nike nickte und ging nach oben. Sie fand das Kästchen und öffnete es. Darin lag eine Menge Schmuck. Sie warf alles raus und fand das Teil. Sie ging zurück nach unten und bedankte sich. „Es ist doch ok, wenn ich das behalte, oder?"

Die Frau nickte und legte sich wieder hin. Nike schloss die Tür ab und verließ das Haus. Sie sah, wie sich die Etage, in der die Frau schlief, in ein Flammenmeer verwandelte. Sie schien zu hören, wie die beiden Menschen im Haus an die Tür hämmerten und zu entkommen versuchten, während sie eingeäschert wurden.

Sie stahl ein Auto und verließ Rom. Sie begehrte sich zurückziehen. Sie fuhr über die Straßen und guckte auf der Karte im Navi nach einem Wald. Sie fuhr hinein und ließ das Auto stehen. Sie ging zu Fuß weiter. Sie setzte sich irgendwann hin und lehnte sich an einen Baum. Sie nahm beide Teile des Amuletts aus ihrer Tasche und hielt sie nebeneinander. Ihr fiel auf, dass das eine Teil genau ins andere passte. Sie schob sie zusammen und sie verschmolzen praktisch miteinander. Die Stücke fielen nicht mehr auseinander. Sie fand eine Höhle und ging hinein. Sie zog sich aus und legte ihre Kleidung so hin, dass sie sie als Kissen benutzen konnte. Sie schlief ein.

Als sie aufwachte, sah sie auf ihr Handy. Es war vier Uhr morgens. Sie erhob sich und begann sich zu strecken. Sie ging aus der Höhle hinaus und pinkelte hinter einen Busch. Sie holte ihre Kleidung und ihre Tasche aus der Höhle. Sie hatte soviel Zeit, wie sie wollte, weshalb sie ihre Sachen auf den Boden legte und die Dunkelheit sammelte. Sie erhob sich auf einem Teppich aus Dunkelheit in die Luft und flog zwischen den Bäumen hindurch. Sie stieg über die Bäume. Und sah, dass sich in einem Umkreis von einem Kilometer nichts als Wald befand. Sie ließ die Dunkelheit los und fiel. Sie ließ sich kurz vor dem Boden bremsen. Sie rollte sich ab. Sie stand wieder und ließ Schuppen über ihren Körper wachsen. Sie hatte sie lange nicht mehr getragen. Ihre Haare verschwanden unter den Schuppen. Ebenso ihre Haut und ihr Gesicht. Sie stand jetzt ganz in Schwarz da. Sie fauchte und ließ Krallen an ihren Händen entstehen. Sie waren scharf. Sie sprang auf einen Baum zu und zog ihre Krallen über die Rinde. Ihre Krallen schnitten ein großes Stück heraus. Sie drehte sich um, als sie ein Geräusch hinter sich hörte, doch es war nur Lykos, der aus der Dunkelheit auftauchte. „Ich habe das zweite Teil gefunden. Sie passen zusammen", sagte Nike. Lykos stieß ein Geräusch aus, welches sie als Anerkennung oder Freude einschätzte, vielleicht auch eine Mischung aus beidem. „Was meinst du?", fragte Nike. „Wo sollten wir nach den anderen beiden Teilen suchen?"

Lykos legte seinen Kopf etwas schräg und sagte: „Ich weiß es nicht."

Nike betrachtete die Teile, die sie in der Hand hielt, genauer. Am Rand waren Linien eingraviert. Sie fuhr mit den Fingern darüber und guckte sie sich erneut an. Sie sah, dass die Linien Buchstaben darstellten. Nike begann zu lesen. „Hier steht irgendwas, mit Rom und Kairo", sagte sie. „Vielleicht finden wir hier einen Hinweis auf den Aufenthaltsort der anderen Teile."

Lykos kam herüber und stellte sich neben sie. „Möglich. Da steht, noch was von Uchami in Russland."

Nike blickte auf die Schrift und las. „Stimmt. Dann, ab nach Russland."

Lykos bat sie, aufzusitzen. Sie schwang sich auf seinen Rücken und hielt sich fest, als er seinen Körper, und ihren gleich mit, in Schatten auslöste und sich in Bewegung setzte. Sie jagten über das Land und gingen durch jedes Hindernis durch, als würde es gar nicht existieren. Lykos lief über Flüsse und übers Land. Sie waren so schnell, dass sie bereits dreißig Minuten später in Russland hielten. Nike sprang ab und taumelte ein bisschen weg. Sie standen an einem Fluss. Auf der anderen Seite befand sich eine Stadt. Nike ging zur nächsten Brücke und überquerte den Fluss. Lykos folgte ihr. Er hatte anscheinend keine Lust, sich erneut vom Acker zu machen. Nike machte es nichts aus, das Einzige, was sie störte, war, dass Lykos so groß war. „Besteht die Möglichkeit, dass du deine Größe veränderst?", fragte Nike.

Lykos knurrte zur Antwort, schrumpfte aber gleich darauf. Jetzt sah es so aus, als würde Nike mit ihrem Hund spazieren gehen. Sie liefen durch die Stadt. Nike guckte halbherzig in die Schaufenster einiger Läden und da sah sie es.

Das dritte Stück des Amuletts lag da. Es war in einem Laden und konnte gekauft werden. Nike betrat den Laden, nur um zu sehen, wie das Stück aus dem Regal genommen wurde und an der Kasse von jemandem gekauft wurde. Nike verließ den Laden hinter der Person wieder. Falls jemand komisch geguckt hatte, hatte Nike es nicht bemerkt. Sie folgte der Person durch die Straßen. Sie bog um eine Ecke und Nike folgte ihr. Sie lief in die Person hinein und diese zog eine Pistole. Nike hob die Hände. Die Person hatte in der anderen Hand einen Polizeiausweis. Sie würde nicht einfach jemanden auf offener Straße umbringen, obwohl das bestimmt lustig werden würde. Nike wehrte sich nicht, als ihr Handschellen angelegt wurden. Sie beschwerte sich aber und wollte von der Person wissen, warum sie jetzt verhaftet worden war. Die Person gab ihr keine Antwort auf ihre Fragen und zog sie mit. Sie wurde in ein Auto gestoßen und sah aus dem Augenwinkel noch, dass Lykos ihnen folgte. Nike bezweifelte aber, dass er mit dem Auto schritthalten konnte. Dann fiel ihr ein, wie sie nach Russland gekommen war und all ihre Zweifel verflogen. Sie sah nicht, wo das Auto lang fuhr, bemerkte aber, dass sie bei einer Polizeistation war, als sich die Tür öffnete. Sie wurde in ein Zimmer geschleift und auf einen Stuhl gedrückt. Vor ihr standen ein paar Männer und Frauen. Ihr wurden Fragen gestellt, doch Nike verstand keine davon. Sie versuchte es den Menschen zu sagen, doch niemand beachtete es. Am Ende wurde Nike in eine Zelle geworfen. Die Tür wurde zugeschlagen und Nike war eingesperrt. Sie trat gegen die Tür, doch sie bewegte sich nicht. Sie hatte keine Ahnung, warum sie eingesperrt worden war und was sie verbrochen hatte. Sie lehnte sich an die Wand und überlegte. Die Nacht war angebrochen, als ihr die Idee kam. Sie stand auf. Sie zerlegte ihren Körper und schob die Dunkelheit durch die Stäbe durch. Sie setzte sich auf der anderen Seite wieder zusammen und schloss ihre Hand. Jetzt hielt ihre Hand den Stab fest, den sie vor einigen Wochen bekommen hatte. Sie ließ Schuppen wachsen und warf einen Umhang aus Dunkelheit über ihre Schultern. Sie kam am Raum vorbei, in dem sie verhört worden war. Es waren noch einige Polizisten vor Ort, die versuchten sie aufzuhalten. Sie hob die Dunkelheit und umschloss sie. Sie zog das Leben aus ihren Körpern und sie brachen zusammen. Nur eine Polizistin lebte noch. Sie hatte eine Tasche in der Hand. Nike ging auf sie zu und sah, dass sich das Teil des Amuletts in der Tasche befand, die Polizistin rührte sich nicht, weshalb Nike ihren Stab hob und ihn ihr durch die Brust stieß. Die Frau brach zusammen und Nike nahm das dritte Teil des Amuletts an sich. Sie zog die anderen Teile aus ihrer Tasche und setzte es zusammen. Es passte perfekt. Sie schob es in ihre Tasche und verließ das Polizeirevier. Noch während sie einen Salto schlug, rief sie Lykos herbei und jagte auf seinem Rücken aus der Stadt. Er hielt erst an, als sie sich drei Kilometer von der Stadt entfernt hatten. Nike sprang von Lykos Rücken und nahm das Amulett aus ihrer Tasche. Sie betrachtete es. Ein Teil fehlte noch, bis sie die Hölle betreten und Satan stürzen konnte.

Sie befanden sich auf einer leeren Ebene. Nike sah sich um. Sie konnte nichts sehen. Um sie herum war nichts außer grader Fläche. Lykos keuchte und neben ihr landete das vierte Stück. Nike hob es auf. Sie setzte es ein und das Amulett wurde vervollständigt. Nike legte das Amulett um und Lykos lief einen Kreis. Nike merkte, dass er mit einer seiner Krallen dabei einen Kreis zog. Er zeichnete noch einige Symbole um den Kreis herum und trat dann zurück. „Du kommst nicht mit?", fragte Nike. Lykos schüttelte den Kopf. Er gab eine Folge von Geräuschen von sich und Nike verschwand.

Ein Besuch in der Hölle

Nike krachte auf den Boden und stöhnte vor Schmerzen auf. Sie erhob sich trotzdem und merkte, wie warm es war. Sie ließ ihren Körper erneut von Schuppen überziehen. „Die werde ich brauchen", dachte sie. Sie schlang die Dunkelheit um sich und ging den Weg nach unten. Es wurde wärmer, weshalb sie annahm, dass sie auf dem Weg war, der weiter in die Hölle hineinführte. Das war gut, da sie annahm, dass sich der Palast des Satans eher tief in der Hölle befand. Sie kam an Dämonen vorbei. Sie wurde nicht bemerkt. Als sie an eine Weggabelung kam, blieb sie stehen. Sie wusste nicht, wo sie jetzt langgehen sollte. Sie war sich fast sicher, dass, wenn sie den falschen Weg nahm, ihre Tarnung aufflog und sie in Fetzen gerissen werden würde. Sie entschied sich für den linken, nachdem sie zwei Dämonen mit Peitschen in den rechten hatte gehen sehen. Sie wollten wohl Seelen foltern. Der Weg ging nach unten und es wurde noch wärmer. Nike begann zu schwitzen. „Wenn ich das Amulett nicht tragen würde, wäre ich bestimmt schon verbrannt", dachte sie. Als sie in eine Halle kam, blieb sie stehen. Sie sah, wie eine Gestalt durch diese Halle ging. Sie hatte Hörner und mutete männlich an. Nike war sicher, dass er es war. Der Herrscher der Hölle, der allgemein als Teufel bekannt war.

Nike schlich sich an ihn heran. Er drehte sich nicht um. Sie ließ Krallen an ihren Händen wachsen. Sie stand ein paar Meter hinter ihm und sprang. Sie schlug zu und Satan drehte sich um. Er schlug ihre Hand zur Seite und schlug seinerseits zu. Der Schlag sollte sie nicht töten, das sah Nike, doch er traf sie mit solcher Wucht im Gesicht, dass Nike nach hinten flog und auf den Boden fiel. Satan sorgte dafür, dass er ebenfalls Krallen an den Händen hatte und ließ seine Zähne sehen. Ihr war klar, was es bedeutet. Er würde sie töten, wenn sie erneut angriff. Nike sprang auf die Füße und bewegte sich auf den Ausgang zu. Sie ließ ihn dabei aber nicht aus den Augen. Als sie die Tür im Rücken hatte, rannte sie los. Sie rannte den Gang hoch, den sie vorhin runtergerannt war. Ein Dämon sprang aus einem Seitengang und Nike wich aus. Er sprang in die Wand und fauchte wütend. Nike rannte weiter. Als sich ihr Dämonen in den Weg stellten, blieb Nike nicht stehen. Sie rannte auf sie zu und duckte sich unter den ersten Krallen weg. Einer der Dämonen sprang auf sie zu, doch Nike duckte sich und er flog knapp über sie. Sie packte sein Handgelenk, als es in Reichweite war, und verdrehte es. Der Dämon fauchte und Nike warf ihn in die Wand. Sie rannte weiter, bis sich von hinten eine Hand um ihren Hals schloss. Sie wurde von den Füßen gehoben und umgedreht. Vor ihr sah sie Satans Gesicht. „Du glaubst doch nicht wirklich, dass du vor mir in meinem Reich davonlaufen kannst, oder?"

Nike trat nach ihm. Er ließ sie fallen und Nike rannte erneut los. Ein Dämon stellte sich ihr in den Weg und Nike sprang auf ihn zu. Sie stieß ihm ihre Krallen in den Hals und er starb. Einem anderen zerschmetterte sie den Kopf. Ein dritter sprang von vorne auf sie zu, sie duckte sich und zog ihm ihre Krallen über den ganzen Körper. Das Leben war schon aus seinen Augen erloschen, als er auf dem Boden auftraf. Sie hatte alle hinter sich gelassen. Sie rannte weiter und eine Faust traf sie seitlich am Kopf. Sie stürzte und ein Dämon löste sich aus der Dunkelheit. Er packte sie am Hals, hob sie hoch und knallte sie gegen die Wand. Nike wurde die Luft aus der Lunge gepresst. Sie wurde auf den Boden geworfen und ihr wurde schwarz vor Augen. Sie spürte noch, wie sie gepackt und mitgezerrt wurde.

Als Nike erwachte, befand sie sich in einer Zelle. Das wunderte sie, da sie gedacht hatte, dass sie sofort das Leben verlieren würde und ihre Seele in eine der Folterkammern eingehen würde. Aber sie war noch lebendig.

Die Tür öffnete sich. Ein Dämon stand da und hielt ihr etwas hin. Sie interessierte es nicht, was es war. Sie schubste ihn zur Seite und rannte aus der Zelle. Sie kam weniger weit, als bei ihrem letzten Fluchtversuch. Sie wurde zu Fall gebracht und sie spürte Krallen an ihrem Hals. Sie blickte hoch und sah, dass Satan neben ihr kniete. Wenn er ihr nicht seine Krallen an den Hals halten würde und seine Zähne nicht zum Zubeißen bereithalten würde, könnte man fast denken, dass er sich Sorgen um sie machte. Er packte sie am Hals und hob sie hoch. Seine Krallen bohrten sich leicht in ihren Hals. Er stand soweit von ihr entfernt, dass sie ihn nicht mehr treten konnte. „Warum dringst du in mein Reich ein, nur um mich anzugreifen und dann wieder zu verschwinden?"

Nike antwortete nicht.

„Antworte mir", verlangte er, mit einer tiefen bedrohlichen Stimme.

Nike antwortete immer noch nicht freiwillig. Er verstärkte den Druck seiner Krallen und Nike legte ihre Hände an ihren

Hals. „Ich hatte ursprünglich vor, dich zu stürzen", sagte Nike unter Schmerzen. Es war ein unangenehmer Schmerz.

„Und wieso wolltest du dann direkt wieder verschwinden, nachdem ich dich schlug."

Nike antwortete nicht, woraufhin Satan sie erneut schlug. „Ich verlange eine Antwort", sagte er fordernd.

„Ich sah, dass ich keine Chance haben würde", brachte Nike heraus.

„Und da dachtest du wohl, du könntest einfach so verschwinden?", fragte er belustigt. Nike nickte.

„Ich muss sagen, dass mir dein lächerlicher Versuch gefiel." Er stellte sie auf den Boden. Sie drehte sich um und rannte, doch er war mit zwei Schritten bei ihr und warf sie zu Boden. Seine eine Hand drückte auf ihre Brust, sodass sie nicht mehr aufstehen konnte und seine andere Hand hatte Krallen, welche er ihr an den Hals hielt. „Du hast immer noch nicht verstanden, dass du von hier nicht entkommen kannst", stellte er fest.

Nike wusste, dass sie verloren hatte, und hob die Hände, soweit das möglich war, während sie auf dem Rücken lag. „Ich habe einen Vorschlag für dich."

Nike sagte nichts, da sie befürchtete, dass die leiseste Bewegung ihres Halses dafür sorgen würde, dass seine Krallen ihre Kehle durchtrennten. Satan fuhr fort: „Ich werde dich nicht erneut einsperren, dafür versuchst du aber nicht zu fliehen. Denn wenn du es tust, werde ich dich langsam und qualvoll töten", sagte er.

Nike willigte stumm ein. „Du wirst diesen Ort nie mehr ganz verlassen", prophezeite er ihr. Dann ließ er sie los und Nike stand auf. Ein Dämon kam und führte Nike durch diverse Gänge des Palastes und blieb schließlich vor einer Tür stehen. Er gab Nike einen Schlüssel und verschwand in den Gängen. Sie öffnete die Tür. Das Zimmer dahinter sah aus wie ein Zimmer, welches man überall auf der Welt in Hotels bekommen konnte, nur dass dieses aus dunkelrotem Gestein bestand und man aus dem Fenster nicht auf ein Meer oder Ähnliches blicken konnte, sondern auf die höllischen Folterkammern. Nun, Folterkammern trifft es nicht ganz. Es waren eher Folterplätze oder -Ebenen. Nike blickte sich um und sah, dass es keine Toilette gab. Also fanden es die Höllenbewohner entweder völlig in Ordnung in die Ecke zu pinkeln oder die Höllenbewohner nutzten keine Toilette. Nike hoffte insgeheim, dass es auf dem Gang Toiletten gab, doch wenn es welche gab, waren sie nicht ausgeschildert. Sie setzte sich auf dem Boden in den Lotussitz und begann zu meditieren.

Irgendwann öffnete sie ihre Augen wieder und erhob sich. Sie sah aus dem Fenster und sah, dass dort unten viele Seelen gefoltert wurden. Sie hatten Körper, die aber so aussahen, als wären sie nicht wirklich echt, sondern nur eine Illusion. Sie konnte die Schmerzen der Seelen bis in ihr Zimmer spüren. Sie nahm außerdem war, dass die Dämonen, die die Seelen folterten, Spaß an der Sache hatten.

Nike drehte sich um, als an ihre Tür geklopft wurde. Die Bewohner des Palastes hatten also genug Anstand, dass sie nicht einfach in ihr Zimmer kamen. Sie öffnete und stand einem geflügelten Dämon gegenüber, der sie aufforderte mitzukommen. „Wohin soll ich mitkommen?", fragte Nike. „Der Herr hat Sie zum Abendessen eingeladen, zu dem sonst nur Höllenfürsten erscheinen dürfen."

Nike folgte dem Dämon durch die Gänge, bis er vor einer großen Tür stehen blieb. „Da müssen Sie rein."

Nike öffnete die Tür und trat ein. Einige Köpfe drehten sich zu ihr. Nike erkannte nur Satan. Wer die anderen waren, wusste sie nicht. Da nur noch ein Platz frei war, nahm sie an, dass sie sich dorthin setzen sollte. Sie wurde nicht getötet, weshalb sie annahm, dass sie richtig gehandelt hatte. „Willkommen", sagte Satan. „Ich nehme an, dass du nicht weißt, wer die anderen hier sind."

Nike nickte. Satan deutete auf den Ersten. „Das ist Luzifer. Mein Stellvertreter."

Er deutete auf den Zweiten. „Das ist Beelzebub. Mein Thronfolger."

Er zeigte auf den Dritten. „Das ist Belial."

Er zeigte auf den Vierten. „Das ist Lucifuge Rofocale der Premierminister." E

r zeigt auf einen Fünften. „Das ist Astaroth. Einer der sieben Prinzen der Hölle. Und das", er zeigte auf Nike, „ist Nike. Sie hat es geschafft, sich in die Hölle zu schleichen, und hatte den Plan mich zu stürzen."

Ein Fauchen ging von den anderen aus. „Aber jetzt", fuhr Satan fort, „ist das nicht mehr ihr Plan." Nike nickte. „Warum ist es jetzt nicht mehr dein Plan?", fragte Luzifer.

„Das liegt daran, dass ich keine Chance hatte."

Satan lächelte. Das Essen kam. Es gab Mensch. Tatsächlich einen ganzen. Nike griff zu, wie es die anderen auch taten. An diesem Abend war Nike nicht die Einzige, der Blut von den Zähnen tropfte. Sie fand es nicht schlimm, allein zu sein, doch sie genoss die Gesellschaft der Höllenfürsten. Als der Mensch verschlungen war, fauchte Astaroth laut. Luzifer und Beelzebub stimmten ein. Als Satan und Belial auch einstimmten, beschloss Nike, dasselbe zu tun. Ein mehrstimmiges Fauchen tönte durch den Raum. „Genug", rief Satan irgendwann und alle verstummten sofort. Es folgten Kämpfe, bei denen die Höllenfürsten ihre Stärke beweisen mussten. Es gab nur eine einzige Regel. Niemand durfte sterben. Sie wollten nicht, dass die Höllenfürsten fielen.

Nike durfte als Ehrengast teilnehmen. Sie sah zu, wie vor ihr alle außer Satan den Ring betraten, dann war sie dran. Sie ging im Kopf durch, was ihr gesagt worden war. Wenn jemand aufgab, war der Kampf vorbei und der, der aufgegeben hatte, hatte verloren. Von den Höllenfürsten wurde erwartet, dass sie mindestens gegen sechs Dämonen gewannen. Alle vor ihr hatten acht oder mehr geschafft. Nike hatte den Ehrgeiz mindestens neun zu schaffen. Sie würde verlieren, wenn sie entweder den Ring verließ, aufgab oder einer der Kampfrichter den Kampf beendete, um Todesfälle zu vermeiden, und sie als Verliererin verkünden würde.

Sie stand jetzt im Ring und vor ihr stand einer der Dämonen. Er griff an und Nike wich aus. Der Ring war klein, wie sie bemerkte, als sie ihn fast verließ. Er schlug zu und sie lenkte den Schlag links an ihren Kopf vorbei. Sie verdrehte den Arm und warf den Dämon mit einer Hand aus dem Ring. Der nächste Dämon trat in den Ring und griff sie an. Sie trat ihm an den Kopf und er ging zu Boden. Der Kampfrichter erklärte Nike zur Siegerin und der dritte Dämon sprang in den Ring. Sie schlug zu und er wich aus. Er schlug mit beiden Händen zu und sie trat ihm an die Brust. Er taumelte zurück, griff aber sofort wieder an. Sie wich aus und stellte ihm ein Bein. Er fiel zu Boden und sie hockte sich halb neben, halb auf seinen Rücken. Sie hielt ihm ihre Krallen an den Hals, woraufhin sie zur Siegerin erklärt wurde. Dem vierten Dämon schlug sie unters Kinn und er taumelte nach hinten. Er übertrat die Linie und Nike gewann. Nike streckte Dämon sechs und sieben nieder und bekam erst beim Achten Probleme. Er landete einen Treffer in ihrem Magen und sie krümmte sich. Er ging auf sie zu und sie schlug einen Salto über ihn hinweg. Sie ließ ihr Knie in seinen Rücken krachen. Sie drückte ihn auf den Boden und hob seinen Kopf an. Sie schlug seinen Kopf auf den Boden, wieder und wieder, bis er sich nicht mehr rührte, dann warf sie seinen Körper aus dem Ring.

Sie schaffte alle zwölf Dämonen. Dann war Satan dran. Er schaffte ebenfalls zwölf. Er trat aus dem Ring. „Zur Feier unserer Siege werden wir jetzt alle besiegten Dämonen verspeisen." Er ging zu Nike hinüber. „Das wir die Dämonen nach dem Kampf verspeisen passiert nur, wenn mehr als einer von uns alle zwölf schafft. Passiert nicht oft, aber manchmal."

Die Türen zum Raum wurden verschlossen und sie machten sich über die Dämonen her. Sie wehrten sich, doch keiner hatte allein auch nur die leiseste Chance gegen einen der Fürsten. Nike riss einem die Kehle aus dem Hals und schluckte sie runter. Astaroth nahm sich zwei Köpfe und schmetterte sie zusammen. Ein ekelhaftes Krachen erfüllte die Halle, als die Köpfe der beiden Dämonen zersplitterten. Luzifer zerdrückte einem den Hals und Satan zerriss mit seinen Krallen den Körper eines Dämons. Nike machte sich daran, die Dämonen zu töten, die zu fliehen versuchten. Sie aßen Fleisch und tranken Blut. Irgendwann waren nur noch Knochen und Leichen im Raum. Keiner der Fürsten hatte sich schwer verletzt. Für Nike galt das Gleiche. Nike wusste nicht mehr, wo ihr Zimmer lag und da Satan zufällig an ihrem Zimmer vorbeigehen musste, nahm er sie mit. „Ich hoffe, dass du dich hier schnell zurechtfindest", sagte Satan, als er sie durch die Gänge führte.

„Das hoffe ich auch", antwortete Nike. Sie bogen ab und Nike versuchte, sich den Weg zu merken, wusste aber nicht, ob es ihr gelang. Irgendwann blieb Satan vor einem Zimmer stehen und sagte: „Hier, das ist das deine."

Nike bedankte sich und ging ins Zimmer. Satan blieb noch kurz vor ihrer Tür stehen und verschwand dann in den Gängen. Nike schloss ihre Tür nicht ab. Sie ließ ihre Schuppen verschwinden. Sie legte sich ins Bett und schlief ein. Sie träumte von den Höllenfürsten und davon, dass sie ebenfalls irgendwann zu ihnen gehören würde.

Sie erwachte am nächsten Morgen. Sie nahm jedenfalls an, dass es Morgen war. Wissen konnte sie es nicht, da in der Hölle keine Sonne existierte. Sie stand auf und ließ Schuppen auf ihrer Haut wachsen. Sie verließ ihr Zimmer und ging durch die Flure. Sie hatte sich den Weg richtig gemerkt, denn sie befand sich schon bald in einem Raum, in dem sie schon vorher gewesen war. Satan saß an einem Tisch und aß. Er winkte sie zu sich und sie setzte sich neben ihn. „Hast du gut geschlafen?", fragte er, mit einer tiefen Stimme. Sie klang nicht so bedrohlich, wie als sie versucht hatte zu fliehen, sondern vielmehr freundlich. Anscheinend mochte Satan sie. Vielleicht lag das daran, dass sie am Abend zuvor im Töten der Dämonen Grausamkeit bewiesen hatte, vielleicht auch, weil sie gegen zwölf der Dämonen gewonnen hatte. „Du hast gestern beim Kämpfen eine gute Figur gemacht."

Nike lächelte. Halb geschmeichelt halb, weil sie sich positiv an die Kämpfe und das Töten erinnerte. „Begleitest du mich heute auf meine Folterhöfe, denen ich alle paar Tage einen Besuch abzustatten pflege?"

Nike nickte. Sie konnte sich vorstellen, dass es ihr gefallen würde. Sie war schon immer etwas sadistisch gewesen, aber seit sie Dämonin war, hatte sich ihr Sadismus vervielfältigt. „Ich würde dich gerne begleiten", sagte sie. „Von meinem Zimmer aus kann man nur ein bisschen dieser Fläche sehen und man ist weit weg, aber ein Besuch dort würde mir bestimmt gefallen."

Satan lächelte, wobei seine Reißzähne kurz zu sehen waren. „Komm", sagte er und streckte seine Hand aus. Nike ergriff sie nach kurzem Zögern. Er ließ ihre Hand wieder los, als sie in einen Gang eingebogen waren. „Wir sind jetzt auf dem schnellsten Weg zu den Folterhöfen." Satan ging neben Nike her. Er überragte sie nur knapp, sogar, wenn man seine Hörner nicht mitzählte. Als sie weiter durch den Gang gingen, schlug ihnen eine Welle aus Schreien und Qualen entgegen. Nike lächelte, als sie die Atmosphäre wahrnahm. „Dir gefällt es hier", stellte Satan fest, nachdem er ihr einen Blick zugeworfen hatte. Nike nickte. „Ja", hauchte fast nur. Sie erreichten die ersten Schauplätze. Überall standen Dämonen und folterten Seelen. Sie hatten Körper, die allerdings nur Illusionen waren. Schreie der Seelen erfüllten die Luft. Nike ergriff Satans Hand erneut. „Möchtest du es auch mal probieren?", fragte Satan. Ein Lächeln stahl sich auf Nikes Gesicht. „Oh ja, das möchte ich."

Satan zog sie etwas zur Seite und deutete auf einen Ort, der etwas abseits war. „Dort wäre Platz. Ich zeige dir die Geräte, die du nutzen kannst und sage dir falls nötig, wie du damit umgehen musst."

Nike gefiel Satans tiefe, irgendwie bedrohliche Stimme, die, ihr gegenüber, aber trotzdem freundlich wirkte. Satan reichte ihr eine Reihe von Werkzeugen, die offensichtlich darauf ausgelegt war, Schmerzen zuzufügen. Sie gingen zum Platz, den Satan ihr gezeigt hatte. Dort arbeitete sonst niemand und Satan breitete das Folterwerkzeug auf einem kleinen Tisch aus. Er fing eine Seele ein und legte sie auf eine, dafür vorgesehene, Fläche. Ein Körper erschien. „Hier erscheint immer ein illusionierter Körper, um das Folter zu erleichtern. Wenn du dieser Illusion Schmerzen zufügst, leidet die Seele auf diese Weise."

Nike trat an den Tisch und Satan stellte sich neben sie. „Versuch doch das Mal", sagte er und reichte ihr eine Peitsche. Nike nahm sie in die Hand. Sie fühlte sich gut in ihrer Hand an und sie drehte die Peitsche. Sie hob sie und schlug zu. Das Seil bewegte sich nach unten, die Peitsche knallte und ein Schrei erfüllte den Raum. Nike lächelte. Sie ließ die Schuppen auf ihrem Bauch, ihrem Rücken, ihren Schultern und ihren Armen verschwinden. Jetzt waren nur noch ihre Beine, ihre Füße und ihre Brüste mit Schuppen bedeckt. Sie lachte, als sie erneut zuschlug. Satan lächelte. Ihm gefiel diese sadistische Dämonin, die Spaß daran hatte zu töten und Schmerzen zuzufügen. Er stellte sich neben sie und Nike schlug ein drittes Mal zu. Schreie erfüllten die Gegend. Satan ergriff ihre Peitschenhand, bevor sie erneut zuschlagen konnte. „Du solltest noch andere Folterwerkzeuge ausprobieren."

Nike nickte und gab ihm die Peitsche. Sie ging zum Tisch und sah sich die Dinge an, die dort lagen. Sie nahm sich einen Stab aus Metall, der einen Holzgriff hatte. Satan lächelte, als gefiel ihm die Wahl, die Nike getroffen hatte. Er hielt eine Hand an den Stab und dieser begann zu glühen. Nike hielt den Stab an den Rücken der Illusion und Schreie erfüllten erneut den Platz. Nike lachte laut auf, als sie die Position des Stabs veränderte und die Schreie eine neue Frequenz erreichten. Irgendwann legte sie den Stab weg und stellte sich vor den illusionierten Körper. „Hat der Mensch tatsächlich so ausgesehen?", fragte sie und Satan nickte. Sie packte die Haare der Illusion und zog daran. Die Haut an den Füßen platzte auf und sie wurde vom Körper geschält. Nachdem Nike der Seele die Schmerzen einer Häutung hatte spüren lassen, sagte Satan zu ihr: „Genug für Heute, Morgen ist auch noch ein Tag." Dann ging er und Nike folgte ihm. Er ging recht schnell und Nike ergriff seine Hand, um ihn nicht zu verlieren. Er zog sie über die Plätze und brachte sie in den Palast zurück, wo sie Lykos begegneten. Er verbeugte sich vor Satan und begrüßte Nike mit einem Nicken. „Was machst du hier?", fragte Nike.

„Ich kehre früher oder später immer dorthin zurück, von wo ich gekommen bin."

Nike blinzelte. „Du kommst aus der Hölle?"

Lykos nickte.

„Schön dich zu sehen Lykos", sagte Satan.

„Ebenfalls", antwortete Lykos.

„Ich verlasse euch dann hier", sagte Satan. „Ihr habt euch wohl was zu erzählen." Er verschwand und Nike sah ihm kurz nach. „Wie kommt es, dass du hier bist?", fragte Nike. Sie lächelte, als freute sie sich darüber. „Passiert es dir nicht auch manchmal, dass du gerne in dein Zuhause zurückkehren würdest?"

Nike blinzelte. „Du wohnst hier?"

Lykos nickte. „Das hier ist mein Zuhause. Du scheinst deinen ursprünglichen Plan aufgegeben zu haben."

Nike nickte. „Ja, ich hatte keine Chance."

Sie gingen durch die Gänge und kamen bald durch eine Halle. Satan und ein paar Andere standen darin. Er lächelte ihr kurz zu, als sie vorbeigingen und Nike lächelte zurück. Lykos bemerkte es. „Er mag dich", sagte er. „Das kommt bei Satan nicht oft vor."

Sie gingen weiter, bis Lykos sagte: „Ich verlasse dich jetzt. Du scheinst es auch ganz gut ohne mich auszuhalten." Er verschwand und Nike war allein. Sie ging, einfach, weil sie nicht wusste, was sie machen sollte, den Gang entlang, in dem sie sich befand.

Nike erreichte den Thronsaal und sah, dass dort fast niemand war. Sie konnte Luzifer und Beelzebub sehen, sonst aber niemanden. Sie begrüßte beide mit einem Nicken, welches knapp erwidert wurde. Sie drehte sich um und ging durch die Gänge zurück. Sie brauchte jetzt schon keine Hilfe mehr, um ihr Zimmer zu finden. Sie schloss die Tür auf und ging hinein. Sie setzte sich auf den Boden und meditierte.

Eine höllische Ehe

Die Tür zu Nikes Zimmer öffnete sich. Nike öffnete ihre Augen und drehte sich um. In der Tür stand Satan persönlich. „Komm mit", sagte er. Er führte sie durch die Gänge und brachte sie in eine Halle, wo sie die anderen Höllenfürsten und einige andere befanden. Nike hatte Satans Hand ergriffen, um ihn nicht zu verlieren. Jetzt sahen sie die anderen an, weshalb sie seine Hand ganz schnell wieder losließ.

Alle der Personen im Raum saßen in einem Kreis und Satan führte Nike zur einzigen Lücke. Er setzte sich rechts von ihr hin und sie setzte sich ebenfalls.

Alle standen Stunden später wieder auf. Es war fast wieder Zeit, um ins Bett zu gehen, was natürlich niemanden interessierte. Hier gingen alle ins Bett, wann sie wollten.

Satan zog sie etwas zur Seite. „Begleitest du mich wieder auf die Felder?", fragte er und Nike nickte lächelnd. Sie freute sich aus drei Gründen darauf. Zum einen, weil sie wieder das geballte Leid und die Schmerzen der Seelen spüren wollte, zum Zweiten, weil sie wieder Schmerzen zufügen durfte und zum Dritten, weil sie auf diese Weise mehr Zeit mit Satan verbringen durfte. Er hatte als oberster Herrscher der Hölle natürlich einige Pflichten.

Sie gingen nebeneinander her. Friedlich. Als sie auf den Ebenen der Bestrafung angekommen waren, nahm Satan Nikes Hand und zog sie zur Stelle, an dem sie auch gestern waren. Sie begann, genau wie das letzte Mal, die Seelen zu foltern, nur, dass sie jetzt Satans Hand hielt, was den Seelen nicht zugutekam. Ein Teil seiner Grausamkeit ging auf Nikes Bewegungen über und sie schlug mit mehr Kraft gnadenlos zu. Nike drückte Satans Hand fester, als sie erneut zuschlug. Sie blickte Satan an und er blickte zurück. Sie sahen sich in die Augen. So standen sie da, sich in die Augen blickend und die eine Hand des anderen haltend.

In den zwanzig Sekunden, die sie so dastanden, merkte Nike, dass sie Satan mehr als nur mochte. Sie liebte seine Grausamkeit und konnte nicht genug von seiner Stimme bekommen. Sie konnte es nicht länger vor sich selbst verstecken. Sie liebte ihn. Seit sie Kim verloren hatte, war er das erste Individuum, das sie liebte. Sie wusste nicht, ob er sie auch liebte, aber ihr genügte es fürs Erste, so mit ihm dazustehen und seine Hand zu halten. Sie trat noch einen Schritt auf ihn zu und jetzt berührten sie sich fast. In der anderen Hand hielt Nike immer noch die Peitsche, als Satan sie an sich zog. Ihre Gesichter waren sich ganz nah und Satan küsste sie. Nike erwiderte den Kuss. Es gab keinen romantischeren Ort für einen Kuss. Nike mit ihren Schuppen, die den Bereich von der Hüfte abwärts und ihre Brüste bedeckten, und der Peitsche in der Hand, die zwischen Schreien und Qualen Satan küsste.

Irgendwann lösten sie sich voneinander und Nike blickte ihm in die Augen. Sie konnte seine Grausamkeit sehen, aber sie konnte auch die Zuneigung, sie blickte genauer hin, Liebe, die er für sie empfand, sehen. Sie löste sich von ihm, hielt aber seine Hand weiterhin fest. Sie schlug mit der Peitsche zu und genoss den Schrei, der daraufhin von der Seele kam. Satan nahm sich einen Stab aus Metall und erhitzte ihn mit seiner Hand, bis er glühte. Er drückte ihn auf den illusionierten Körper der Seele. Er nahm ihn wieder runter und beschloss, dass diese Seele für heute genug gelitten hatte. Er öffnete die Fesseln, die die Seele festhielten und sie flog davon. Sie konnte die Hölle nicht verlassen, weshalb sich niemand darum kümmerte. Satan und Nike verließen die Felder wieder. Nike hatte in der rechten Hand noch immer die Peitsche und mit der linken hielt sie Satans rechte fest. Sie schritten nebeneinander her über die Felder. Sie traten wieder in den Palast, doch Nike ließ seine Hand nicht los und Satan versuchte auch nicht ihre Hand loszuwerden, ganz im Gegenteil. Er drückte ihre Hand. Er ging mit ihr durch die Flure. Sie dachte, dass er sie bei ihrem Zimmer abliefern würde, doch das tat er nicht. Er ging mit ihr durch die Gänge. Er schien kein bestimmtes Ziel zu haben. Er fing an zu reden: „Dir scheint es ebenso gut zu gefallen, mit mir hier zu sein, wie mir."

Nike lächelte. „Ja, das tut es."

Sie gingen eine Treppe hoch. Sie waren dabei in einen Turm zu gehen. „Gefällt es dir hier eigentlich Nike?", fragte Satan sie.

Nike nickte. „Ja, sogar sehr gut"

Sie kamen oben auf dem Turm an. Es gab ein großes Fenster. Sie stellten sich davor und blickten hinaus. Von hier aus konnte man alles sehen. Kleinere Gebäude, die Folterungen und alles, was es sonst noch zu sehen gab. Nike schob sich ein Stück näher an Satan heran und er legte einen Arm um sie. Sie schob sich so nah an ihn heran, dass sie ihren Kopf an seine Schulter legen konnte. So blickten sie über die Flächen der Hölle.

Nach zwanzig Minuten sagte Satan: „Wir sollten jetzt ins Bett gehen, denn jedenfalls ich habe morgen wichtige Termine."

Nike küsste ihn und sie gingen wieder nach unten. Er führte sie durch die Gänge. Sie blieben vor ihrem Zimmer stehen und Nike öffnete die Tür. Nike legte sich ins Bett und Satan wollte gehen. „Bleibst du bei mir?", fragte Nike.

Satan drehte sich um. „Was hast du gesagt?"

Nike blickte ihn an. „Ich fragte, ob du bei mir bleibst. Heute."

Satan lächelte. „Ich habe zwar morgen viel zu tun, doch ich glaube, dass ich heute bei dir bleiben kann."

Nike lächelte erfreut und hob ihre Decke. Satan legte sich neben sie. Sie schob sich an ihn und spürte seine Wärme. Er legte einen Arm um sie und sie küssten sich. Nike schloss ihre Augen und spürte nur noch das Bett und Satans Wärme. Sie fühlte sich so sicher, wie schon sehr lange nicht mehr.

Satan erwachte. Nike lag neben ihm. Sie war die schönste Dämonin, die er seit langem gesehen hatte. Er würde gerne liegen bleiben, doch die Pflicht rief ihn. Er küsste Nike und löste sich sanft von ihr. Sie erwachte nicht. Er öffnete die Tür, duckte sich ein wenig, damit seine Hörner nicht den Türrahmen streiften, und trat hinaus. Er schloss die Tür sehr leise, damit Nike nicht erwachte. Er ging durch die Flure und kam in eine Halle. In dieser Halle hatten sie die Kämpfe ausgefochten. Er hatte vor Nike zu heiraten. Er liebte sie und sie liebte ihn ebenfalls. Satan hoffte, dass Nike seinen Antrag annehmen würde. Er ließ alles in seinen Palast schaffen, was er dafür brauchen würde, doch er ließ es gut verstecken, in Räumen, die für die nächsten Tage für Nike gesperrt werden würden. Satan hatte nur ein Problem, wenn Nike seinen Antrag ablehnte. Er ließ alles tun, was er zu tun hatte. Er würde mit seinem Antrag warten, bis Nike erwacht war und durch die Tür der Halle kam. Wenn sie seinen Antrag annahm, hatten er und seine Leute noch zwölf Stunden Zeit, alles vorzubereiten, bis die Zeremonie beginnen musste.

Nike erwachte. Sie war allein. Satan hatte sie am Morgen verlassen. Er hatte ja erwähnt, dass Verpflichtungen anstanden. Sie stand auf. Sie war nackt und ihre Schuppen waren verschwunden. Sie hatten sich wohl in der Nacht zurückgebildet, da sie sich sicher gefühlt hatte, als Satan neben ihr lag. Sie zog sich ihre Kleidung an und hängte die Peitsche an ihren Gürtel. Sie verließ ihr Zimmer und ging in Richtung der Halle, in der sie schon vorher ihr Essen eingenommen hatte. Ihr Messer hing auf ihrem Rücken. Es war nicht bedeckt, da sie sich keine Sorgen machen musste, dass jemand in Panik geraten könnte. Sie betrat die Halle und sah, dass einige Leute in der Halle standen. Satan stand zwischen zwei Totenschädeln, die auf Stäben steckten. Er drehte sich um und sah sie. Er lächelte. Sie ging zu ihm hinüber und er kniete sich vor sie. „Willst du mich heiraten?", fragte er.

Nike lächelte. Es überraschte sie nicht so sehr, wie sie erwartet hatte. „Ja, das möchte ich", sagte sie, wobei ihre

Reißzähne sichtbar wurden. Sie hatte mittlerweile auch in menschlicher Gestalt Reißzähne.

„Können wir überhaupt heiraten?", fragte sie. Sie flüsterte, damit es sonst niemand hörte.

„Natürlich können wir das."

Nike lächelte. „Aber macht es dir nichts aus, dass du einige tausend Jahre älter bist als ich?"

Satan schüttelte den Kopf. „Ich kann durch die Zeit nicht sterben und nach unserer Vermählung wirst du es auch nicht mehr tun."

Nike küsste ihn. Falls jemand gerätselt hatte, was Nike wohl gesagt hatte, waren diese Zweifel jetzt definitiv aus der Welt geschaffen worden. „Du musst mich leider wieder verlassen, denn wir haben Vorbereitungen zu treffen. In circa drei Stunden wird die Zeremonie stattfinden, da musst du schön und in den richtigen Klamotten erscheinen. Jemand, der dir alles bringt, wird zu deinem Zimmer geschickt werden."

Nike wurde in ihr Zimmer geführt. Die Tür wurde von außen verschlossen und Nike war allein.

Ihre Tür wurde geöffnet. Jemand betrat ihr Zimmer. Ihr Körper war von roten Schuppen überzogen. Sie legte ein rotes Bündel auf Nikes Bett. Nike stand auf.

„Ich bin hier, um dich in den perfekten Look für deine Hochzeit mit unserem Herrn zu werfen."

Nike sah sich das Bündel an, welches auf ihrem Bett lag und fragte sich, was es wohl für Kleidung war. Sie band das

Bündel auseinander. Ein Rock landete auf ihrem Bett. Er war von einem höllischen Rot, doch er war durchsichtig. „Ich soll etwas durchsichtiges anziehen?", fragte Nike zweifelnd.

„Es ist gedacht, dass du unter der Kleidung Schuppen trägst, sonst aber nicht", sagte die Dämonin. „Jetzt zieh dich aus." Nike entkleidete sich.

„Zieh die anderen Sachen an."

Nike tat es. Außer dem Rock befand sich noch ein Oberteil da und etwas, was, wie Nike richtig vermutete, über ihren rechten Arm gehen sollte. Die anderen Sachen passten Nike, als wären sie an ihr gewachsen. Da sie noch keine Schuppen hatte wachsen lassen, konnte man sie noch komplett nackt betrachten. Sie ließ über ihre Brüste, ihre Vagina und ihren Hintern Schuppen wachsen. Die Dämonin flocht Nikes Haare zu einem Zopf und befahl dann: „Wieder ausziehen."

Nike zog sich erneut aus, ließ ihre Schuppen aber, wo sie waren, und machte somit alles richtig. Die Dämonin holte eine Dose heraus und griff hinein. Sie holte ein Zeug heraus und verrieb es ein wenig in ihren Händen. Sie trat hinter Nike und legte ihre Hände auf ihren Rücken. Sie rieb Nikes Haut ein. Überall wo keine Schuppen waren, fuhren ihre Hände entlang. Ihr Rücken, ihr Bauch, ihre Schultern, ihr Hals, ihre Arme und ihre Beine wurden mit dem Zeug beschmiert. Nikes Haut begann zu glänzen, als die Dämonin ihre Hände wusch und eine andere Dose herausholte. Sie verrieb erneut Zeug in ihren Händen und trat wieder an Nike heran. Sie fuhr über ihre Brüste und rieb diese mit dem neuen Zeug ein. Als ihre Brüste fertig waren, wechselte sie zum Bereich in der Nähe ihrer Hüfte. Sie fuhr über Nikes

Vagina, einen Teil ihrer Beine und wechselte dann an ihren Hintern.

Als die Dämonin fertig war, trat sie zurück. Nike betrachtete sich im Spiegel. Ihre Haut glänzte jetzt etwas rötlich und ihre Schuppen glänzten tief Schwarz. Sie ließ sich die Gewänder wieder anlegen. Nike betrachtete sich erneut im Spiegel. Sie sah gut aus, fand sie. Ihr Outfit enthielt auch einen Gürtel. Sie nahm die Peitsche und hängte sie dran. Sie zog ihr Messer aus der Scheide an ihrer anderen Kleidung und schob es in die Scheide an ihrer jetzigen Kleidung. Sie betrachtete sich. Ihre Gegenstände hatten das Outfit vervollständigt. Auch die Dämonin schien zufrieden mit ihrem Werk zu sein. „Wir müssen los", sagte sie.

Nike nickte und folgte ihr. Sie wurde durch die Gänge geführt, bis sie eine Bühne erreichten. Nike wurde ein wenig nach vorne geschoben und betrat die Bühne. Satan stand bereits dort. Rechts hinter ihm stand ein Mann oder eine Frau. Nike stellte sich so auf hin, dass Satan links neben ihr stand und der Mann oder die Frau links hinter ihr.

Die Zeremonie ging schnell. Sie bekam im Großen und Ganzen nur einen Ring, wie Satan ihn trug und musste sich mit der Klinge, die die Person in einer Schachtel hatte, einen Schnitt über die Hand machen. Danach nahm sie Satans Hand, so wie er ihr es stumm klarmachte. Der, der die Schachtel hielt, sagte: „Ich ernenne Nike Skia hiermit zur Foreas tou ponou, der Überbringerin der Schmerzen."

Satan hob seine Hand und zog Nikes mit. Die Zuschauer brüllten und Satan fauchte. Nike stimmte in sein Fauchen ein.

Sie verließen die Bühne zusammen wieder. Sie küssten sich, als sie die Bühne verlassen hatten. Der Weg hinter der Bühne führte direkt in den Thronsaal. Nike sah, dass Satans Thron zur Seite geschoben war und nun ein zweiter Thron danebenstand. Satan führte Nike zu den Thronen. Lykos lag hinter einem Thron. Satan setzte sich auf den anderen, sodass Nike sich auf den Thron setzte, hinter dem Lykos lag. Alle Anwesenden verbeugten sich tief vor Satan und Nike. Es waren viele Leute anwesend. Nur einer hatte einen Einspruch. „Sie ist nicht unsere Herrscherin."

„Jedenfalls nicht allein, da ich noch da bin.", sagte Satan.

Der einzelne Dämon hatte aber weiteren Einspruch. Alle anderen sahen ihn an. Nike zog mit der linken Hand ihr Messer von ihrem Rücken. Sie sprang die drei Meter auf den Dämon zu und stach ihm ihr Messer in die Brust. Sie packte mit der freien rechten Hand den Kopf des Dämons und riss ihn ihm von den Schultern. Sie zog ihr Messer aus seiner Brust und der Körper fiel auf den Boden. Sie warf den Kopf hinter sich und ein Krachen erfüllte den Raum, als Lykos Zähne den Schädel zermalmten und er den Kopf verspeiste. Nike leckte das Blut von ihrer Messerklinge. „Noch irgendwer Einwände?", fragte sie, während sie zu ihrem Thron zurückging und dabei herausfordernd in die Runde schaute. Niemand rührte sich. „Dann ab an die Arbeit", rief sie. „Ihr habt bestimmt alle was zu tun."

Der Raum leerte sich und Nike drehte sich zu Satan um. „Du machst dich ganz hervorragend als Höllenkönigin." Er reichte ihr ein schwarzes Diadem. Sie setzte es auf und lächelte.

An der Macht

Nike begleitete Satan in ihre neuen Gemächer. Sie wohnten jetzt zusammen in diesen Gemächern. Sie waren bereit, um ins Bett zu gehen. Es war spät, was aber niemand wusste, weil es in der Hölle keine Sonne gab und Uhrzeiten hier nicht zuverlässig waren. Sie standen in ihren Gemächern. Sie waren viel größer als Nikes altes Zimmer. Satan zog sie an sich und küsste sie. Sie lösten sich voneinander und Nike nahm die roten Gewänder ab. Satan entkleidete sich. Nike lies ihre Schuppen verschwinden und nun stand sie Satan nackt gegenüber. Satan hatte eine menschenähnliche Gestalt angenommen. Seine Hörner hatte er aber behalten. Er kam auf sie zu und umarmte sie. Sie küssten sich und Nikes Brüste wurden zwischen ihr und Satan zusammengedrückt. Er legte seine Hände auf ihre Hüfte und streckte seine Arme. Er küsste sie erneut. Er blickte ihr in die Augen. Eine Sekunde, zwei, drei. Dann drückte er sie mehr oder weniger sanft auf den Boden, sodass Nike mitten im Raum kniete. Satan umkreiste sie. Nike sah nicht, dass er beim Laufen eine Peitsche in die Hand nahm, sodass es sie völlig unerwartet traf. Sie hatte zwar im Voraus mit etwas in der Richtung gerechnet, doch als die Peitsche sie traf, zuckte sie trotzdem zusammen. Sie zog scharf die Luft ein. Als Satan das zweite Mal zuschlug, entwich ein Keuchen ihrem Mund. Sein Fuß traf sie daraufhin in die Seite, was ihr ein erneutes Keuchen entlockte. Er blieb vor ihr stehen und legte die Peitsche zur Seite. Er blickte auf sie herab. Nike merkte, dass er ihr etwas hinhielt. Sie griff danach und sah, dass es sich um Handfesseln handelte. Sie ließ sie sich anlegen, woraufhin sie ihre Bewegungsfreiheit fast komplett verlor. Sie kniete so, dass sie ohne Hände nur sehr schwer aufstehen konnte und diese standen ihr nicht mehr zur

Verfügung. Satan trat ihr in den Bauch und Nike keuchte. Als sie erneut einen Peitschenhieb abbekam, konnte sie es nicht länger verhindern. Sie schrie auf, was Satan ein Lächeln aufs Gesicht zauberte. Er schlug nochmal zu und Nike schrie erneut auf. Sie keuchte, doch sie hatte ein Lächeln auf dem Gesicht, welches aber vom Schmerz verzerrt wurde, als Satan zuschlug. Satan legte die Peitsche weg. Er packte sie am Hals und Nike bekam keine Luft mehr, als er sie hochhob. Als er sie wieder absetzte, schlug er ihr mit der Handfläche auf die Wange. Nike wurde herumgewirbelt und Satan drückte sie zur Wand. Sie ging hin und sah die Konstruktion, die dort stand. Satan nahm ihr die Handfesseln ab und sie legte ihre Arme in die dafür vorgesehenen Ringe und sie gingen zu. Sie legte ihren Hals in den dritten Ring und auch dieser schloss sich. Satan legte ihr eine Hand auf den Rücken. „Geht es dir noch einigermaßen gut?", fragte er.

Nike bekam nicht genug Luft, um zu antworten. Sie vertraute Satan aber so weit, dass sie ihm glaubte, dass er ihr keine bleibenden Schäden bereiten würde. Er hatte es versprochen. Mit ein paar Narben wäre Nike zwar noch einverstanden gewesen, aber sie wusste, dass wenn Satan wollte, er ihr hier ganz leicht sehr große, bleibende Probleme bereiten konnte. Satan nahm ein heißes Stück Eisen und legte es auf ihren Rücken. Nike spürte, wie ihre Haut verbrannte, und schrie auf. Er entfernte es wieder. Nike stöhnte auf, als Satan begann ihr seinen Penis in die Vagina zu schieben. Satan unterbrach seine Handlungen und nahm eine Gerte zur Hand. Er holte aus und schlug mit aller Kraft zu. In Nikes Körper explodierte ein unglaublicher

Schmerz. Sie versuchte nicht zu schreien, weil sie wusste, dass sich Satan erst zufriedengeben würde, wenn sie schrie. Sie wollte, dass er die Kraft der Schläge steigerte. Oder die Häufigkeit. Satan schlug zweimal zu und Nike überspielte ihre Schmerzen mit einem Lächeln. Ihr Blick begegnete dem von Satan und er verstand. Er schlug fester und schneller zu. Die Schmerzen, die sie durchzuckten, bereiteten ihr jedes Mal fast einen Orgasmus. Satan öffnete die Ketten und Nike war fast enttäuscht, bis Satan sie drehte und sie zu einem anderen Ort führte, an dem die Ketten am Boden waren. Nike legte sich auf den Rücken und der erste Ring schloss sich um ihren Hals. Nike breitete ihre Arme aus und auch um ihre Handgelenke schlossen sich Ketten. Satan drückte ihre Beine auseinander und um ihre Fußgelenke wurden ebenfalls Ketten geschlossen. Er fixierte ihre Hüfte noch am Boden und ihre Bewegungsfreiheit war bei null. Satan hockte sich auf sie und seine Hände wanderten an ihren Hals. Er begann zu drücken und Nike merkte, wie der Sauerstoffgehalt in ihrem Körper sank. Sie merkte, wie die Welt um sie verschwamm, ihr Gehirn schrie nach Sauerstoff und sie machte sich bereit, um in der Ohnmacht zu versinken, doch dann löste Satan seine Hände von ihrem Hals. Nike holte Luft und keuchte. „Dachtest du wirklich, ich würde dich in der Ohnmacht versinken lassen? Ich brauche dich noch. Außerdem habe ich kein Interesse daran, dich zu töten."

Er begann erneut sie zu penetrieren. Er legte wieder eine Pause ein, um ihr Schmerzen zu bereiten. Er legte eine Hand zwischen ihre Brüste und wartete. Nike wunderte sich. Dann begann sie zu zucken und sich zu winden. Sie spürte, wie

Satan seine Arbeit wieder aufnahm. Er hielt ihre Hüfte fest und penetrierte sie, während sie sich vor Schmerzen wand. Nikes Schmerzen waren derart stark, dass sie nicht zum Schreien imstande war. Sie wand sich, soweit sie das konnte, versuchte, die Schmerzen zu genießen, und genoss die Penetration. Satan zog seine Kralle über ihren linken Arm. Blut lief ihr über den Arm. Dann schnippte er mit den Fingern. Das Blut begann auf ihrer Haut zu brennen, als wäre es Säure. Nike zitterte nur noch. Zu mehr war sie nicht befähigt.

Satan zog seinen Penis aus ihrer Vagina. Es war vorbei. Er hob Nike hoch und stellte sie auf ihre Füße. Sie schwankte kurz und klammerte sich an Satan. Er legte einen Arm und sie und begann sie mit irgendwas einzureiben. „Was ist das?", fragte sie schwach.

„Das sorgt dafür, dass du keine Schäden davonträgst. Außerdem entspannt es deine Haut."

Nike ließ zu, dass Satan sie einrieb. Sie zog ihn ins Bett und schmiegte sich an ihn. Sie gab ihm einen Kuss auf den Mund, dann schloss sie ihre Augen.

Nike wachte am nächsten Morgen auf. Sie lag mit Satan im Bett und schmiegte sich an ihn. Sie hatte die letzte Nacht genossen, war aber auch froh, dass es vorbei war. Sie blieb liegen und stand erst nach einer halben Stunde auf. Sie ging in den Thronsaal. Lykos lag hinter ihrem Thron. Sie ging zu ihm und streichelte seine Schnauze. Nike war sich nicht sicher, ob ihm das gefiel, so als Wolf des Todes, aber es war ihr egal und Lykos beschwerte sich nicht. Sie trug erneut dieselbe Kleidung, die sie am Vortag getragen hatte, doch sie gefiel ihr so gut, dass es ihr egal war. Sie hatte erneut Schuppen auf ihren Brüsten und zwischen ihren Beinen wachsen lassen, damit man nicht mehr sah, als ihr lieb war. Ihre Peitsche hing an ihrem Gürtel, das Messer auf ihrem Rücken.

Lykos öffnete ein Auge und sah, dass Nike ihn streichelte. Er schnaubte, machte aber keine Anstalten sie loszuwerden. Sein Kopf lag neben ihrem Thron, wohingegen der Rest seines Körpers eher dahinter lag.

Nike wusste, dass sie schwanger war. Sie würde bald einen Dämon in die Welt setzten. Sie wusste allerdings noch nicht wie bald. Sie merkte, dass ihre Kopfhaut juckte, sie wusste aber nicht warum. Sie legte ihre Arme auf die Armlehnen ihres Throns und lehnte sich an. Satan hatte dafür gesorgt, dass sie von der letzten Nacht keine Narben davontragen würde. Sie würde sich nur positiv an die Schmerzen erinnern.

Satan betrat den Thronsaal und Nike blickte ihm entgegen, ohne, dass ihr etwas anderes entging. Sie erhob sich und er kam die Stufen zu den Thronen hoch. Sie umarmte ihn und drückte ihm einen Kuss auf den Mund, welchen er erwiderte. Dann löste er sich von ihr und setzte sich auf seinen Thron. Sie saßen jetzt nebeneinander, als die obersten Herrscher der Hölle. Nike sah zu ihm herüber und er beantwortete ihre unausgesprochene Frage mit einem Nicken. Er wusste auch, dass sie schwanger war. Sie beschloss, ihn später zu fragen, wie lange es bis zur Geburt des Dämons dauern würde, doch jetzt hatten sie erstmal eine Pflicht zu erfüllen.

Die Dämonen kamen nach und nach und verbeugten sich. Nike dauerte das nicht zu lange, da sie es genoss, wenn sich Leute respektvoll vor ihr verneigten. Sie stand auf und Satan folgte ihrem Beispiel. Alle Leute waren wieder weg. Arbeiten oder so. Nike nah Satans Hand und zog ihn mit, in Richtung Ebenen der Bestrafung. Sie begegneten einem Dämon und einer Dämonin, die keine Schuppen auf den Körpern hatten. Sie hatten tiefschwarze Haut und Krallen. Das war es. Sie hatten eine menschenähnliche Gestalt und trugen über ihrer Haut keine Kleidung oder Ähnliches. Nike und Satan gingen an ihnen vorbei und erreichten die Ebenen der Bestrafung. Sobald sie sie betreten hatten, begann Nike zu lächeln. Sie freute sich, auf eine sadistische Art, darauf erneut Schmerzen zufügen zu können.

Sie nahmen sich jeweils eine Stelle, die beiden lagen recht nah beieinander, und breiteten ihr Folterwerkzeug auf dem Tisch aus. Nike nahm ihre Peitsche von Gürtel und schlug zu. Ein Schrei folgte und auch von Satans Patienten ging einer aus. Satan schlug fester zu, als Nike es tat und das ärgerte sie. Es ärgerte sie so sehr, dass sie, als die Seelen genug gelitten hatten, zu Satan hinüber ging. Er dachte, dass sie ihn küssen würde, und breitete seine Arme aus. Sie holte aus und schlug ihm auf die Wange. Sie schlug zwar fest zu, aber nicht so fest, dass es ihn ernsthaft verletzte. „Du kannst doch nicht einfach fester zuschlagen als ich. Gibt es irgendeinen Trick dabei."

Satan lächelte, schüttelte dann aber den Kopf. „Nein, den gibt es nicht!", sagte er. Seine Stimme klang irgendwie sanft, doch auch tief und bedrohlich, so als wäre er sich nicht sicher, ob sie ein Feind war und deshalb freundlich sprechen, aber nicht zu freundlich. Nike hörte aber seine Liebe in den Worten. Falls so etwas existierte, galt sie ihr.

Die nächsten Seelen kamen und Nike begann während des Auspeitschens und sonstigen Folterns vor Freude zu lachen. Eine Dämonin, die lachend herumsprang, während sie Seelen folterte. Sie lachte, weil es ihr gut gefiel den Seelen Schmerzen zuzufügen. „Möchtest du so eine Prozedur auch mal durchmachen", fragte Satan, während er neben sie trat. Nike bewegte abwägend den Kopf hin und her. Einerseits waren es bestimmt starke Schmerzen, andererseits war sie eine Freundin der Schmerzen und sie wusste schonmal, auf was sie sich einstellen konnte, falls sie sterben sollte.

„Ok", sagte Nike, „aber nur, wenn du es durchführst und dafür sorgst, dass ich keine nachhaltigen Schäden davontragen werde. Außerdem möchte ich, dass ich es beenden kann, wenn ich will."

Sie hörte Satan sagen: „Mit Letzterem kann ich nicht dienen, aber wir können uns auf zehn Minuten einigen."

Nike nickte.

„Und natürlich sorge ich dafür, dass du keine nachhaltigen Schäden davonträgst, meine Liebe. Weder körperliche noch mentale."

Nike nickte und öffnete ihr Oberteil. Sie wollte nicht, dass es beschädigt wurde. Sie legte es auf den Boden, ließ die Schuppen auf ihren Brüsten verwinden und stellte sich so hin, wie die Illusionen es taten. Die Fesseln hinderten sie sofort daran, diese Position zu verlassen. Sie wusste, dass es kein Zurück mehr gab. Sie würde leiden, doch dieser Gedanke freute sie mehr, als dass er ihr Angst machte.

Ein unglaublicher Schmerz durchzuckte sie.

Die zehn Minuten waren schnell vorbei und Nike erhob sich. Satan legte ihr eine Hand auf den Rücken und ihre Wunden und schmerzenden Stellen verschwanden. Sie ließ wieder Schuppen auf ihren Brüsten wachsen und zog ihr Oberteil wieder an. Sie ging mit Satan wieder rein. Satan verließ sie und wanderte in eine andere Richtung. Er hatte zu tun. Nike ging in den Thronsaal und setzte sich auf ihren Thron. Lykos schnauze lag neben ihr und sie legte eine Hand darauf. Zwei Dämonen stürmten in den Saal. Sie machten keine Anstalten langsamer zu werden oder Ähnliches. Sie hatten Krallen und stürmten auf sie zu. Einer sprang und Nike duckte sich. Als er sich umdrehte, packte sie ihn am Hals. Sie zog ihr Messer und stach es dem zweiten Dämon durch den Hals, als er gerade zum Sprung ansetzte. Sie hob den lebenden Dämon von den Füßen und blickte ihn an. „Was sollte das?" Nikes Stimme donnerte durch den Thronsaal.

„Du bist nicht unsere Königin", sagte der Dämon.

„Aha und warum nicht?"

Der Dämon trat nach ihr. „Wir akzeptieren dich hier nicht." Nike seufzte. „Warum nicht? Und wer?" Ihre Stimme war leise geworden. Der Dämon fauchte. „Mein Freund und ich." Nike lächelte. „Warum nicht? Außerdem mache ich dich darauf aufmerksam, dass dein Freund meiner Klinge zum Opfer fiel, als er mich angriff."

Der Dämon wand sich, woraufhin Nike ihren Griff verstärkte. „Warum nicht?"

Der Dämon wollte sich abwenden, doch Nike hielt ihn fest. „Du wurdest nicht hier geboren."

Nike stieß ein Geräusch aus, welches wohl eine Mischung zwischen einem Lachen und einem Seufzen war. „Das ist doch wirklich nicht nötig." Sie drückte ihre Hand zu und sein Hals wurde zerquetscht. Sein Kopf fiel auf den Boden und Nike ließ seinen Körper los. „Lykos? Hast du Lust auf einen kleinen Snack?"

Er erhob sich und kam herüber. Er aß die Körper restlos auf und legte sich danach wieder hinter ihren Thron. Nike setzte sich hin und leckte das Blut von ihrer Klinge. Ein bisschen davon blieb an ihren Zähnen hängen, sodass sie sie weiß-rote Zähne hatte, bis sie sich auch das Blut von den Zähnen leckte. Sie stand erneut auf und nahm Lykos mit. Sie verließ Satans Palast und ging durch die Hölle. Die Dämonen, denen sie begegnete, verneigten sich vor ihr und ließen sie, ohne zu fragen, durch. Die Hörner auf ihrem Kopf waren gewachsen. Nike hatte sie bemerkt und trug sie stolz auf dem Kopf. Ihre Hörner waren zwar nicht so groß wie Satans, doch sie waren zu sehen. Lykos ging neben ihr her. Sie besuchten Astaroths Palast. „Hallo Astaroth", sagte Nike, als sie den Thronsaal betrat. Er drehte sich in ihre Richtung und verneigte sich leicht. Als Königin der Hölle war sie ihm übergeordnet. Die Dämonen, die sich im Saal befanden, verneigten sich tief vor ihr. Da Astaroth ihr nur knapp untergeordnet war, lies sie es ihm durchgehen, dass er sich nicht tiefer verneigte. „Erhebt euch und tut das, was ihr machen wolltet, bevor ich kam", sagte Nike. Die Dämonen verschwanden. „Warum bist du hier, meine Herrin?", fragte Astaroth. Es klang, als würde er „meine Herrin" nur sehr widerwillig sagen. Nike verstand ihn. Sie ordnete sich auch nicht gerne unter. Das musste sie jetzt auch nicht mehr. „Ach", sagte Nike, „ich bin hier, da ich die Hölle erkundet habe und dabei an deinem Palast vorbeikam." Astaroth nickte. „Es gibt also keinen bestimmten Grund, weshalb du hier bist."

Nike schüttelte den Kopf. Sie blickte zufällig auf ihre Hand und sah wieder, dass ihre Haut jetzt rot war. Sie hatte sich noch nicht vollständig daran gewöhnt. „Was geschieht in deinem Palast eigentlich, Astaroth?", fragte Nike und sah sich um. Er zuckte mit den Schultern. „Alles und nichts." Nike schüttelte seufzend den Kopf. Sie verließ den Palast wieder und nahm Lykos mit. Sie betrat den Palast, den sie schon teilweise als ihren wahrnahm. Sie war sich bewusst, dass er eigentlich dem Satan gehörte, doch als seine Frau gehörten ihr bestimmt Anteile daran.

Nike brauchte erneut eine Portion Schmerzen. Ihr war in diesem Fall egal, ob sie Schmerzen zufügen würde oder ob ihr Schmerzen zugefügt würden. Sie ging auf die Ebenen der Bestrafung. Sie hörte Schreie, wie gewöhnlich, doch ihr fiel auch etwas auf, was sie nicht kannte. Sie sah Dämonen, die Kisten irgendwohin trugen. Einer nahm einen der Gegenstände aus einer der Kisten. Sie betrachtete ihn genauer. Es war eine Art Peitsche, doch sie war anders, als die, die es sonst so gab. Sie konnte nicht sehen, was anders war, doch es war eine andere Art. Sie ging auf die Dämonen zu. „Was ist das?", fragte sie.

„Das ist die neue Peitschenart, die seit zehn Minuten hier ist."

Nike blickte ihn an. „Ist sie schon im Umlauf?"

Der Dämon schüttelte den Kopf und Nike seufzte erleichtert. „Als Überbringerin der Schmerzen muss ich jedes neue Folterwerkzeug als erstes testen. Das ist dir bewusst, oder?" Der Dämon nickte und Nike nahm ihm die Peitsche aus der Hand. „Stellt alle Kisten hin", rief sie. „Und holt Satan so schnell wie möglich her."

Ein Dämon verschwand und alle anderen Stellten die Kisten, die sie trugen, hin. Nike fing eine Seele und spannte sie in einer der Vorrichtungen ein. Sie drehte die Peitsche in der Hand. Als sie zuschlug, entfuhr der Seele ein schmerzerfülltes Keuchen. Anscheinend war der Schmerz so groß, dass der Schrei erstickt war. Sie schlug noch zweimal zu und das Keuchen der Illusion verstummte. Sie wand sich nur noch in stummer Qual. Nike sah begeistert zu. Als sie erneut zuschlug und der illusionierte Körper sich in stummer Qual zusammenkrampfte, lachte Nike vor Freude laut auf. Sie schlug noch zweimal zu und dann trat Satan neben sie. „Ich hörte, du wolltest mich hier haben", sagte er.

Sie nickte. „Ich muss, als Überbringerin der Schmerzen, alle Folterwerkzeuge getestet haben. Was heißt, dass ich sie sowohl genutzt haben muss als auch, dass sie an mir benutzt worden sein müssen."

Satan nickte, er hatte verstanden, was sie erwartete. Sie gab ihm die Peitsche und legte ihr Oberteil ab. Sie stellte sich an eine der Folterstellen und ließ die Fesseln zuschnappen. Satan schlug wieder und wieder zu. Bei jedem Schlag durchzuckte sie ein höllischer Schmerz. Sie musste ihren Körper davon abhalten Schuppen zu bilden, denn er versuchte es automatisch, um den Schmerz einzudämmen. Sie hielt die Schuppen vom Wachsen ab, da sie alle Schmerzen benötigte. Sie schrie auf, als Satan begann fester zuzuschlagen. Ihr Rücken blutete, als Satan seine Tortur beendete. Nike ließ die Fesseln aufspringen und nahm Satan die Peitsche ab. Sie hängte sie zu ihrer anderen Peitsche an ihren Gürtel und sagte: „Der Peitschentyp darf ab jetzt benutzt werden."

Falls es einen der Dämonen erregte, dass sie oben ohne dastand, zeigte er es nicht. Vielleicht lag es auch daran, dass ihr Oberkörper voller Blut war. Satan legte eine Hand auf ihren Rücken und ihre Wunden verheilten. Nike nahm ihr Oberteil und zog es an. Ihr Bauch und der größere Teil ihres Rückens blieben frei. Dann ließ sie Schuppen über ihren Brüste wachsen. „Los!", rief sie den Dämonen zu. „Ihr habt einen neuen Peitschentyp auszuprobieren!"

Sie ging mit Satan in den Palast. Ihr Diadem hatte sich nicht einen Millimeter bewegt. Sie umarmte ihn und gab ihm einen Kuss. Er verschwand wieder in den Gängen.

Hallo Menschen

Nike saß auf ihrem Thron. Satan saß auf seinem Thron neben ihr. Ein Dämon kam zugig herein. Er rannte nicht und verbeugte sich vor ihnen beiden. „Ihr müsst an die Oberfläche kommen. Auf die Erde. Ihr wurdet gerufen."
Nike sah Satan an und fragte: „Wir wurden gerufen?"

Satan nickte. Er stand auf und sie erhob sich ebenfalls. „Wir wurden gerufen? Von wem?"

Satan zuckte mit den Schultern. „Von einem Menschen. Mehr weiß ich nicht."

Nike blinzelte. „Wurden wir beide gerufen oder nur einer von uns?"

Satan lächelte. „Eigentlich wurde nur ich gerufen, aber als meine Gemahlin hast du die Pflicht, mich zu begleiten."

Nike ergriff Satans Hand und sie verschwanden beide. Ihre Körper verfestigten sich wieder und sie standen in einer Halle. Die Halle sah alt aus und so, als würde sie nur noch zum Lagern von Müll und zum Ausführen verbotener oder nicht gerne gesehener Tätigkeiten genutzt. Nike und Satan standen in einem Kreis. Er war anscheinend nötig, um sie zu rufen. Außerhalb des Kreises befanden sich drei junge Männer und eine junge Frau. Einer der Männer hielt etwas verängstigt Abstand, wofür er von seinen Freunden ausgelacht wurde. Dann bemerkten sie, dass in dem Kreis zwei Personen standen. Sie johlten. „Es hat funktioniert", brüllte einer. „Warum habt ihr uns gerufen?", fragte Satan.

„Wir wollten wissen, ob es funktioniert", sagte der andere, der Jungen, die nicht zurückgewichen waren. „Aber haben wir nur Satan gerufen und nicht die andere Schlampe da."

Nike blickte ihn an. Ihre Augen verengten sich zu schmalen Schlitzen. Sie funkelte den jungen Mann an und streckte ihre Hand aus. Ihre Hand stieß gegen eine unsichtbare Wand. „Na? Ist die kleine Schlampe zu schwach, um aus dem Kreis zu kommen? Wir haben natürlich Vorkehrungen getroffen." Die Jungen und das Mädchen sahen sie an. „Du hast keine Macht hier. Wie fühlt es sich an uns ausgeliefert zu sein?", sagte das Mädchen. Nike begann zu lächeln. Das Mädchen guckte kurz seltsam, doch dann trat ihr selbstsicheres Gesicht wieder auf. Nike schnippte mit den Fingern. Sie trat aus dem Kreis. Die Menschen keuchten auf. Nike packte den einen der Jungen, der der sie eine Schlampe genannt hatte und knallte ihn an die Wand. „Wie hast du mich genannt?", zischte sie in an.

„Ich nannte dich eine Schlampe, denn genau das bist du." Nike warf ihn auf den Boden und trat ihm in die Seite. „Du hast nicht die Macht hier, um mir zu schaden."

Nike lächelte. „Doch. Die habe ich." Sie sammelte eine Kugel aus Energie in ihrer rechten Hand und legte sie dem Jungen in die Brust. Er guckte verängstigt, doch als nicht passierte, sagte er: „Ich sagte doch, dass die kleine Schla..."

Ein Zucken durchlief seinen Körper und er begann sich am Boden zu winden. Sein Gesicht war verzerrt. Er erlitt furchtbare Qualen, doch er konnte seinen Mund nicht öffnen, um zu schreien. Nike nahm die Kugel wieder aus seiner Brust. „Wie war das mit: „Du hast keine Macht hier"?"

Er kroch keuchend weg. Nike ließ die Kugel wieder in ihrer Hand verschwinden. Das Mädchen lief zum Kreis, um eine Linie durch zu ziehen. Erstens, damit Satan verschwand und zweitens, weil sie hoffte, dass Nike dann nur noch eine leere Hülle wäre, da sie ihre Kraft, wie das Mädchen dachte, aus der Hölle bezog und dann keine Verbindung mehr damit hatte. Das Mädchen zerstörte den Kreis. Satan blieb genau da stehen, wo er war und Nike verlor nichts ihrer Kraft. Ihre Ideen waren beide fehlgeschlagen. Nike schlug den ersten und den zweiten Jungen k.o. und Satan schlug das Mädchen, woraufhin es zu Boden ging und nicht mehr aufstand. Nike drehte sich um sich selbst, doch der Junge, der am Rand gestanden hatte, war verschwunden. Nike fluchte. „Das ist nicht so schlimm", sagte Satan. „Immerhin kriegen die Menschen jetzt die Geschichte zu hören, dass Satan nicht mehr allein auftaucht. Der Junge wird wahrscheinlich für gestört erklärt und die Menschen werden ihm nicht glauben. Die meisten jedenfalls."

Nike schüttelte den Kopf. „Das diese Menschen glauben, dass so ein Kreis verhindern würde, dass ich ihnen Schaden zufügen kann."

Satan stimmte zu: „Ja, diese Menschen können schon ziemlich dumm sein. Vor allem, wenn sie stark an irgendwas glauben."

Nike ging zur Tür, durch die der Junge verschwunden war und sah hinaus. Es regnete in Strömen. „Kommst du mit zurück?", fragte Satan. Nike schüttelte den Kopf. „Nein, ich komme später nach."

Satan nickte und verschwand.

Nike verließ die Halle. Das Höllenfeuer loderte so heiß in ihr, dass sie nicht nass wurde, da sämtliche Tropfen vor dem Kontakt mit ihrer Haut verdampften. Sie ging durch die Straßen. Sie hatte keine Ahnung, wo sie sich befand. Sie sah, dass einige Menschen zur Halle liefen, aus der sie kam. Sie würden nichts vorfinden, was dem Jungen nicht unbedingt zu Gute kommen würde. Nike ging an geschlossen Geschäften und Restaurants vorbei. Sie ließ ihre Hörner nicht verschwinden, obwohl sie nicht zu übersehen waren, da es ihr nicht schaden würde, wenn ein Mensch sie sah und wenn es dem Menschen schaden würde, wäre ihr das egal. Sie hätte es besser gefunden, wenn Satan bei ihr wäre, doch sie fand es nicht schlimm, allein zu sein. Sie hörte ein Rufen hinter sich. Nike ignorierte es und ging weiter. Jetzt waren schnelle Schritte zu hören. Sie wurde verfolgt, doch die Menschen, die sie verfolgten, machten sich nicht die Mühe, unbemerkt zu bleiben. Vor ihr blieb jemand stehen und auch von der Seite kam jemand. „Sie wurden bei gewalttätigen Handlungen gesehen", sagte einer der Menschen. Nike lachte fast. „Ach, ist das so?"

„Ja, sie werden jetzt eine Erklärung dazu abgeben."

Nike schüttelte den Kopf. „Nein, werde ich nicht. Sie werden mir aus dem Weg gehen. Jetzt."

Als die Männer sich nicht bewegten, schnippte Nike mit den Fingern ihrer rechten Hand und hob ihre linke. Die Seelen verließen die Körper der Menschen und bewegten sich auf ihre Hand zu. Sie flossen in ihre Hand ein und Nike verdaute die Energie der Seelen. Die Körper der Menschen fielen zu Boden. Nike trat über sie hinweg und setzte ihren Weg fort. Irgendwer würde diese Leichen bald finden und dann würde die ganze Stadt nach dem Mörder suchen. Niemand würde sie je dafür verantwortlich machen können. Nichts an oder auf den Körpern der Menschen wies Spuren auf. Kein Wunder, Nike hatte die Menschen auch nicht berührt.

Sie verschwand und tauchte in der Hölle wieder auf. Sie ging ins Zimmer, welches sie seit ihrer Vermählung mit Satan teilte, zog sich aus und legte sich ins Bett. Sie wusste, dass die Geburt ihres Kindes kurz bevorstand. Hätte sie als Mensch, und außerhalb der Hölle, ein Kind bekommen, würde dieses noch einige Monate brauchen. Nike war erst ein paar Wochen schwanger.

Als sie am nächsten Morgen erwachte, wusste sie es einfach. Sie würde ihr Kind am Abend des heutigen Tages gebären. Sie lag noch im Bett und gab die Information an den neben ihr liegenden Satan weiter. „Ich werde alles für heute Abend vorbereiten. Es zahlt sich aus, am Tag der Geburt noch viel Grausamkeit zu zeigen. Ein Teil deiner Grausamkeit wird dann zur Grausamkeit des Kindes hinzugefügt."

Nike lächelte und nickte. Sie stand auf und zog sich an. Sie hatte sowieso die Felder der Bestrafung aufsuchen wollen. Sie ging durch den Palast. Sie verlief sich nicht mehr. Sie kannte den Palast mittlerweile so gut, dass sie sich keine Sorgen mehr machen musste. Die Dämonen, denen sie begegnete, verneigten sich vor ihr. Sie hatte sich mittlerweile auch an die Macht, die sie hatte, gewöhnt und wusste in etwa, wer ihr wie unterstellt war. Sie wusste auch, wer ihr wie unterstellt war, sodass sie in etwa einschätzen konnte, ob das Verhalten der Dämonen, ihr gegenüber respektlos war oder nicht. Sie trug jetzt seit einigen Wochen ihre Kleider, doch sie waren so hergestellt worden, dass sie Schmutz abwiesen und nicht anfingen zu stinken, weshalb Nike die Kleidung ewig anbehalten könnte. Sie war angekommen und spannte, wie gewohnt eine Seele an dem Platz ein, welchen sie immer belegte. Auch wenn Nike nicht da war, wusste sie, dass dieser Platz immer frei war. Niemand wollte Nikes Zorn riskieren, weil er ihr den Platz genommen hatte.

Als sie begann, merkte sie, dass sie am heutigen Tag nicht genug von Schmerzen bekommen können würde. Sie hoffte, dass Satan auftauchte, damit er ihr ebenfalls diese Tortur verpassen konnte. Sie hatte eine der Peitschen in der Hand. Die andere hing noch an ihrem Gürtel. Sie genoss die Schreie und begann zu lachen. Sie war zwar sehr sadistisch eingestellt, aber sie war eben auch masochistisch, weshalb es ihr auch gefiel, die Schmerzen zu erleiden. Sie zeigte an jenem Tag keine Gnade. Gut, das war jetzt nichts Besonderes, aber an diesem Tag war sie noch härter zu den Seelen. Sie wollte viel Grausamkeit zeigen, damit auch viel auf ihr Kind überging. Zu ihrem Glück erschien Satan noch. Sie gab ihm die Peitsche, die sie benutzt hatte, es war die, die mehr Schmerzen bereitete, entkleidete sich obenrum und ließ die Fesseln um ihre Handgelenke zuschnappen. Sie begann zu schreien, als Satan begann.

Erst eineinhalb Stunden später, nachdem Satan bestimmt jedes Folterwerkzeug an ihr benutzt hatte, öffneten sich die Fesseln wieder. Sie hatte die Schuppen auf ihren Brüsten entfernt, ließ sie aber jetzt wieder wachsen. Sie zog ihr Oberteil wieder an und setzte ihre Foltereinheit fort. Sie verbrachte Stunden mit Folterungen und ordnete an, lebend Menschen herzubringen, damit sie auch etwas zum töten hatte. Sie hatte auch ein paar dieser Menschen gefoltert, allerdings hatten sie die Prozedur nicht überlebt. Sie waren schreiend in den Tod übergegangen.

Der Abend brach herein. Nike hatte erneut einigen Seelen Schmerzen bereitet. Sie spürte, dass die Geburt ihres Kindes bevorstand. Sie begab sich in den Raum, den Satan für sie hatte vorbereiten lassen. Dort waren bereits alle, die benötigt wurden. Entweder von Nike oder technisch. Außerdem waren noch die Höllenfürsten anwesend. Nike verspürte die ersten Schmerzen. Ihr Kind war bereit, sich in seine neue Heimat zu begeben. Es dauerte lang, doch irgendwann erblickte ein Kopf das Licht der Hölle. Der ganze Dämon kam aus ihrem Körper. Er wurde Nike überreicht und diese legte ihn sich auf die Brust. Sie hatte eine Tochter geboren. Nike lächelte und ihre Tochter fauchte. Sie blickte Nike ins Gesicht und Nike sah, dass ihre Tochter sie als ihre Mutter anerkannte. Ihre Tochter blickte sich um. Sie suchte ihren Vater. Ihr Blick ging über alle Gesichter, bis er bei dem von Satan stehen blieb. Nike war beeindruckt. Ihr Kind hatte sofort herausgefunden, welcher der hier anwesenden sein Vater war.

Alle waren schon gegangen, als Nike sich erhob. Sie hatte ihre Tochter auf dem Arm. Wenn der Altersunterschied zwischen Nike und Satan, in der Zahl, so gering wurde, dass er vernachlässigt werden konnte, würde auch ihre Tochter dieses Alter erreicht haben. Nike fand das ein wenig seltsam. Der Altersunterschied zwischen ihr und ihrer Tochter betrug nur circa zwanzig Jahre, wohingegen der Altersunterschied zwischen ihr und Satan, viele Tausend Jahre betrug. Sie ging mit ihrer Tochter in ihre Gemächer und schloss die Tür. Sie legte sich aufs Bett und legte ihre Tochter neben sich. Der kleine Dämon war eingeschlafen. Nike wollte nicht, dass ihre Tochter fror, weshalb sie einen Feuerball in ihrer Hand entstehen lies und ihn neben sie legte. Das Bett war so gebaut worden, dass es Feuer widerstand. Nike war etwas besorgt, als ihre Tochter den Ball nahm und ihn an sich drückte, doch dann fiel ihr auf, dass sie sich in der Hölle befanden, wo es immer warm war, und ihre Tochter wahrscheinlich gegen Feuer immun war, wie ihre Eltern. Sie verlies den Raum nicht, um etwas zu essen, zu beschaffen, sondern schickte einen Diener. Sie wollte ihre Tochter nicht allein lassen. Sie hatte ihre Tochter am sechsten November zweitausendneunzehn zur Welt gebracht oder eher zur Hölle gebracht. Der Diener kam zurück und Nike nahm ihm das ab, was er ihr gebracht hatte. Sie schickte ihn vor und platzierte das Essen auf einem Tisch, welcher im Zimmer stand. Wenn ihre Tochter aufwachte, würde sie wahrscheinlich Hunger haben. Sie hatte sich sagen lassen, dass Dämonen schon direkt nach ihrer Geburt dieselbe Art von Nahrung zu sich nehmen, wie alle anderen. Nike hatte sich ein Glas Blut bringen lassen. Sie nahm einen Schluck. Es schmeckte ihr und belebte sie richtig. Ihrer Tochter würde das Blut auch schmecken, da war Nike sich sicher. Immerhin war sie die Tochter von Nike und Satan. Er würde auch kommen, wenn ihre Tochter seine erste Nahrung aufnahm. Sie sah ihre Tochter an. Sie war das einzige Wesen auf der Welt, dem sie niemals Schmerzen zufügen könnte. Jedenfalls nicht in den nächsten Jahren und schon gar nicht, ohne ihre Wunden danach sofort zu heilen. Sie würde das auch nur tun, wenn ihre Tochter sie darum bat.

Satan trat ein und stellte sich neben Nike. Sie saß auf einem Stuhl neben dem Bett. Ihre Tochter schlug die Augen auf. Nike blickte kurz zu Satan auf und er antwortete mit einem Nicken auf ihre unausgesprochene Frage. Ihre Tochter begann ihre Stimme auszuprobieren. Sie brachte ein Fauchen heraus. Nike lächelte stolz. Sie beugte sich zu ihrer Tochter vor und flüsterte: „Hallo kleine Ate. Willkommen in der Hölle."

Ate drehte sich um und betrachtete ihre Eltern.

„Du wurdest nach der griechischen Unheilsgöttin benannt." Ate fauchte erneut und Nike lächelte. Sie griff nach einem Stück rohem Fleisch und hielt es ihrer Tochter hin. Diese schnappte zu und kaute. „Es wird zwei Wochen dauern, bis sie laufen kann und noch eine weitere, bis sie sprechen kann", sagte Satan zu Nike. Nike war überrascht. Sie hätte nicht gedacht, dass es so schnell gehen würde. „Das Altern geht hier erstmal sehr schnell, bis es sich dann sehr stark verlangsamt. Wenn unsere Tochter etwa so alt ist, wie du jetzt, wird sie sich äußerlich nicht mehr verändern. Es sei denn, sie möchte sich verändern."

Nike überlegte kurz, doch dann sagte sie: „Dämonen scheinen viel schneller zu wachsen, als Menschen."

Satan nickte. „Ja, aber nur in den ersten Jahren. Danach altern sie langsam und wachsen nur langsam."

Ate hatte das Stück Fleisch aufgegessen und schien mehr zu verlangen. Nike gab ihr ein weiteres Stück. Danach hatte Nike das Gefühl, dass Ate etwas trinken wollte. Satan reichte ihr das Glas voll Blut, welches Nike für sie bestellt hatte. Ate trank. Sie schluckte und ließ das Glas fallen. Es war leer, weshalb kein Blut aufs Bett kam. Nike hob es auf, bevor es auf den Boden fiel.

Was ist das für ein Ort?

Ate wuchs schnell. Nach fünf Wochen sah sie bereits so aus, wie ein menschliches Kind nach fünf Jahren. Nike wollte ihre Tochter in die Schule schicken. Satan widersprach seiner Frau zunächst, doch irgendwann gab er nach und Nike meldete ihre Tochter in einer Schule an. Sie wollte, dass sie wusste, in was für einer Welt die Menschen lebten. Sie meldete sie in einer Schule an, die in der Nähe ihres Hauses lag, damit, falls es nötig sein sollte, ein Heim auf der Erde vorgezeigt werden konnte.

Nike stand im Zimmer ihrer Tochter und wartete darauf, dass sie fertig wurde. Sie mussten in die Schule, da der erste Schultag gekommen war. Ate hatte sich bereits eingekleidet und war so gut wie fertig. Sie hatte trotz Warnungen und anderen Empfehlungen von Nike darauf bestanden, ihren schwarzen Umhang mit Kapuze anzuziehen, ihre Stiefel zu tragen und sich generell eher zu kleiden, als würde sie in der Hölle zur Schule gehen. Nike trug Kleidung, wie sie auch auf der Erde getragen wurde. Sie trug Springerstiefel, eine schwarze Hose, die mit Nieten aus Stahl versehen war und einen blutroten Pullover. „Komm jetzt", sagte Nike.

Ate nickte und kam herüber. Nike nahm sie an die Hand und sie standen in Nikes Haus. „Hier hast du früher gewohnt?", fragte Ate ihre Mutter. Nike nickte. Sie warf Ate einen Rucksack zu. Diese fing ihn auf und guckte hinein. „Mach das, wenn wir da sind", sagte Nike. Sie gingen in die Garage, wo Nike ein paar Tage zuvor ihren Bentley geparkt hatte. Sie fuhren durch die Stadt und Nike parkte vor der Schule. Sie gingen hinein.

Ate wurden ein paar erstaunte Blicke zugeworfen, doch niemand sprach sie an. Nach der Einschulung ging Ate mit den anderen in ihre Klasse, wohingegen Nike wieder verschwand.

Ate musste sich in der Klasse an einen Tisch setzten. Das Mädchen, welches neben ihr saß, versuchte soweit wie möglich von ihr weg zu setzten. Es gab eine Vorstellungsrunde. Ate sollte beginnen. „Ich heiße Ate Skia", sagte sie. Irgendwo, hinten im Klassenzimmer, kicherte jemand, als Ate ihren Namen sagte. Sie wirbelte herum und blickte den Jungen und das Mädchen, welche gekichert hatte aus zusammengekniffenen Augen an. „Macht ihr euch etwa über meinen Namen lustig?"

In ihrer Stimme war ein Anflug von Zorn zu hören. Das Mädchen setzte sich sofort gerade hin und schwieg. Der Junge schwieg ebenfalls.

Den Rest der Runde bekam Ate nicht mit. Sie weigerte sich, ihre Kapuze abzunehmen, auch als der Lehrer sie bat. Sie lernten das Alphabet kennen. Ate starb fast vor Langeweile. Sie war dem Stoff, den die anderen lernten um viele Jahre voraus. Ate wusste nicht, ob ihre Intelligenz mit ihrer Herkunft zusammenhing oder ob sie einfach unglaublich intelligent war. Sie vermutete eine Mischung aus beidem. Sie bekam einen Stundenplan und stöhnte auf, als sie einen Blick darauf warf. Sie wusste, dass, wenn sie nicht in der Hölle viel zu tun hätte, beziehungsweise viel tun könnte, sie an Langeweile sterben müsste.

In der Pause stand sie allein in der dunkelsten Ecke des Schulhofs. Ihr bereitete das Licht zwar keine Probleme, doch sie mochte es, wenn es um sie herum dunkel war. Niemand kam zu ihr. Alle waren damit beschäftigt irgendwelche Spiele zu spielen. Ate fand die Spiele dumm. Sie konnte nicht verstehen, wie jemand Spaß daran haben konnte. Sie zog ihr Messer aus ihrem Gürtel und nahm sich einen Stock, der auf dem Boden lag. Sie begann zu schnitzen.

Als die Pause vorbei war, nahm Ate den Gehstock mit, den sie geschnitzt hatte. Er hatte einen Totenkopf als Griff, es schlängelte sich eine Schlange um den oberen Teil des Stocks und am unteren Teil hatte sie Menschen geschnitzt, die gequält und versklavt worden waren. Sie lächelte, als sie den Gedanken wahrnahm, dass ihre Mitschüler sie jetzt noch gruseliger finden würden. Sie hatte recht mit ihrer Vermutung. Das Mädchen rutschte noch weiter von Ate weg, als sie sich mit ihrem Stock neben sie setzte. Ate lächelte in ihre Kapuze. Es gefiel ihr, dass die Menschen Angst vor ihr hatten.

Am Ende des Schultages verließ sie das Schulgebäude und sah, dass ihre Mutter bereits auf sie wartete. Sie fuhren zu Nikes Haus und gingen hinein. Ate warf ihre Tasche in eine Ecke und sie standen in der Hölle. „Und? Wie war dein erster Schultag?", fragte Nike. Ate guckte ihre Mutter mit schiefgelegtem Kopf an. „Es war sehr langweilig, bis auf die Tatsache, dass die Menschen Angst vor mir hatten."

Nike lächelte. „Gehen wir unsere Aufgaben erledigen?", fragte Nike.

„Kommt darauf an, was wir tun müssen."

Nike sah ihre Tochter lächelnd an. Sie wusste, dass Ate ihr sehr ähnlich war. „Es stehen die Ebenen der Bestrafung an und wir müssen gucken, ob alle Seelen, die in die Hölle müssen auch hier ankommen."

Ate nickte lächelnd. „Ok, aber können wir zuerst auf die Ebenen der Bestrafung gehen?"

Nike schüttelte den Kopf. „Du willst dir doch nicht den Spaß verderben, oder?"

Als sie festgestellt hatten, dass alle Seelen auch dahin kamen, wo sie hinsollten, gingen sie in Richtung Ebenen der Bestrafung. Ate hüpfte vor Freude. Nike ging neben ihr her, freute sich aber auch, dass sie erneut auf die Bestrafungsfelder gehen konnte.

Zuerst kontrollierte Nike, ob ihre Tochter alles richtig machte und begann dann selbst zu foltern. Sie lachte, während die Seelen schrien. Ihre Tochter kreischte vor Vergnügen und sprang um den illusionierten Körper herum, während sie ihm ab und zu Schmerzen zufügte.

Irgendwann nahm Nike ihre Tochter und trug sie weg, weil sie nicht aufhören konnte. Sie brachte sie in ihr Zimmer und ging dann in ihre Gemächer. Sie hatte es nicht weit, da Ates Zimmer in der Nähe von Nikes und Satans Gemächern lag. Sie zog sich aus und stellte sich vor ihren Spiegel. Sie hatte den ganzen Tag über keine Schuppen getragen. Ihre rote Haut schimmerte leicht im Licht. Ihre Haare fielen über ihre Schultern und endeten irgendwo auf ihrem Rücken. Ihre

Hörner ragten von ihrem Kopf ab. Ihr Busen war ebenfalls rot. Sie legte ihre Hände auf ihre Brüste und drückte sie ein wenig zusammen. Sie knetete ihre Brüste. Sie sah im Spiegel, dass Satan den Raum betrat. Er trat hinter sie und legte seine Hände auf ihre. Nike spürte seinen Körper, wie er sich an sie schmiegte. Sie nahm ihre Hände weg und seine Hände legten sich auf ihren Busen. Sie drehte sich um und ihre Gesichter lagen aufeinander. Satan nahm ihre Hände und drückte Nike an die Wand. Er küsste sie auf den Mund.

Nike spürte, wie Satan seinen Penis in ihre Vagina schob. Sehen konnte sie selbiges aber nicht, da sie im Spagat an der Wand saß und ihre Beine und Arme an die Wand gekettet waren. Sie stöhnte und war froh, dass ihre Gemächer schalldicht waren und Ate groß genug war, um allein in einem Zimmer zu schlafen.

Sie erwachte früh am nächsten Morgen. Sie stand auf und ging zum Zimmer ihrer Tochter. Sie öffnete die Tür und weckte sie. „Du wolltest doch heute mit mir trainieren."

Ate erhob sich und folgte ihrer Mutter durch die Gänge. Nike hatte einen Raum zum Trainieren eingerichtet. Sie trainierten, bis Nike sagte: „Du musst jetzt in die Schule."

Ate schimpfte ein bisschen, doch dann ließ sie sich von Nike in die Schule fahren. Nike verschwand. Ate ging ins Klassenzimmer. Sie sah sofort, dass die anderen immer noch Angst vor ihr hatten. Sie überlebte den Unterricht, ohne vor Langeweile zu sterben, und stand in der Pause wie immer allein herum. Sie sah einen Jungen. Er schien auf sie zu zukommen. „Das ist bestimmt Einbildung", dachte Ate, doch der Junge hielt weiter auf sie zu. „Warum stehst du hier immer so allein rum?", fragte er.

„Darf ich doch.", antwortete Ate. Der Junge lächelte. „Ich habe das auch nicht kritisiert, ich habe nur gefragt."

Ate musste ihm da zustimmen. „Es gefällt mir.", beantwortete Ate seine Ausgangsfrage. Der Junge nickte. „Ich bin auch lieber abseits der Masse."

Ate blickte sich um. Sie fühlte sich nicht wohl. „Lass mich bitte in Ruhe.", sagte Ate bestimmt, aber freundlich. Der Junge verschwand. Ate blickte sich erneut um. Ein größerer Junge aus ihrer Klasse sprang aus einem Gebüsch. Sie wich aus. Er kam erneut auf sie zu und sie zog ihr Messer, das sie immer mit sich führte. Sie drückte ihn mit dem linken Arm an die Wand und hielt ihm mit der Rechten ihr Messer an den Hals. „Was sollte das?", fragte sie. Er antwortete nicht, sondern legte seine Hände auf ihre Hüfte. Sie zog ihn etwas von der Wand weg und knallte ihn wieder an die Wand. „Was sollte das?", fragte sie etwas lauter. Sie war lauter, als wenn sie normal reden würde. Da er immer noch nicht antwortete, wiederholte sie die Prozedur. „Was sollte das?", sie schrie ihn fast an. Als er erneut nicht antwortete, verstärkte sie den Druck ihres Messers. „Wenn du mir jetzt nicht sagst, was das sollte, schneide ich dir die Kehle durch", fauchte sie. Sie zog ihm das Messer über die Kehle, als er nicht antwortete. Sie sah noch den geschockten Ausdruck auf seinem Gesicht und dann fiel er zu Boden. Sie sorgte dafür, dass sie keine Spuren hinterließ, und ließ es darüber hinaus wie einen Unfall aussehen. In der nächsten Stunde stellten natürlich alle fest, dass der Junge fehlte. „Die gruselige Hexe hat ihn bestimmt in einen Frosch verwandelt.", sagte jemand. Ate lachte fast. Sie wusste, dass sie mit der gruseligen Hexe gemeint war.

Ate wurde ins Direktorat geschleift. Dort standen zwei Polizisten. Der Direktor saß hinter seinem Schreibtisch. "Ich habe gehört, dass du einen Schüler getötet haben sollst.", sagte der Direktor. Ate schüttelte den Kopf. "So etwas habe ich nicht getan." Der Direktor sagte: "Du musst ehrlich sein." Ate bestätigte ihre Aussage erneut. Einer der Polizisten richtete das Wort an sie: "Wir müssen dich trotzdem für die Untersuchung des Falls mit aufs Revier nehmen."

Ate schüttelte den Kopf. "Ich möchte einen Verteidiger haben." Alle im Raum fanden das nur gerecht. "Ich werde meine Mutter anrufen."

Der Direktor sog scharf die Luft ein. Entweder er hatte sich in Nike verliebt oder er hatte Angst vor ihr. Ate erschien beides als möglich. Sie zog ihr Handy aus der Tasche und wählte Nikes Nummer, die sofort dranging. "Du musst sofort herkommen. Sie beschuldigen mich des Mordes." Eine kurze Pause, dann fragte Nike: "Stimmen die Anschuldigungen?" Ate wurde kleinlaut. "Ja."

Sie schien Nikes Lächeln durchs Telefon wahrzunehmen. "Ich bin in fünf Minuten da."

Ate ging zurück in den Raum. "Meine Mutter benötigt fünf Minuten."

Die Tür ging auf und Nike trat ein. Sie trug dieselben Klamotten, wie am Tag von Ates Einschulung. Sie stellte einen ihrer Springerstiefel in den Spalt der Tür und riss sie auf. Ihrem Gesichtsausdruck nach zu urteilen, war sie nicht glücklich darüber, dass sie hatte herkommen müssen. Nike setzte sich auf einen Stuhl. „Wissen sie, warum sie herkommen mussten?", fragte einer der Polizisten. „Natürlich.", sagte Nike. „Sie haben einen tragischen Unfall falsch gedeutet, nur weil meine Tochter in der Nähe war, und jetzt sagen sie etwas von einem Mord."

Der Direktor sagte: „Nun, ihre Tochter war als letztes mit dem Jungen zusammen und dann ist er nicht mehr aufgetaucht."

Nike atmete aus: „Und ihnen ist nicht in den Sinn gekommen, dass es Zufall sein könnte, dass meine Tochter in der Nähe war und der Junge an einem Unfall gestorben ist? Außerdem, wie kommen sie dazu, eine Erstklässlerin des Mordes zu beschuldigen?"

Einer der Polizisten ergriff das Wort: „Wir vermuten…"

Nikes Kopf fuhr herum. „Habe ich ihnen erlaubt zu reden?", fragte sie.

„Nein, aber…"

„Dann halten sie gefälligst den Mund." Nike blickte den Direktor an. „Gibt es irgendwelche Beweise, dass meine Tochter etwas damit zu tun hatte?"

Der Direktor schüttelte den Kopf. „Haben sie sich den Tatort genau angesehen?"

Wieder schüttelte der Direktor den Kopf. „Dies sollten wir tun und bis ihr ihr etwas nachweisen könnt, ist meine Tochter unschuldig."

Sie gingen zum Tatort. Die Leiche des Jungen lag noch da, wo Ate sie zurückgelassen hatte. Der Leichnam lag neben einer hohen Mauer und ein großer Stein lag halb auf, halb neben ihm. „Sehen sie hier irgendwas, wofür meine Tochter verantwortlich gemacht werden kann?", fragte Nike. Alle schüttelten den Kopf. „Also ist meine Tochter unschuldig und ihr solltet nicht nach Faktoren suchen, die die angebliche Schuld meiner Tochter beweisen, sondern herausfinden, wie dieser Stein aus der Mauer fallen konnte. Außerdem solltet ihr dafür sorgen, dass solch ein Unfall nicht nochmal vorkommt, denn sonst definiere ich ihre Schule als gefährlichen Ort und dann dürften sie hier keinen Unterricht mehr geben, was ihr Ende wäre."

Die Polizisten fragten: „Warum sind wir jetzt hier gewesen? Unsere Anwesenheit war ziemlich überflüssig."

Nike lächelte. „Stimmt." Sie zog ihr Messer und stach es dem Einen durch den Hals. Sie packte den Kopf des anderen und zerschmetterte ihn an der Wand. Dann ging sie mit ihrer Tochter zur Tür. Sie drehte sich nochmal um. „Ich würde ihnen raten, die Leichen zu entsorgen, denn wenn Leichen in ihrem Büro gefunden werden, sind sie der Hauptverdächtige. Außerdem würde ich ihnen raten, nichts hiervon an die Öffentlichkeit zu bringen. Sie haben nichts gegen mich oder meine Tochter in der Hand und sie wissen nicht wo wir wohnen. Ich hingegen weiß alles über sie." Dann ging sie hinaus. „Im Übrigen befreie ich meine Tochter hiermit für die nächste Woche vom Unterricht." Dann gingen Nike und Ate weg. Erst als sie im Auto saßen, begann Ate zu reden. „Danke, dass du meine Schuld abgestritten hast."

Nike blickte sie an und lächelte. „Ich kann doch nicht zulassen, dass meine Tochter als Mörder bekannt wird. Na gut, das sage ich, als ehemals bekannter Mörder."

Ate sah sie interessiert an. „Das war, bevor ich Dämonin wurde und in die Hölle zog."

Rebellierende Seelen

Nike wachte auf, weil jemand an ihre Tür hämmerte. Sie öffnete. „Die Seelen", sagte der davorstehende Dämon. „Sie haben eine Rebellion begonnen."

Nike schloss die Tür, weckte Satan und erzählte es ihm. Sie warf sich in ihre Kleider und sprang aus der Tür. „Wo sind sie?", fragte Nike.

„Sie haben den Palast von Astaroth angegriffen und sind immer noch dort."

Lykos erschien und Nike schwang sich auf seinen Rücken. „Bewaffne alle, die du finden kannst. Wir haben eine Rebellion niederzuschlagen."

Lykos setzte sich in Bewegung und sie sprang bei Astaroths Palast ab. Sie zog ihr Messer und nahm eine Peitsche in die Hand. Sie sah, dass die Seelen aussahen wie aus Fleisch und Blut. Wahrscheinlich hatten sie so viel Energie über die Jahre angespart, dass sie tatsächlich wieder aus Fleisch und Blut waren. Sie stach einen Menschen ab und stieg aufs Dach. Astaroth stand dort. Er war in Bedrängnis geraten und wehrte sich mit Müh und Not allein gegen hundert Menschen. Er zerfetzte Körper und tötete, doch die schiere Zahl seiner Angreifer drängte ihn zurück. Nike sprang. Sie landete in den Menschen und wirbelte herum. Sie schwang ihre Peitsche und zerschnitt Fleisch. Sie kickte zwei Menschen vom Dach und sie landeten in der Menschenmenge, die unten vorrückte. Nach ein paar Minuten hatte sie mit Astaroth das Dach zurückerobert. Das Innere des Palasts war allerdings überrannt worden. Sie sahen tote Dämonen und lebende Menschen. „Wir müssen alle in Satans Palast versammeln.", rief Astaroth ihr zu. Nike nickte und nahm die paar Überlebenden mit. Sie lief zu Satans Palast. Sie schickte jemanden nach oben und kurz darauf ertönte ein Horn. Alle Dämonen und Höllenfürsten versammelten sich in, auf und um Satans Palast herum. Die Menschen rückten an. Sie waren alle bewaffnet. Ate stand neben Nike auf dem Dach. Sie war mit einem Speer bewaffnet.

Als die Menschen angriffen, entbrannte ein gnadenloser Kampf. Satan und die anderen Höllenbewohner wollte die Ordnung in der Welt beibehalten und damit eine größere Katastrophe verhindern und die Menschen wollten sich erheben und aus den Qualen hervortreten. Sie wollte zurück auf die Erde, was eine Explosion der Bevölkerung zur Folge hätte.

Nike trat einen Menschen vom Dach und sein Körper zerschellte auf dem Boden. Sie drehte sich um und sah, dass Ate und ein anderer Dämon erbittert gegen eine Überzahl Menschen kämpften. Ate spießte einen mit ihrem Speer auf, bevor der Dämon zerrissen wurde. Nike warf ihr Messer. Es traf einen Menschen in den Kopf, als dieser Ate von hinten erschlagen wollte. Sie nahm zwei Messer, die von Menschen geführt worden waren und sprang. Sie stach sie einem Menschen in den Hals und trat ihn vom Dach. Ate trat auch einen vom Dach. Nike hörte unter ihnen Glas splittern. Die Menschen waren in den Palast eingedrungen. Nike ergriff die Dunkelheit und riss fünfzig Menschen den Kopf ab. Sie trat jemanden vom Dach. Es waren viel mehr Menschen da, als Dämonen. Nike sah, wie Lucifuge Rofocale der Kopf abgerissen wurde. Luzifer tötete viele Menschen. Nike konnte Satan nicht sehen, weshalb sie annahm, dass er im

Palast war. Sie kletterte durch ein Oberlicht in den Palast und Ate folgte ihr. Sie liefen durch die Flure. Hauptsächlich waren Dämonen dort, doch Nike konnte auch einige Menschen sehen. Keiner der Menschen überlebte die Begegnung mit ihr. Ihre Kleidung war zerrissen und ihr Oberteil fiel dem nächsten Kampf zum Opfer. Sie kämpfte weiter, auch ohne Oberteil. Wenn ihre nackten Brüste die Menschen ablenkten, war es nur besser für sie. Sie riss einem Menschen die Kehle aus und schlug einem anderen ihre Zähne in den Hals. Sie trank sein Blut und er starb. Sie sah Lykos, wie er Menschen verschlang. Ate erstach Menschen, bis sie ein Schwertgriff an Kopf traf. Nike tötete alle Menschen in der Nähe und lief zu Ate. Sie atmete noch, schien aber verletzt zu sein. Nike hob sie auf und ließ ihre Wunde heilen. Sie verschwand, legte Ate auf das Sofa in ihrem Haus und stand wieder in der Hölle. Sie wurde von zwei Menschen an die Wand gedrückt, während zwei weitere versuchten, ihr einen Speer in die Vagina zu schieben. Sie trat beiden an den Kopf, woraufhin dieser brach, und riss sich von den anderen los. Sie tötete die beiden auch noch. Sie lief in Richtung Thronsaal und tötete alle Menschen, die ihr über den Weg liefen.

Der Thronsaal war überrannt worden. Beide Throne waren umgestoßen worden und überall lagen Leichen. Nike ergriff die Dunkelheit und pulverisierte alle Menschen im Umkreis von hundert Metern. Sie lief weiter. Es machte sie froh, dass sie wusste, dass Ate in Sicherheit war. Sie musste Satan finden.

Sie lief in eine Halle und sah ihn. Er hing an der Wand. Ein Speer durchbohrte seinen Körper. Sie lief hin und schnappte sich den einzigen Menschen, der noch da war. Sie fesselte den Menschen und warf ihn in eine Ecke. Sie hörte, dass Satan nicht tot war. Sie legte ihn, auf seine Anweisung hin, auf den Boden und er begann zu sprechen: „Ich benötige Energie."

Nike holte den Menschen und saugte ihm seine Energie aus. Sie übertrug diese und einen kleinen Teil ihrer Energie auf Satan und seine Wunden verheilten. Er stand auf. Sie kämpfte weiter und die Zahl der Menschen verringerte sich. Leider verringerte sich auch die Zahl der Dämonen. Sie schlugen sich wacker, doch es waren einfach zu viele Menschen. Nike fand sich kurz darauf umzingelt wieder. Sie löste ihren Körper auf und fuhr als Schatten durch die Menschen. Duzende fielen, doch Nike hatte keine Chance. Sie hob ihre Hände und sie wurde weggeführt. Sie wusste nicht, warum sie nicht getötet wurde.

Sie wurde in eine Art Zelt geführt und dort stand sie in einem Kreis. Vor ihr stand ein Mensch. So wie sich alle verhielten, schien er der Anführer zu sein. „Warum habt ihr mich noch nicht getötet?", wollte Nike wissen. Der Anführer antwortete: „Nun, das liegt daran, dass wir gewinnen, wenn die Hölle entehrt ist. Und der einfachste Weg, die Hölle zu entehren, ist es, die Königin zu ficken."

Jetzt verstand Nike, warum sie noch nicht getötet worden war.

„Ausziehen", befahl der Befehlshaber der Menschen.

Nike wurde festgehalten und ihr wurde die Hose heruntergezogen. Ihre Beine wurden auseinander gedrückt und sie wurde auf den Boden gedrückt. Der Befehlshaber trat vor. Er entkleidete sich und setzte sich rittlings auf Nike. Er wollte beginnen, als ein Speer seinen Kopf durchbohrte. Ate trat vor und der Befehlshaber fiel leblos zu Boden. Nike sprang auf und Schuppen überzogen ihren Körper. Sie schlitzte, riss und biss, bis das Zelt leer war. „Was machst du hier?", fragte Nike.

„Ich wollte helfen. Und wie ich merkte, hast du diese Hilfe gebraucht."

Nike lächelte und nickte. „Danke.", sagte sie. „Komm, wir haben immer noch eine Schlacht zu gewinnen."

Sie liefen zu Satans Palast und beteiligten sich erneut an den Kämpfen. Sie schafften es, den Haupteingang von Menschen zu befreien, doch auch im Palast, waren überall Menschen. Nike wusste nicht, ob im Palast überhaupt noch ein Dämon war oder ob alle getötet worden waren. Sie musste wissen, was mit Satan passiert war. Lebte er noch?

Es wurde weitergekämpft. Die Dämonen verloren an Boden und die Menschen verloren an Zahl. Ate erstach weitere Menschen und Nike zerfetzte welche. Irgendwann waren noch etwa genauso viele Dämonen da, wie Menschen. Ein paar Menschen erschienen auf dem Schlachtfeld. Sie trugen eine weiße Fahne. Nike hielt die Dämonen auf, die sie töten wollten. Sie wurden eingelassen und kamen, zusammen mit Satan, Nike, Ate, Astaroth und Luzifer, in eine Halle. Sie hatten sich darauf geeinigt, dass niemand in der Halle Waffen tragen durfte, da die Menschen zu friedlichen Verhandlungen gekommen waren.

Die Menschen begannen ihr Anliegen vorzutragen: „Wir wollten euch vorschlagen, dass wir uns darauf einigen können, dass nur ein paar von uns zurück an die Oberfläche gehen und der Rest hierbleibt. So wären immer noch Seelen für euch hier und wir hätten unseren Willen ebenfalls bekommen."

Satan schüttelte den Kopf. „Wir können euch nicht gehen lassen. Wenn wir es täten, würde es auf der Erde zu einer Bevölkerungsexplosion kommen, die katastrophale folgen hätte."

Einer der Menschen erhob Einspruch: „Es würden nur ein paar mehr, das würde dem Planeten nichts ausmachen."

Nike begann zu widersprechen: „Hier sind immer noch so viele Seelen, dass sich die Bevölkerung des Planeten auf einen Schlag mehr als verdoppeln würde. Das können wir nicht zulassen."

Einer der Menschen schlug mit der Hand auf den Tisch. „Was wäre den eine mögliche Option?"

Luzifer begann zu reden: „Es gäbe die Option, dass ihr hierbleibt und wir ebenfalls hierbleiben, das wäre für alle - außer euch - die beste Variante."

Die Menschen seufzten. „Diese Möglichkeit gibt es nicht." Nike ergriff erneut das Wort. „Wir werden uns nicht auf eine Lösung einigen können, die damit zusammenhängt, dass ihr die Hölle verlasst."

„Worauf können wir uns denn einigen?", fragte der Mensch wieder.

„Es wird nichts geben, worauf wir uns einigen können.", sagte Satan.

Einer der Menschen spuckte auf den Boden. „Dann habt ihr euer Todesurteil unterzeichnet."

Die Menschen gingen wieder. „Es wird erneut zu kämpfen kommen", sagte Nike. Die anderen nickten.

Was Nike prophezeit hatte, geschah auch. Kämpfe wurden erneut ausgefochten. Die Menschen wirkten jetzt wütender. Doch sie schafften es trotzdem nicht.

Sie hatten gewonnen. Nike ging in den Thronsaal, wo Satan und noch einige andere standen. Nike trat neben Satan. „Wir haben gewonnen.", sagte sie strahlen und gab Satan einen Kuss. Ein Jubeln ging durch die Menge, als Satan seine Hände in die Luft streckte. „Heute haben wir gewonnen", rief er. Der Menge jubelte. „Das werden wir sie nicht noch einmal machen lassen!", brüllte Nike.

Ein Dämon trat vor. „Ich werde den Satan jetzt für seine Taten belohnen. Dreh die bitte um", sagte er. Satan drehte sich um und keuchte auf. Nike blickte zu ihm und sah, dass eine Klinge aus Satans Brust hervorragte. Der Dämon zog die Klinge aus Satans Rücken und Satan fiel zu Boden. Nike sprang auf den Dämon zu und riss ihm die Kehle aus dem Hals. „War noch jemand daran beteiligt?", brüllte Nike voller Zorn. Niemand meldete sich. Alle waren zu geschockt von der Tat. Nike wusste, dass sonst niemand involviert gewesen war. Nike kniete sich neben Satan. Er atmete nicht mehr. „Wir werden dich auf traditionelle Art und Weise bestatten lassen.", flüsterte sie. „Ich möchte ihn auf traditionelle Art und Weise bestatten lassen.", rief Nike. Ein paar Dämonen traten vor und nahmen Satans Leichnam mit. Sie präparierten ihn für die Zeremonie.

Nike wurde von einer Dämonin in ein Zimmer geführt. Es war dieselbe Dämonin, die sie vor ihrer Hochzeit geschmückt hatte. „Ausziehen!", befahl die Dämonin und nachdem Nike überprüft hatte, ob die Tür abgeschlossen war, tat sie es auch. Die Dämonin hatte Flügel und trug und trug Schuppen über ihrer Vagina und ihren Brüsten, sonst nichts. Nikes Haut wurde zum Glänzen gebracht. Ihre Haut schimmerte leicht schwarz. Die Schuppen auf ihren Brüsten glänzten und sie wurde in grüne Gewänder gesteckt. Ihr wurden Zweige in die Haare geflochten.

Nach zwanzig Minuten betrachtete sie sich im Spiegel. Sie fand ihren neuen Look hübsch. Er passte auch zur Stimmung einer Beerdigung. Sie wurde auf einen Platz geführt. Ate stand neben ihrer Mutter und betrachtete den Ort, an dem ihr Vater lag. Als alle da waren, wurde ein Feuer entzündet. Es umschloss Satans Körper und begann ihn zu verzehren. Nike weinte. Sie hatte ihn nicht verlieren wollen, schon gar nicht so früh.

Nach der Verbrennung Satans, gab Nike das Kommando an Luzifer ab. Sie wollte auf unbestimmte Zeit weg. Sie verabschiedete sich und verschwand. Ate kam mit ihr.

Sie standen vor Nikes Haus und Nike öffnete die Tür. Sie gingen nach oben und sahen, dass eine Gestalt in einem

Sessel saß. Nike zog ihr Messer und schlich auf die Gestalt zu. Die Gestalt drehte sich um und Nike blinzelte. Sie ließ ihr Messer fallen und blinzelte erneut. „Lage nicht gesehen. Immer noch ein Bösewicht?"

Ein Wiedersehen

Kim stand auf und ging auf Nike zu. Sie umarmte sie. Nike begann zu fragen: „Wie?"

Kim lächelte. „Die Kreaturen töteten mich, woraufhin meine Seele in die Hölle einging. Vielleicht hast du von dem Aufstand gehört, den die Seelen in der Hölle veranstalteten. Ich beteiligte mich nicht an den Kämpfen, sondern nutzte die Gelegenheit zur Flucht. Die Ausgänge waren nicht bewacht." Nike lächelte. „Ja, von dem Aufstand habe ich mehr als nur gehört."

Kim sah sie fragend an und Ate ergriff das Wort, bevor Nike etwas sagen konnte. „Meine Mama hat ganz vorne gekämpft und war mit dafür verantwortlich, dass die Höllenbewohner gewannen."

Kim blickte Nike in die Augen. „Du warst auch in der Hölle?", fragte sie.

Nike nickte.

„Wie starbst du?"

Nike schüttelte den Kopf. „Überhaupt nicht. Leviathan erschien in der Halle, in der wir gefangen gehalten worden waren und besiegte die Wachen. Ich tötete Liliane und Christian, Leviathan starb aber im Kampf. Ich sog ihm, auf seinen Wunsch hin, die Energie aus dem Körper. Mein Körper kam zunächst mit der Energie nicht klar und er wurde zerstört. Ich hatte aber die Macht mich wieder zusammenzusetzen. Dann traf ich irgendwann eins der Wesen, die dich töteten. Er heißt Lykos tou thanatou. Seine Heimat ist die Hölle. Er zeigte mir einen Weg in die Hölle. Ich versuchte, Satan zu stürzen, doch dies misslang mir. Er war stärker als ich."

Kim lächelte und zeigte auf Ate. „Von wem ist es?" Ate schnaubte. „Mein Vater war der große Satan persönlich und meine Mutter ist bis zu seinem Tod seine Frau gewesen. Sie ist eine große Frau und heißt Nike Skia."

Kim lächelte Ate an. „Nike, du hast also ein Kind mit Satan gezeugt?"

Nike nickte. „Nach den Aufständen starb er aber, da einer der Dämonen ihn verriet."

Sie setzten sich auf die Sessel. Ate setzte sich aufs Sofa. Kim sagte erneut etwas. „Ich nehme an, dass der Dämon das Zeitliche gesegnet hat?"

Nike nickte. „Das ist erst anderthalb Stunden her."

„Jemand Tee?", fragte Kim.

Nike und Ate nickten. Nike war glücklich, aber auch verwirrt, darüber, dass sie Kim wiedergefunden hatte. „Woher kennst du diese Frau eigentlich?", fragte Ate ihre Mutter. Nike lächelte. „Wir trafen uns mal in einem Museum, als wir beide dort einbrachen. Später habe ich noch jemanden ermordet, der sie töten wollte."

„Aha", sagte Ate.

Kim kam mit dem Tee zurück. Sie stellte die Tassen vor Nike und Ate. Ate setzte sich in einen Sessel und Kim und Nike setzten sich aufs Sofa. „Wann haben wir uns zuletzt gesehen?", fragte Kim.

„Das ist schon einige Monate her."

Sie blickten sich für einen Moment an, dann sagte Kim: „Es sind noch andere Seelen aus der Hölle entkommen."

Nike blickte sie an. „Wie viele?"

Kim hielt sechs Finger in die Luft.

„Sechs? Ich habe die Pflicht, als Königin der Hölle, die Seelen zurückzubringen."

Kim blickte sie an. „Also musst du auch meine Seele in die Hölle zurückbringen."

Nikes Gesicht zog sich zusammen. „Nein, ich muss überhaupt nichts. Ich werde dich nicht zurück in die Hölle bringen. Selbst, wenn es meinen Tod bedeuten würde."

Kim lächelte. „Danke", sagte sie. „Ich werde verhindern, dass du dadurch stirbst."

Nike lächelte. Sie hatte ihre Freundin wiedergefunden. „Hast du eine Idee, wo sich die anderen Seelen aufhalten?"

Kim schüttelte den Kopf. „Ich weiß auch nicht, wer sie sind." Nike seufzte. „Das erschwert die Sache natürlich, aber ich habe Mittel und Wege, herauszufinden, wer entkommen ist."

Kim folgte Nike ins Versteck. Ate begleitete sie. „Diesen Ort habe ich lange nicht betreten.", sagte Kim.

Nike nickte. „Ich auch nicht, aber es war niemand hier."

Sie gingen in den Computerraum. Nike schaltete die Computer an. „Weißt du, wie die Menschen aussahen?" Kim schüttelte den Kopf. Nike stieß ein Geräusch aus, das wohl eine Mischung aus einem Seufzen und einem Fluchen war. „Warte hier, ich bin gleich zurück." Nike verschwand.

Zwei Minuten später tauchte sie wieder auf. „Ich weiß jetzt, wer aus der Hölle entkam." Ein Lächeln überflog Kims Gesicht. „Ich kenne die Namen, aber weiß nicht, wo sie sind, wie sie aussehen oder ob sie irgendeinen Ort haben, an den sie gehen müssten."

„Ok, wie heißen sie?"

Nike setzte sich hinter einen Computer. „Die erste Person heißt Dirk Dentro. Ich suche ihn mal im Internet."

Nike gab den Namen in die Suchleiste ein. Sie fand einen Eintrag. Es wunderte sie überhaupt nicht, dass ein Todesdatum eingetragen war. Sie fand heraus, dass der Mann in Griechenland gewohnt haben müsste. „Ich denke, dass er in die Nähe seines alten Zuhauses gehen wird. Wahrscheinlich werden wir nach Griechenland fahren müssen."

Sie gab die anderen Namen in die Suchleiste ein und fand etwas heraus. Alle entkommenen Seelen befanden sich an einer Linie. „Könnte es sein, dass die Seelen vor tausenden Jahren diese Welt verließen und es damals dort eine Straße gab?", fragte Kim.

Nike nickte. „Das liegt durchaus im Rahmen des Möglichen." Sie nahm eine Karte zur Hand und markierte die Orte, an denen sich die Seelen aufhalten müssten oder jedenfalls, an denen sie früher mal gelebt haben könnten. Vielleicht hatten sie auch eine andere Art von Verbindung zu diesen Orten. „Wir müssen zu allen von diesen Orten fahren."

Nike nickte. „Stimmt", sagte sie.

Nike, Kim und Ate gingen in die Garage, wo Nike ihren Bentley geparkt hatte. Sie setzte sich hinters Steuer und Kim stieg auf der Beifahrerseite ein. Ate kletterte auf die Rückbank. Nike fuhr auf die Straße und steuerte auf die Autobahn zu. Kim gab Athen ins Navigationsgerät ein. Es würden Zweitausendsechshundert Kilometer werden, die sie im Auto zurücklegen müssen.

Nach zwei Stunden sah Nike auf die Rückbank. Ate war eingeschlafen. Kim saß schweigend auf dem Beifahrersitz. Niemand sagte etwas, es lief keine Musik, das Radio war ausgeschaltet. Nike konzentrierte sich aufs Fahren und Kim wollte sie nicht stören. Selbst, wenn sie den ganzen Weg über dreihundert Kilometer pro Stunde fahren würden, würde die Fahrt circa achteinhalb Stunden dauern. Das würden der Tank und der Motor wahrscheinlich nicht mitmachen. Sie würden in ein paar Stunden halten müssen.

Nike trat auf die Bremse und fluchte laut. Ate erwachte. Nike fluchte erneut. „Was ist los?", fragte Ate verschlafen.

„Stau", antwortete Nike. Sie legte ihren Kopf aufs Lenkrad. „Weiß jemand, weshalb dieser Stau hier ist?", fragte Kim. Nike und Ate schüttelten die Köpfe.

„Achtung", sagte Nike zu Kim, „das könnte dir einen Schreck einjagen."

Sie löste ihren Körper auf und drückte sich durch die Decke. Letzteres bekamen Ate und Kim nicht mit. Sie überflog den Stau, bis sie seine Ursachen fand. Sie materialisierte wieder. „Es gab einen Unfall. Zwei Kilometer südöstlich von hier."

Kim legte ihre Füße hoch. „Na das kann ja dauern", sagte sie. Nikes Auto stand auf der rechten Spur. Neben ihnen befand sich eine Tankstelle. Nike fuhr auf den Parkplatz und schaltete den Motor aus. „Wir können genauso gut hier warten, bis sich der Stau aufgelöst hat."

Kim nickte, stieg aus und streckte sich. Die beiden anderen stiegen auch aus. Nike schnippte mit den Fingern. Kim sah sie fragend an. „Ich habe ein Kraftfeld um mein Auto herum geschaffen. Jeder, der es anfasst, während das Kraftfeld aktiv ist, wir zu Staub zerfallen. Ich rate euch daher, mich das Auto öffnen zu lassen."

Sie gingen in den Laden an der Tankstelle und kauften Wasser und etwas zu essen. Sie warfen alles auf die Rückbank. Um die Tankstelle herum befand sich eine kleine Wiese mit einigen Bäumen. Nike setzte sich neben einen dieser Bäume und lehnte sich zurück. Ate setzte sich ebenfalls. Bevor Kim sich setzte, zog sie eine Pistole aus dem Holster an ihrem Gürtel. Niemand hatte die Waffe gesehen, deshalb schrie auch niemand und niemand brach in Panik aus. Nicht mal Ate stellte fragen zu Kims Waffe. „Hast du einen Waffenschein gemacht, während du ohne mich auf der Erde wandeltest?", fragte Nike.

Kim nickte. „Ich dachte, es wäre nicht dumm, Schusswaffen auch legal führen zu dürfen."

Ate sah ihre Mutter an. „Hast du auch einen Waffenschein? Und was ist ein Waffenschein eigentlich?"

Nike blickte ihre Tochter an. „Ein Waffenschein ist hier im Land die Erlaubnis zum Führen bestimmter Schusswaffen. Und um deine andere Frage zu beantworten: Ja, ich habe auch einen."

Sie gingen zwanzig Minuten später zum Auto zurück. Der Stau hatte sich aufgelöst. Sie fuhren weiter. Nike trank etwas, während sie fuhr. Sie waren mit Abstand das schnellste Auto auf der Autobahn. Ein paar Stunden später fuhren sie über die deutsch-österreichische Grenze. Gegen Abend erreichten sie Wien. Sie fuhren zu einem Hotel und sie nahmen sich ein Zimmer für drei Personen. Nike wollte ihre Tochter nicht in einer fremden Stadt allein lassen, aber genauso wenig wollte sie in einem anderen Zimmer schlafen als Kim. Während Kim und Ate das Zimmer herrichteten, suchte Nike eine Tankstelle auf. Ihr Auto benötigte erneut Treibstoff. Sie stellte es am Ende in der Tiefgarage des Hotels ab, in dem sie Übernachten würden und ging hoch. Sie wusste nicht, welche Zimmernummer sie hatten, deshalb nahm sie ihr Handy und rief Kim an. Sie freute sich, dass sie nach Kims Tod noch nicht die Zeit gefunden hatte ihre Nummer zu löschen.

Zwei Minuten später stand sie vor Zimmer Nummer vierhundertsiebenunddreißig. Auf ihr Klopfen hin öffnete ihre Tochter die Tür und Nike trat ein. Sie warf sich auf das Bett, welches offensichtlich für sie hergerichtet war. Kim schaltete das Licht aus und Nike schloss die Augen. Im Bett, welches neben ihrem stand, lag Kim und im Bett, welches an der Wand in einer Ecke stand, lag Ate. Sie lag da und dachte an die Freuden, des letzten Tages. Sie hatte Kim wiedergefunden und ihre Tochter war glücklich und unverletzt. Sie spürte Kims Hand, die sich auf ihre Hüfte legte und in diesem Moment ließ die Trauer um Satans Tod sie los. Es war für sie nicht mehr so schwer. Sie rutschte ein wenig in Richtung Kims Hand und dann schlief sie ein.

Kim erwachte am nächsten Morgen um sechs Uhr Dreißig. Nike war bereits wach. Ate schlief noch. Sie stand auf. Nike folgte ihrem Beispiel. Kim ging ins Bad und Nike schrieb einen Zettel, den sie neben Ates Bett legte. Er verkündete, dass sie Frühstücken gegangen waren.

Als Kim aus dem Bad kam belegte Nike selbiges für fünf Minuten. Sie verließen das Zimmer und gingen nach unten. Das Hotel bot ein Büfett zum Frühstück an. Sie bedienten sich und setzten sich an einem Tisch in einer Ecke des Raumes. Nike sah, dass ihre Tochter den Raum betrat und sich umsah. Sie hob kurz die Hand und Ate nickte, zum Zeichen, dass sie verstanden hatte. Sie setzte sich nach einem Besuch am Büffet an ihren Tisch. „Habt ihr auch so gut geschlafen wie ich?", fragte Kim. Nike nickte. Ate reagierte nicht. Möglicherweise war sie zu sehr mit Essen beschäftigt. „Wir müssen heute noch einige Kilometer hinter uns bringen", sagte Nike. Die anderen Beiden nickten. „Es wäre nicht schlecht, wenn wir heute bis an die serbische Grenze kommen würden. Eventuell schaffen wir auch mehr. Je nachdem, wie die Straßen so sind. Wenn wir es schaffen würden bis an die griechische Grenze zu kommen, wäre das am besten."

Kim nickte. „Dann sollten wir jetzt gleich losfahren."

Nike nickte. „Ich packe und ihr esst hier zu Ende. Wir treffen uns in zwanzig Minuten am Auto."

Zwanzig Minuten später stand Nike am Auto. Ate und Kim kamen aus dem Hotel. „Dann lasst uns mal losfahren."

Nike fuhr auf die Autobahn und gab Gas. Niemand sagte etwas. Sie ließen alle anderen Autos hinter sich. Die Autobahn war frei. Niemand schien in ihre Richtung fahren zu müssen. Nike raste außen um einen Blitzer herum, was Ate und Kim einen gehörigen Schrecken ein jagte.

Als Nike den Stau vor ihnen sah, fuhr sie von der Autobahn ab. Das Navi errechnete eine neue Route. Nike sah es nicht ein, auf der Landstraße, über die sie jetzt fuhren, so schnell zu fahren, wie es die Geschwindigkeitsbegrenzung vorsah, was ihnen die Polizei auf den Hals hetzte. Dabei war sie nur siebzig km/h zu schnell gefahren. Sie hörte eine Sirene hinter sich, weshalb sie eine verbotene Apparatur an ihrem Auto aktivierte. Das Nummernschild wurde verdeckt und Nike trat aufs Gas. Sie beschleunigte von hundertvierzig auf zweihundertvierzig und schaffte es knapp, keinen Unfall zu bauen. Das Polizeiauto blieb hinter ihnen zurück.

Sie fuhr sobald wie möglich wieder auf die Autobahn. Der Stau lag weit hinter ihnen.

Zwei Stunden später hielt Nike erneut. Sie hatten sechshundert Kilometer zurückgelegt. Nike stieg aus und setzte sich irgendwo hin. Ate und Kim kamen hinzu. Sie saßen da. „Weg da!", rief jemand. Alle drehten sie um. Ein Polizist kam auf sie zu.

„Warum?", fragte Nike.

„Das ist verboten!"

Kim zog ihre Pistole und schoss dem Polizisten in den Kopf. Sie hob die Leiche auf und warf sie in ein Gebüsch. Nike sah sich um. Ein paar Leute sahen zu ihnen hinüber. Nike ignorierte alle und drehte sich wieder zu ihren Begleiterinnen um. „Wir sollten schon ziemlich nah an der griechischen Grenze sein."

Kim nickte. „Stimmt. Dann müssen wir nur noch durch fast ganz Griechenland fahren, bis wir in Athen sind."

„Und was ist, wenn wir in Athen sind?", fragte Ate.

„Wir suchen eine Person, die aus der Hölle floh", sagte Nike. In der Zwischenzeit hatten sich weitere Menschen in die Nähe von ihnen, da sie gesehen hatte, dass sie nicht weggebeten worden waren. Nike zog ihr Handy aus ihrer Tasche. Sie sah auf die Karte. Sie befanden sich dreißig Kilometer von der griechischen Grenze entfernt.

„Wir müssen weiter", sagte Nike. „Wenn wir in Athen ankommen, können wir eine kleine Pause machen."

Kim ging neben Nike her. „Soll ich vielleicht mal fahren?"

Nike nickte lächelnd. „Gerne", antwortete sie. Sie stieg auf dem Beifahrersitz ein, Ate setzte sich auf die Rückbank. Kim setzte sich hinters Steuer. Nike vertraute ihr, dass sie es schaffte, sie ohne Unfall bis Athen zu fahren. Sie genoss es, sich mal nicht auf die Straße konzentrieren zu müssen. Sie betrachtete Kim, während diese fuhr. Nike gefiel es, diese Frau wieder ausgiebig betrachten zu können. Kim erwiderte ihren Blick selten. Aber wenn sie es tat, dann mit einem Lächeln. Nike nahm es ihr nicht übel, dass Kim ihren Blick nicht oft erwiderte, da sie wusste, dass Kim sich auf die Straße konzentrieren sollte und das lag voll in Nikes Interesse.

Nike öffnete ihre Augen. Sie sah die Autobahn und einige andere Autos. Die Schilder waren auf Griechisch, daher nahm Nike an, dass sie sich schon seit einer Weile in Griechenland befanden. „Seit wann sind wir in Griechenland?", fragte sie. Kim sah sie kurz an und öffnete den Mund, um etwas zu sagen, da hieß es von hinten: „Seit ungefähr vierzig Minuten." Nike nickte. Sie blickte aufs Navigationsgerät und sah, dass sie noch einige Stunden Fahrt vor sich hatten. Sie lehnte sich wieder zurück. „Können wir Musik hören?", fragte Ate.

Kim nickte und auch Nike war einverstanden. Nike öffnete das Handschuhfach und entnahm eine CD. Sie legte sie ins CD-Laufwerk ein und drückte auf Play. Erst begann das Lied ruhig, doch dann setzten die anderen Instrumente ein und das Lied dröhnte durchs Auto. „Was ist das?", fragte Ate.

„Eine CD mit den größten Death Metal Hits der letzten Jahre." „Ist die CD lang?", fragte Ate.

Nike nickte.

„Gut."

Athen

Die CD endete, als Kim den Bentley am Ortsschild vorbei lenkte, das ankündigte, dass sie sich jetzt in Athen befanden. Kim parkte am Straßenrand. Sie stiegen aus. „Wir sollten jetzt eine Unterkunft, dann suchen wir nach Dirk."

Sie warfen ihre Sachen in ihr Zimmer im Fünfsternehotel, welches sie fanden. „Ich hole das Auto und ihr seht nach, ob ihr etwas über die gesuchte Person herausfinden könnt."

Sie verließ das Hotel, während Kim und Ate ihre Sachen im Zimmer auspackten. Nike stieg ins Auto und fuhr zum Hotel. Sie parkte ihren Bentley in der Tiefgarage des Hotels. Sie ging in ihr Zimmer.

Das Zimmer sah er aus wie eine Suite als wie ein normales Zimmer. Es hatte ein riesiges Bett an der einen Wand und ein großes an einer anderen. Kim und Ate saßen am Tisch, der an einer Wand stand. Es lagen Karten auf dem Tisch. „Komm, wir spielen gerade Poker. Möchtest du mitspielen?", fragte Kim. Nike nickte und setzte sich auf einen Stuhl am Tisch. Ate sammelte die Karten auf und mischte sie erneut. Sie teilte erneut aus. Nike und Kim nahmen ihre Karten auf. Ate nahm ihre Karten und Kim tätigte einen Einsatz. Sie hatten sich vom Hotel ein Pokerkoffer geliehen. Nike verdoppelte Kims Einsatz. Kim und Ate gingen mit. Die vierte und fünfte Karte wurde auf den Tisch gelegt und sie setzten alle ein. Kim deckte ihre Karten auf, dann Nike und Ate zu Schluss. Kim hatte einen Vierling, Nike konnte ein Full House vorzeigen und Ate schnitt mit ihrem Drilling am schlechtesten ab.

Nachdem sie eine Stunde gespielt hatten, stand Kim auf und nahm den Pokerkoffer. „Ich gehe ihn zurückbringen", sagte sie. Nike setzte sich aufs Bett. Ate sprang in das Bett, welches sie nehmen würde. Kim verließ den Raum und schloss die Tür hinter sich. Als sie zehn Minuten später wieder zurückkam, lächelte sie. „Ihr habt nicht zufällig Badesachen dabei, oder?" Nike schüttelte den Kopf, doch Ate nickte begeistert. „Ich habe auch für euch was mitgenommen, für den Fall, dass ihr eure Sachen vergesst." Sie zerrte ihre Tasche auf und warf Nike und Kim jeweils einen Bikini zu. Sie zog einen Badeanzug für sich selbst aus ihrer Tasche, hüpfte fast hinein und rannte aus der Tür. Während sie hinausrannte, rief sie: „Ich werde es finden!"

Die Tür fiel ins Schloss und Nike war mit Kim allein. Nike zog ihr T-Shirt aus. Kim folgte ihrem Beispiel. Sie trug keinen BH. Nike legte eine Hand auf den Verschluss ihres BHs. „Hilfst du mir kurz?", fragte sie Kim.

Kim nickte, obwohl sie sah, dass Nike keine Hilfe benötigte. Sie wusste, dass Nike das auch wusste. Sie trat hinter sie und legte ihre Hand auf ihren Rücken. Sie öffnete Nikes BH und er fiel zu Boden. Nike drehte sich um und Kim zog sie an sich. Sie küssten sich. Sie zogen ihre Hosen aus und begutachteten die Bikinis, die Ate ihnen mitgebracht hatte. Kim nahm Nike den Bikini aus der Hand, drückte ihn auf ihr Brüste und schloss ihn. Nike zog sich ihre Hose an und zog Kim dann deren Bikini an. Sie nahm sie an die Hand und ging mit ihr zum Schwimmbecken. Sie hatten Handtücher für sich und Ate mitgenommen und legten diese jetzt auf drei Stühle. Kim schubste Nike ins Wasser, doch diese packte zu und Kim flog über Nike hinweg und landete ebenfalls im Wasser. Nike tauchte unter. Sie genoss es, nach so langer Zeit wieder zu schwimmen. Ate schwamm zu ihnen hinüber und Kim drückte sie sanft unter Wasser. Ate strampelte und Kim ließ sie los. Sie schwamm zu Nike und versteckte sich halb scherzhaft hinter ihr. Nike zog ihre Tochter vor sich und gab ihr einen Kuss auf die Wange. „Hey, Kim tut dir doch nichts", sagte Nike in einem scherzhaft strengen Ton. Ate schlug ihr sanft auf den Arm. Kim war weggeschwommen. Sie befand sich fünfzig Meter von ihnen entfernt. Das Schwimmbecken war riesig und tief. Nike kraulte zu Kim hin und beide Frauen tauchten unter. Sie tauchten senkrecht zum Boden hin.

Erst, als Kim die Richtung wechselte und schnell wieder an die Oberfläche schwamm, merkte Nike, dass ihr der Sauerstoffmangel keine Probleme bereitete. Entweder konnte sie endlos tauchen oder nur sehr viel länger, als normale Menschen.

Sie sah, dass Kim ihr wieder einen Besuch abstattete. Sie küssten sich unter Wasser und dann zog Kim Nike mit an die Oberfläche.

Als sie auftauchten, merkte Nike, dass ihr Sauerstoff trotz allem guttat. Sie schwammen ans eine Ende des Beckens. Kim ergriff Nikes Hand und erzählte ihr von ihrem Plan. Sie schwammen Hand in Hand los. Durch das ganze Becken.

Sie stiegen aus dem Wasser und gingen in die Umkleiden. Nike zog ihren Bikini aus und trocknete sich ab. Danach wickelte sie sich ihr Handtuch so um den Oberkörper, dass es ihren Intimbereich verdeckte. Nike und Kim gingen zurück in ihr Zimmer. Sie zogen sich wieder an. Nike zog ihren Laptop aus ihrer Tasche und fuhr ihn hoch. Sie gab Dirks Namen in die Suchleiste des Browsers ein und kam erneut zu dem Eintrag, den sie bereits gelesen hatte. Es interessierte sie nicht, wer er gewesen war, sondern nur, wie er aussah und wo er gelebt hatte. Sie lud beides auf ihr Handy und verließ das Hotelzimmer. Kim folgte ihr. Sie gingen an Ate vorbei und sagten ihr, dass sie bald zurück wären. „Ich will mitkommen", sagte Ate. Nike seufzte und hockte sich hin. „Willst du nicht lieber hierbleiben?", fragte Nike. Ate schüttelte den Kopf. „Mitkommen!", verlangte sie. Nike seufzte und hob ihre Tochter hoch. Ate kreischte, als Nike sie sich auf die Schultern setzte. Sie verließen das Hotel und stiegen in Nikes Bentley. Nike ließ Kim fahren, da Ate verlangte, dass Nike bei ihr auf der Rückbank saß. Nike gab Kim den Ort durch und sie fuhr los.

Kim stellte den Wagen ab und sie stiegen alle aus. Sie befanden sich ein paar Kilometer nördlich von Athen. Sie standen am Waldrand. Nike drehte sich zu ihrer Tochter. „Wahrscheinlich wird in diesem Wald ein Haus stehen, in dem ein Mann wohnt. Ich weiß nicht, ob er gefährlich ist oder ob er Widerstand leisten wird, deshalb möchte ich, dass du meinen und Kims Anweisungen, ohne zu fragen, sofort, folgst. Hast du das verstanden?"

Ate nickte. Sie gingen in den Wald. Weder Nike noch Kim gaben sich Mühe, ihre Waffen zu verbergen. An Nikes linker Seite hing ihr Messer, auf der anderen Seite hing ihre Pistole. Kim trug nur eine Pistole. Sie trug eine Glock 17, während Nike eine Walther P99 trug. Beide Waffen waren geladen und entsichert.

Der Umriss eines Hauses tauchte vor ihnen auf. Nike befahl Ate, sich leise zu verhalten und nichts zu sagen. Sie schlichen sich ans Haus an. Sie hatten recht gehabt. Dirk Dentro wohnte anscheinen tatsächlich in dem Haus. Es brannte Licht. Nike schlich zur Hintertür und zog etwas aus ihrer Tasche. Ein paar Sekunden später klickte das Türschloss und Nike öffnete die Tür. Sie schlichen hinein. Irgendwo im Haus lief ein Fernseher. Nike zuckte bei jedem Geräusch, welches Ate machte zusammen, da sie damit rechnete, dass gleich jemand vor ihnen stehen würde. Wenn sie Pech hatten, war diese Person dann auch noch bewaffnet. Sie schafften es, das Zimmer unbehelligt zu erreichen. Nike legte eine Hand auf die Türklinke. Sie drehte sich um. „Ate, bleib hier, für den Fall, dass es ihm gelingt, das Zimmer zu verlassen", formte sie mit den Lippen. Ate nickte und nahm eine Art Kampfhaltung ein. Nike öffnete leise und vorsichtig die Tür und Kim betrat ebenso leise und vorsichtig das Zimmer. Nike folgte ihr, blieb aber an der Tür. Kim ging zum Fernseher und schaltete ihn aus. Erst da fuhr der Mann, der in einem Sessel saß, hoch. Kim senkte ihre Waffe und begann zu reden: „Ich weiß, dass du vor nicht all zu langer Zeit aus der Hölle flohst." Der Mann erstarrte, ließ sich aber sofort nicht mehr anmerken. „Ich weiß nicht, wovon sie sprechen!", erwiderte der Mann.

„Jetzt tun Sie nicht so unschuldig", sagte Kim reichlich unfreundlich.

Der Mann setzte sich wieder grade hin und sagte: „Ich weiß von nichts." Er griff nach dem Telefon, welches neben seinem Sessel stand und drückte darauf herum. Er wollte den grünen Hörer drücken, doch ein Schuss zerstörte das Telefon. Nikes Waffe rauchte. Sie hatte nur wenige Millimeter an seinem Gesicht vorbeigeschossen. „So", sagte

Kim. „Ich hoffe wir können jetzt eine gute Unterhaltung führen."

Der Mann sah etwas verängstigt aus. Kim hätte es gewundert, wenn er nicht verängstigt gewesen wäre. „Sie sind aus der Hölle geflohen. Warum sie dort waren, interessiert mich überhaupt nicht. Wir werden sie aber dorthin zurückbringen", sagte Nike.

„Und Sie werden jetzt mitkommen", fügte Kim hinzu. „Der Rückruf in die Hölle kann nur von Satan oder einem seiner Dämonen ausgeführt werden", sagte Dirk.

Nike lächelte und zeigte dabei ihre Reißzähne. „Deshalb bin ich ja auch gekommen." Schuppen begann ihren Körper zu überziehen und ihre Kleider und die Pistole verschwanden. Ihr Diadem saß auf ihrem Kopf. Sie sprang und riss Dirk Dentro aus seinem Sessel. Er fiel auf den Boden und Nike sorgte dafür, dass er auch dortblieb. „Mir ist sehr wohl bewusst, dass sie nicht dorthin zurückwollen, aber ich werde sie jetzt mitnehmen und in die Hölle schaffen." Sie packte ihn am Hals, hob ihn hoch und drückte ihn an die Wand. Sie warf ihn auf den Boden und setzte sich rittlings auf ihn. Sie fesselte ihn und hob ihn hoch. Sie trug ihn durch die Tür. Kim folgte ihr. Sie sah etwas verstört aus. Ate ging mit ihnen zurück zum Auto. Nike öffnete den Kofferraum und ließ die Dunkelheit den Raum vergrößern. Sie warf den gefesselten Körper hinein und schlug die Klappe zu. Sie fauchte erfreut. Sie behielt ihre Schuppen und fuhr zurück in die Stadt. „Wir können von mir aus noch ein paar Tage hierbleiben, bevor wir weiterfahren", sagte sie.

Einmal entspannen

Sie waren wieder im Hotel. Kim und Nike trugen ihre Bikinis und saßen im hoteleigenen Whirlpool. Nike hatte einen Arm um Kim gelegt und Kims Kopf lag auf Nikes Schulter. Ate hatte sich auf den Weg gemacht, das Hotel zu erkunden. Nike hatte Ates Vorschlag gut gefallen, dass sie das Hotel erkunden wollte, weil sie jetzt einige Zeit mit Kim allein verbringen konnte. Nike küsste Kim auf den Mund. Außer den beiden Frauen saß niemand im Whirlpool. Sie waren kurz versucht gewesen ihre Bikinis im Zimmer zu lassen, doch dann hatten sie sie doch angezogen, da es sich um einen öffentlichen Bereich handelte. Jedenfalls für Hotelgäste. Kim genoss es, so neben Kim zu sitzen und Nike fühlte selbiges. Nike schob sanft die Hand, die sie um Kim gelegt hatte, unter Kims Bikini. Kim beschwerte sich nicht.

Am nächsten Morgen erwachte Nike recht spät. Nicht nur für ihre Verhältnisse. Sie fand einen Zettel vor, der ihr mitteilte, dass die anderen frühstücken gegangen waren. Nike zog sich an und ging ebenfalls frühstücken. Kim und Ate saßen am selben Tisch, wie am Tag zuvor. Nike holte sich etwas zu essen und setzte sich dazu. „Guten Morgen", sagte sie. Sie bekam auch ein „guten Morgen" als Antwort. „Wie lange bleiben wir noch hier?", fragte Ate. „Mir gefällt es hier und ich möchte noch nicht weg."

Nike lächelte. Kim sagte: „Ich habe es auch nicht eilig von hier wegzukommen. Nike, was sagst du?"

Nike lehnte sich zurück. „Also, meinem Portemonnaie tut dies zwar nicht gut, aber an Geld mangelt es mir nicht und wir haben noch keinen konkreten Ort, wo sich die anderen Flüchtigen aufhalten. Von mir aus können wir noch ein paar

Tage bleiben." Ate strahlte, Kim lächelte und auch Nike freute sich. Sie freute sich, ein paar Tage lang entspannen zu können. Sie würde zwar recherchieren müssen, aber sie hatte dennoch Zeit. Sie begannen ein Gespräch, während sie weiteraßen.

Nach dem Essen ging Nike in ihr Zimmer und warf sich aufs Bett. Sie schloss ihre Augen und genoss das weiche Bett unter sich. Ihre Tochter kam ins Zimmer, dicht gefolgt von Kim. „Können wir ans Meer fahren?", fragte ihre Tochter, kaum dass sie das Zimmer betreten hatte. „Macht das ruhig. Ich komme aber nicht mit", sagte Nike. „Oh doch", sagte Kim und hob Nike hoch. Sie warf sie sich über die Schulter und ging aus dem Zimmer. „Ate, packst du bitte alles, was wir brauchen?", fragte Kim. Diese nickte begeistert und rannte los.

Kim setzte Nike auf den Beifahrersitz des Bentley und setzte sich selbst hinters Steuer. „Wir wollen ja nicht riskieren, dass unsere Nike wieder ins Parkhaus fährt und den Schlüssel versteckt." Nike seufzte. „Ich hätte Kim nicht sagen sollen, wo der Schlüssel zu meinem Wagen ist", dachte sie.

Ate quietschte auf der Fahrt unüblich viel. Kim wusste, dass sie einfach nur aufgeregt war. Nike murmelte einen Fluch vor sich hin und beklagte sich, dass sie nicht mal ihren Computer hatte mitnehmen dürfen, sodass sie am Strand nicht arbeiten konnte. „Ach komm schon", sagte Kim. Sie sah Nike dabei an. „Es wird schon nicht so schlimm werden. Auch nicht für dich."

Kim hielt am Straßenrand, kurz vor dem Strand. Sie befanden sich in einem Nachbarort von Athen, da es in

Athen keinen Strand gab. Kim gab Ate etwas Geld und ließ sie aussteigen, um in einem der Läden einen Sonnenschirm zu kaufen.

Nike stellte den Sonnenschirm am Strand auf. Sie hatten ihren Protest eingestellt, da sie wusste, dass er nicht von Erfolg gekrönt sein würde. Nike und Kim zogen ihre Bikinis an, während Ate bereits laut kreischend, eingecremt und im Badeanzug ins Meer rannte. Nike cremte Kim ein und ließ sich ebenfalls eincremen. Sie legte sich unter den Sonnenschirm, auf ihr Handtuch. Kim zog sie hoch und zog sie in Richtung Meer. „Nein, meine Liebe. Ich lasse dich nicht hier."

Und nach einem tiefen Augenkontakt mit Kim gab Nike ihren letzten Widerstand auf. Sie rannte los. Kim war ihr dicht auf den Fersen. Sie schlug einen Salto, was Kim nutzte, um sie zu überholen. Beide Frauen sprangen etwa zeitgleich ins Meer. Sie tauchten unter. Als sie wieder auftauchten, sah auch Nike so aus, als wäre sie glücklich hier zu sein. Sie küssten sich. Sie fielen beide ins Wasser, weil Ate sie geschubst hatte. Kim schaffte es, kein Wasser zu schlucken, Nike hatte weniger Glück. Sie kam hustend und keuchend wieder an die Wasseroberfläche. Sie legte ihre Hände auf die Hüfte ihrer Tochter und warf sie weit hinaus ins Meer. Sie tauchte unter, aber nicht wieder auf. Nike geriet leicht in Panik und schwamm zur Stelle an der Ate ins Wasser gefallen war. Sie tauchte unter, konnte aber nur Wasser sehen. Irgendwas zog sie am Fuß und sie ging unter. Ate tauchte neben ihr auf und spritzte sie nass. Nike lachte.

Sie vergnügten sich viele Stunden am Strand und als sie ihn wieder verließen, wurde es schon dunkel. Nike setzte sich hinters Steuer und ließ den Wagen an. Sie fuhr ins Hotel. Kim und Nike gingen auf direktem Wege in ihr Zimmer, während Ate dem Pool noch einen ausgiebigen Besuch abstattete.

Nike und Kim betraten ihr Zimmer und stellten ihre Sachen ab. Kim schloss die Vorhänge und schaltete ein schwaches Licht ein, während Nike die Tür abschloss. Als Nike sich umdrehte, war Kim nackt. Nike begann ebenfalls sich zu entkleiden. Solche Gelegenheiten hatten sie selten, seit Nike eine Tochter hatte. Nike drückte Kim an die Wand und küsste sie. Es klopfte. Nike ließ Kim los und ging zur Tür. Sie stellte sich hinter die Tür, während sie diese öffnete. Ate stand vor der Tür. Nike schloss die Tür wieder. „Meine Tochter steht vor der Tür", sagte sie. Sie zogen sich an und Nike öffnete die Tür erneut. „Hallo", sagte Ate und trat ein. Kim saß auf dem Bett. Nike nahm ihren Computer und loggte sich ins Hotel W-Lan ein. Sie suchte den Namen und fand einen Ort, mit dem er in Verbindung stehen sollte. „Es wäre möglich, dass sich unser Robert Ekton in Sofia in Bulgarien befinden", sagte Nike. „Dort hatte er jedenfalls die letzten Jahre seines Lebens gelebt."

Kim kam zu ihr herüber. „Dann müssen wir dorthin."

Ate blickte sie an. „Wann fahren wir los?"

Nike überlegte kurz. „In zwei Tagen."

Ate war sichtlich erleichtert. Sie rannte sofort wieder aus dem Zimmer und rief: „Ich werde die letzten beiden Tage noch alles hier genießen!"

Kim lächelte. „Das werde ich auch tun."

Es klopfte an der Tür. Nike öffnete. Vor der Tür stand ein Mann. Er war eine Reinigungsfachkraft. „Oh, ich dachte diese Zimmer wäre nicht mehr belegt. Tut mir leid."

Nike lächelte freundlich. „Ach kein Problem, kann ja mal passieren." Sie nickte und schloss die Tür wieder. „Seit wann kannst du Griechisch?", fragte Kim.

„Ich habe Griechisch gesprochen?", fragte Nike.

Kim nickte. „Ja, hast du." Nike runzelte die Stirn. „Ich wusste nicht, dass ich Griechisch kann, doch jetzt…. Es ist, als hätte ich es die ganze Zeit gekonnt, doch jetzt ist es für mich zugänglich."

Kim sah sie fragend an. Nike sagte etwas auf Griechisch. Kim blickte sie erneut fragend an.

„Das heißt: „Guten Tag meine Freundin. Mein Name ist Nike"."

Kim lächelte. „Zu schade, dass wir Griechenland schon bald verlassen."

Nike blickte sie an. „Wir können ja irgendwann wiederkommen."

Kim lächelte. „Ja, das sollten wir tun."

„Aber jetzt", sagte Nike, „sollten wir weiter den Luxus des Fünfsternehotels genießen."

Sie zogen ihre Bikinis an, nahmen ihre Handtücher mit und gingen zum Whirlpool. Sie setzten sich hinein. Sie genossen es, allein zu sein. Da der Whirlpool in einem abgetrennten Bereich lag, sodass man ihn vom Flur aus nicht sehen konnte, machten sie sich keine Sorgen, dass jemand sie stören könnte. Kim schlang einen Arm um Nikes Hüfte und Nike lehnte sich an. Das Wasser war angenehm warm. Es störte sie tatsächlich niemand.

Nachdem sie zwei Stunden im Whirlpool gesessen hatte, entschieden sie sich, in die Sauna des Hotels zu gehen. Auch diese war leer. Anscheinend waren viele Hotelgäste gerade unterwegs. Nike konnte es nachvollziehen. Ihr gefiel Athen, weshalb sie beschlossen hatte, am Abend mit Kim essen zu gehen. Ate würden sie mitnehmen müssen, aber das störte Nike nicht. Sie liebte ihre Tochter. Kim hatte bereits eingewilligt und Nike hoffte, dass Ate keine Probleme machen würde.

Ein paar Stunden später gingen sie durch die Straßen von Athen und suchten etwas zu essen. Ate war begeistert gewesen, als Nike gesagt hatte, dass sie essen gehen würden. Nike betrachtete ihre Tochter, während diese durch die Straßen lief. Sie war froher denn je, dass sie sie von der Schule genommen hatte, da Ate bereits so aussah, als wäre sie zwölf oder dreizehn Jahre alt. Nike machte sich insgeheim Sorgen, dass ihre Tochter innerhalb des nächsten Jahres ausziehen würde, da sie erwachsen werden würde. In weniger als zwei Jahren, würde Ate aufhören körperlich zu Altern, beziehungsweise würde sich ihr Altern stark verlangsamen. Das bereitete Nike irgendwie Sorgen. Ihre Tochter würde in wenigen Jahren so alt aussehen wie Nike selbst und niemand würde dann noch glauben, dass sie ihre Tochter war.

Sie fanden ein Restaurant. Es lag in einer kleinen Gasse und sah aus, als würde es nicht viel besucht werden. Es schmeckte ihnen trotzdem. Nike holte während des Essens ihr Handy raus und hinterließ eine Fünfsternebewertung.

Nach dem Essen gingen sie durch die Straßen zurück.

Erneute Reisen

Nike, Kim und Ate packten ihre Sachen. Sie wollten Athen in den nächsten zwei Stunden verlassen. Nike hatte das Hotel bezahlt und ihnen wurde eine halbe Stunde gegeben, um ihre Sachen aus ihrem Zimmer zu schaffen. Zwanzig Minuten davon waren schon vorbei. Nike trug die ersten Sachen zum Auto. Sie stellte die Taschen vor dem Auto ab und öffnete den Kofferraum. Sie griff hinein und zog den gefesselten Dirk Dentro heraus. „So", fauchte sie. „Dich übergebe ich jetzt der Hölle." Sie führte ihn weg. Als sie um die Ecke gebogen waren, verschwanden beide.

Sie tauchten in der Hölle wieder auf. Nike schubste Dirk auf die Wachen zu und diese hielten ihn fest. „Das ist eine der Seelen, die während der Aufstände entkommen sind. Es werden noch fünf weitere folgen."

Die Wachen durchbohrten Dirks Körper mit ihren Speeren und führten seine Seele weg. Nike verschwand wieder und warf die Koffer in den Kofferraum ihres Autos. Kim und Ate standen in der Nähe. „Du hast ihn entsorgt", stellte Kim fest. Nike nickte. „Jetzt steigt ein. Oder wollt ihr hierbleiben?"

Nike fuhr auf die Autobahn. „Gibst du bitte Sofia, Bulgarien, ins Navi ein?", fragte sie Kim. Diese nickte und machte die Eingabe. Das Navi sagte ihnen, dass sie siebenhunderteinundneunzig Kilometer zu fahren hätten. „So drei Stunden sollten wir dafür brauchen", sagte Nike. „Je nach Verkehr auch mehr."

Ate blickte aus dem Fenster. Sie sah einen Wald. „Da, im Wald scheint der Boden umgegraben zu werden", sagte sie.

Nike und Kim sahen hin. „Scheiße", rief Nike. Kim begann ebenfalls zu fluchen. „Ihr wisst, was das ist?", fragte Ate.

Die beiden Frauen nickten. „Das", sagte Kim, „ist ein riesiger Wurm, der sich durch den Boden frisst. Er frisst sich durch alles durch."

Ate erschauerte. „Auch durch Stein? Und ist er viel größer als ein Regenwurm?"

Nike nickte. „Stein ist kein Problem für dieses Monster. Er ist riesig. Je nach dem wie alt er ist, könnte er über zwanzig Meter in der Länge und bestimmt sechs Meter im Durchmesser haben."

Ate zitterte. „Wird er uns fressen?"

Nike zuckte mit den Schultern. „Vielleicht. Vielleicht auch nicht. Aber du bist eine Dämonin, du solltest vor gar nichts Angst haben."

„Habe ich aber", sagte Ate mit einem Schauern.

Der Motor des Bentley begann zu stottern und Nike lenkte den Wagen auf den Standstreifen. Sie blickte auf die Tankanzeige und sah, dass der Tank leer war. Sie fluchte und zog ihr Handy aus ihrer Hosentasche. „Die nächste Tankstelle ist einen Kilometer von hier entfernt. Wir werden dorthin laufen müssen." Ate stöhnte.

„Sie ist aber in der Richtung, in die wir sowieso wollten und wir können das Auto die ganze Zeit über den Standstreifen schieben."

Ate keuchte auf. „Das Auto schieben? Bist du so stark?"

Nike lächelt, löste Handbremse und schaltete den Gang raus. Sie öffnete die Tür und begann das Auto zu schieben.

Als sie ankamen, schoben sie das Auto an eine Zapfsäule und Nike begann zu tanken. Kim ging hinein und bezahlte. Sie fuhren weiter und kamen später in Sofia an. Nike parkte vor einem Hotel und sie gingen hinein. „...und was kann ich für sie tun Herr Ekton?", fragte jemand hinter einem Schalter. Sie gingen hinüber und sahen einen Mann vom Schalter zur Treppe gehen. Sie folgten ihm. Er ging in ein Zimmer. „Wenn wir Glück haben, ist er das schon", sagte Kim.

Nike lächelte. „Wir fragen ihn einfach."

Sie hob ihre Hand, um zu klopfen, doch sie stoppte. „Stellt euch hinter eine Ecke, sodass ihr die Tür sehen könnt. Es ist möglich, dass er fliehen will."

Ate und Kim gingen in Deckung und Nike klopfte. „Nein, für den Zimmerservice habe ich keine Zeit."

„Ich bin auch nicht vom Zimmerservice", sagte Nike.

Die Tür öffnete sich. „Sind sie Robert Ekton?", fragte Nike. „Höchstpersönlich", sagte Robert.

„Kennen sie zufällig einen Hans Gütran?", fragte Nike.

Der Mann nickte. „Er wohnt im Zimmer neben mir."

Nike nickte. „Danke. Dürfte ich mich mal mit ihm und ihnen unterhalten?"

Der Mann nickte. „Ich hole ihn kurz, warten sie."

Zehn Minuten später saßen Nike und Kim, Robert und Hans gegenüber. „Sie sind beide aus der Hölle geflohen", sagte Nike. Hans öffnete den Mund. „Woher...?" Nike brachte ihn mit einer Handbewegung zum Schweigen. „Das tut nichts zur Sache", sagte Kim. „Das Einzige, das etwas zur Sache tut, ist, dass wir euch in die Hölle zurückbringen werden."

Hans zog eine Pistole und schoss auf Kim. Sie warf sich zur Seite. Robert schoss auch auf Kim und sie warf sich hinter eine Wand. Nike zog ihre Pistole und schoss. Robert war zur Seite gesprungen, sodass die Kugel in die Wand hinter ihm einschlug. Kim zog ihre Pistole und schoss. Eine Kugel streifte Roberts Arm, doch die anderen gingen vorbei. Nike schoss Hans die Waffe aus der Hand und er rannte los. Nike gab Kim ein Zeichen und sie rannte hinter ihm her. Nike lieferte sich einen Schusswechsel mit Robert.

Als er nachladen musste, schoss sie ihm ins Bein. Er schrie auf und ging in die Knie. Nike riss sich die Kleider vom Leib und ließ Schuppen wachsen. Dass Robert sie kurz nackt gesehen hatte, störte sie nicht weiter. Sie packte ihn am Hals und hob ihn hoch. Sie knallte ihn an die Wand. Er trat ihr ans Knie und sie ließ ihn stöhnend los. Er rannte los, drehte sich jedoch noch kurz um und schoss dreimal auf Nike. Sie sprang zur Seite und die Kugeln durchschlugen die Scheibe hinter ihr. Sie rannte ihm nach, wobei sie alle vier Gliedmaßen zur Fortbewegung nutzte. Sie hatte sich nicht die Mühe gemacht, ihre Schuppen verschwinden zu lassen. Ihr war egal, ob sie manche Menschen dadurch nachhaltig verstörte. Sie sprang die Treppe ins Stockwerk darunter mit einem Sprung hinunter. Sie sah, dass Robert das Erdgeschoss erreicht hatte, während sie im ersten Stock war. Sie nahm Anlauf und sprang. Das Fenster barst und Nike flog durch die Luft. Sie landete auf der Straße, rollte sich ab und kam wieder auf die Füße. Robert war wenige Zentimeter vor ihr. Sie packte ihn am Genick und warf ihn auf den Boden. Sie drehte ihn auf den Rücken und hockte sich über ihn. Sie hockte auf allen vieren über ihm und blickte ihn an. Sie war nur wenige Zentimeter von ihm entfernt. „Dachtest du wirklich, dass du mir entkommen könntest?", fragte sie leise und drohend.

„Nein", sagte er. Er legte seine Arme auf ihren Rücken und drückte Nike an sich. Er hob seinen Kopf, um sie auf den Mund zu küssen, doch sie drehte sich weg, sodass er sie nur auf die Wange küsste. „Was soll das?", fauchte sie.

„Ich liebe dich und dachte, ich könnte mal mehr Zeit mir dir verbringen. Wenn du mich auch liebst, behalt deine Schuppen am Körper."

Nike ließ ihre Schuppen verschwinden. Sie zog ihn weg und verschwand. Eine Minute später tauchte sie wieder auf. Sie hatte auch ihn in die Hölle geschickt.

Nike schlich sich weg. Sie war nackt und hatte keine Klamotten, die sie anziehen könnte. Sie musste bis zur Nacht warten, bis sie zu ihrem Auto zurückgehen konnte.

Kim lief durch eine Straße und guckte sich um. Hans war verschwunden. Sie ging in eine Gasse und sah ihn. Er war in einem Haus. Sie trat mit einem ihrer Stiefel ein Fenster ein und kletterte hindurch. Sie ging nach oben und fand ihn. Er versteckte sich hinter einem Vorhang und versuchte unauffällig zu sein, was ihm aber nicht gelang. Sie packte ihn und warf ihn über einen Tisch. Als er wieder stand, hatte er eine Pistole in der Hand. Kim hob die Hände. „Du glaubst doch nicht wirklich, dass du mich fangen kannst, oder?"

Kim legte ihren Kopf schief. „Das hatte ich bis gerade eigentlich gedacht."

Sie warf sich zur Seite, als er schoss. Kim zog ihre eigene Waffe und drückte zweimal ab. Keine der Kugeln traf. Sie sprang auf ihn zu und prallte mit ihm zusammen. Sie haute ihm eine rein und er taumelte gegen die Wand. Seine Pistole war ihm aus der Hand gefallen. Ihr Fuß traf die Waffe und sie bewegte sich über den Boden, bis sie in einer Ecke des Zimmers liegen blieb. Seine Faust raste auf ihr Gesicht zu und Kim duckte sich. Da sie zu langsam war, kollidierte sie mit der Faust und fiel auf den Boden. Kim zog ihre Pistole und richtete sie auf Hans´ Gesicht. Er packte ihr Handgelenk und entriss ihr die Waffe. Sie machte eine Rolle rückwärts in den Handstand, wobei ihr rechter Fuß die Pistole traf und sie ihm aus der Hand flog. Sie flog durch ein offenes Fenster und verschwand. Als er auf sie zukam, warf sie ihn über ihre Hüfte und drehte ihm den Arm auf den Rücken. Er packte sie mit dem anderen Arm und warf sie an die Wand. Sie rappelte sich wieder auf und die Beiden blickten sich an. „Wir einigen uns auf unentschieden, okay?", fragte der Mann. Kim hob die Waffe auf und zog etwas aus ihrer Tasche. Sie schoss und er wich aus. Dem kleinen Gerät, was sie zeitgleich nach ihm warf, wich er nicht aus. Er bemerkte es nicht. Sie wollte erneut auf ihn schießen, doch er war bereits durch Fenster gesprungen. Kim trat ans Fenster, doch er war weg. Kim zog fluchend ihr Handy aus der Tasche und warf einen Blick darauf. Sie drückte auf die Kurzwahltaste für Nikes Gerät. „Der Mann ist entkommen, ich konnte aber einen Peilsender an seinen Kleidern befestigen."

Kim fand Nikes Auto dort, wo es die ganze Zeit gestanden hatte. Sie konnte Nike nirgends sehen, weshalb sie sich ins Auto setzte. „Schön, dich unverletzt und vor allem lebend wiederzusehen."

Sie drehte sich um und sah, dass Nike sich im Auto befand. Sie hatte im Kofferraum gelegen. Nike kletterte nach vorne. „Er ist also entkommen?", fragte Nike. Kim nickte. Sie zog ihr Handy aus der Tasche und öffnete eine App. Sie zeigte eine Karte und darauf ein paar farbige Punkte an. Sie deutete auf einen der Punkte. „Das ist er."

Nike sah sich die Karte genauer an. „Und wer sind die anderen?"

Kim zeigte auf zwei Punkte, die sich nebeneinander befanden. „Das sind wir."

„Und die anderen?" Kim schüttelte den Kopf.

„Die sind unwichtig", sagte sie. Sie markierte alle anderen Punkte und drückte auf „löschen". Der Punkt, der den Standort von Hans markierte, bewegte sich.

„Er hat den Peilsender noch nicht entdeckt", sagte Nike.

Ate stieg eine halbe Stunde später ins Auto. Nike reichte ihr ein Gerät. „Ich hielt es für notwendig, mit dir kommunizieren zu können."

Ate war die nächsten Stunden über still. Sie war total in ihr Handy vertieft. Kim und Nike schwiegen auch. Es gab nichts, was in ihren Augen wert wäre die Stille zu zerstören. Kim hatte den Punkt, der Hans´ Standort markierte, auf das Navi des Autos übertragen, sodass sie direkt zu ihm fahren konnten. Er bewegte sich schnell. Sie nahmen an, dass er ein Transportmittel gewählt hatte. Die Geschwindigkeit, mit der er sich bewegte, ließ auf einen Zug schließen. Er bewegte sich schnell und relativ gerade. Nike hoffte, dass es ein langsamer Zug war, sodass sie ihn würden einholen können. Sie umfasste das Lenkrad fester und trat aufs Gas.

Bald sahen sie den Zug in der Ferne auftauchen. Sie bewegten sich schneller als der Zug, was ihnen auch das Navi verriet. Nike fuhr von der Straße und bewegte sich parallel zum Zug. Der Abstand wurde geringer. Nike sah, dass der Zug hielt. Sie hielt auch an der Station und stieg aus. „Ihr bleibt auf dem Bahnsteig und passt auf, dass er nicht unbemerkt flüchtet. Ich gehe in den Zug und hole ihn mir."

Kim und Ate waren ausgestiegen und standen Nike gegenüber. Nike gab Kim den Autoschlüssel. „Sollte der Zug wegfahren, während ich noch drin bin und er auch, möchte ich, dass ihr dem Zug folgt."

Kim und Ate nickten. Nike nahm ihre Tochter in den Arm und danach Kim. Sie küsste sie und löste sich dann von ihr. Sie lief los. Ihre Pistole steckte in ihrem Holster, welches sich verdeckt an ihrem Gürtel befand. Sie hatte seine Position auch auf ihrem Handy und sah, dass er sich im nächsten Waggon befinden müsste.

Sie betrat den nächsten Waggon und ging an den Abteilen vorbei. Sie sah den Peilsender in einem leeren Abteil liegen. Sie ging hinein. Der Zug setzte sich in Bewegung. Nike hob den Sender auf. Er war noch vollkommen intakt. Die Vorhänge wurden vorgezogen und eine Stimme ertönte: „Sie sind wohl auch gekommen, um mich zu fangen. Habe ich recht?"

Nike drehte sich um und da stand ein Mann. „Sind Sie Hans Gütran?"

Der Mann nickte. „In der Tat, der bin ich."

Nike sah ihn an. „Sie müssen doch verstehen, dass sie nicht mehr in diese Welt gehören. Sie sind vor vielen Jahren gestorben. Deshalb muss ich sie zurückbringen."

Der Mann setzte sich. „Möglich, dass es für Sie am besten erscheint, doch für mich ist es besser, wenn ich hierbleibe." Nike blickte auf ihn herab. „Sie gehören hier nicht mehr hin. Ich werde sie zurückbringen um fast jeden Preis."

Der Mann lächelte. „Ich glaube ich weiß, weshalb Sie diese Einschränkung eingebaut haben."

Nike schlug zu. Hans wich aus und schlug ihren Arm zur Seite. Er drückte ihr beiden Arme an die Wand und schlug ihr ins Gesicht. Nikes Kopf flog nach hinten, als seine Faust sie traf. Obwohl ihre masochistische Ader durch den Schlag befriedigt wurde, wand sie sich aus seinem Griff heraus. Sie schlug ihm unters Kinn und trat ihm seitlich ans Knie. Er zog scharf die Luft ein und knickte ein. Sie schlug ihm an den Hals und er taumelte gegen die Wand. Sie trat ihm erneut ans Knie und er fluchte. Er schlug zu und sie landete auf dem Boden. Sie griff nach der Dunkelheit. Sie nahm keine Form an. Sie sprang auf und versuchte es erneut. Nichts geschah. Er schlug zu und Nike landete in der Wand. Sie versuchte, Schuppen wachsen zu lassen, doch nichts passierte. Er trat ihr in die Seite und sie schrie auf. Er packte sie am Hals und knallte sie in die Wand. Sie schrie erneut auf. Er wirbelte sie herum und ließ sie los. Nike landete im Fenster. Sie krachte auf den Boden und blieb stöhnend liegen. Er trat ihr erneut in die Seite und ging dann aus dem Abteil. Sie sah, dass er eine Tür ansteuerte, und erahnte, dass er sprang. Nike lag stöhnen auf dem Boden. Aus ihrer Nase lief Blut. Sie glaubte, sich eine Rippe gebrochen zu haben, war sich aber nicht sicher. Sie hievte sich auf die Knie und schrie erneut auf. Sie beschäftigte nur eine Frage. „Wieso haben mich meine Kräfte verlassen und wieso konnte ich mich nicht verwandeln?", fragte sie sich. Eine Stimme ertönte in ihrem Kopf. „Du weißt, warum du dich nicht verwandelt hast." Nike zog ihr Gesicht zu einer schmerzverzerrten Grimasse zusammen und schüttelte den Kopf. „Wenn ich es wüsste, hätte ich bereits was dagegen unternommen. Wer spricht da überhaupt?"

„Ich bin dein Unterbewusstsein", sagte die Stimme.

„Sagst du mir bitte, warum ich mich nicht verwandeln kann?", fragte Nike.

„Na gut. Das Problem liegt darin, dass du dich nicht verwandeln willst. Deshalb hast du diese und auch deine Dunkelheitskraft verloren."

Nike schüttelte den Kopf. „Das ist nicht wahr. Ich wollte mich verwandeln."

Ein kurzes Schweigen folgte. „Du hast sie gesehen. Du hast gesehen, dass es ihr Angst macht. Deshalb hast du deine Kräfte abgewählt. Es ist aus Liebe zu ihr entstanden."

Nike wollte widersprechen, wollte sagen, dass es Unsinn war, dass sie sich immer hatte verwandeln wollen, doch die Erkenntnis überkam sie. Die Stimme war tatsächlich ihr Unterbewusstsein und es war die Wahrheit. Nike erinnerte sich noch an Kims Gesicht, als sie ihre Kräfte das erste Mal in ihrer Nähe eingesetzt hatte. Sie hatte die Angst und den Schmerz in Kims Gesicht gesehen. Schmerz, da die Frau, die sie liebte, nicht das war, was sie gedacht hatte, dass sie war. Nike fiel nach hinten und ihr wurde schwarz vor Augen.

Kim fuhr neben dem Zug her, der jetzt in die nächste Station einfuhr. Sie hielt an und sprang aus dem Wagen. „Du bleibst hier", sagte sie mit einem Blick auf Ate. Sie rannte los und sprang in den Zug. Sie lief schnell durch den Gang. Sie fand ein Abteil, bei dem die Vorhänge vorgezogen waren. Sie zog die Tür vorsichtig auf und sah, dass Nike dahinter lag. Ihr Gesicht war blutig und sie hatte sich was gebrochen. Sie hockte sich neben sie. „Nike?", fragte sie. Nike reagierte nicht. Kim hob sie auf und verließ das Abteil.

Sie verließ den Zug durch die nächste Tür und er fuhr davon. Kim trug Nike zum Auto und legte sie auf die Rückbank. Ate begann sofort zu fragen: „Was ist passiert?"

Kim zuckte mit den Schultern. „Das müssen wir Nike fragen, wenn sie wieder zu sich kommt."

Kim kümmerte sich mit Ates Hilfe so gut wie möglich um Nikes Wunden.

Nike öffnete ihre Augen und stöhnte vor Schmerzen auf, sobald sie sich minimal bewegte. Kim und Ate waren sofort da. „Wie geht es dir?", fragten Ate und Kim fast gleichzeitig. „Ich werde es überleben", sagte Nike.

„Wer hat das zu verantworten?", fragte Kim.

„Ich selbst. Jedenfalls teilweise. Die Verletzungen wurden mir von unserem Herrn Gütran zugefügt."

Kim sah sie an. „Wo ist er? Hast du ihn in die Hölle geschickt?"

Nike schüttelte den Kopf, was ihr einen erneuten Schmerzanfall einbrachte. „Er ist weg. Den Peilsender hat er entfernt."

Kim fluchte. Ate begann zu sprechen: „Wir sollten weg von hier. Lasst uns in die nächste Stadt fahren und uns dort eine Unterkunft suchen. Dort können wir Nike auch behandeln lassen. Von einem Arzt."

Nike wollte widersprechen, doch Kim legte ihr eine Hand auf die Schulter. „Es ist das Beste für uns alle."

Kim fuhr das Auto, Nike lag auf der Rückbank und Ate saß auf dem Beifahrersitz. Sie fuhr auf den Parkplatz eines Krankenhauses und ging hinein. Kurze Zeit später kam sie mit zwei anderen Menschen wieder. Sie schoben eine Art Liege. Kim öffnete die Tür und hob Nike heraus. Sie legte sie darauf und alle verschwanden wieder im Krankenhaus.

Ate kramte derweil in Nikes CD-Sammlung und legte eine CD ein. „Warum machen wir das eigentlich?", fragte sie sich. „Wenn die Seelen wieder auf der Erde sind, ist das doch nicht so schlimm, oder?"

Kim kam wieder. „Wir werden Nike in den nächsten Tagen nicht mehr sehen. Sie benötigt Ruhe." Ate seufzte. „Und was machen wir solange?"

Kim und Ate hielten vor einem Restaurant. Sie gingen hinein und setzten sich an einen Tisch. „Wann sehen wir Mama den wieder?", fragte Ate.

„In drei oder vier Tagen."

Ate nickte. Kim viel auf, dass Ate erneut gewachsen war. Sie sah jetzt aus wie sechzehn und war einen Meter und dreiundsiebzig groß. Sie war vielleicht zwei, drei Monate alt, war aber fast ausgewachsen. Sie trug seit zwei Wochen auch einen BH. Kim konnte es absolut nachvollziehen.

Sie aßen und gingen danach. „Sehen alle weiblichen Wesen nach meiner Lebensspanne so aus, wie ich?", fragte Ate.

Kim blickte sie an und schüttelte dann den Kopf. „Die meisten weiblichen Menschen, brauchen Jahre, bis sie annähernd so aussehen wie du jetzt."

Sie nahmen sich in einem Hotel ein Zimmer. Sie setzten sich auf eins der Betten. „Du hast auch die Dinger, die da bei mir sind", sagte Ate.

Kim nickte. „Sie heißen Brüste. Ich bin eine Frau, deshalb habe ich sie. Du wirst auch in ein paar Wochen wie eine ausgewachsene Frau aussehen."

„Und wie sehen solche Brüste aus?", fragte Ate. Kim zeigte auf eine Ecke des Raumes. „Dort steht ein Spiegel. Du kannst sie dir ansehen."

Ate ging zum Spiegel und zog sofort ihr Oberteil aus. Kim schloss die Vorhänge. Sie blickte Ate an, die gerade am Öffnen ihres BHs verzweifelte. Kim ging zu ihr und öffnete ihr den BH. Ate ließ ihn fallen und betrachtete intensiv ihre Brüste. Kim ging aufs Klo, während Ate noch vor dem Spiegel stand.

Nike erwachte. Sie war im Krankenhaus. Sie lag in einem sauberen Bett und trug Krankenhaus Kleidung. Sie sah sich um. Sie hatte ein paar Verbände an einigen Stellen ihres Körpers. Sie lag allein auf einem Zimmer. Ihr Messer konnte sie nicht sehen. Sie hoffte, dass Kim sie ins Krankenhaus gefahren hatte und ihr Messer bei ihr war. Auf einem Tisch neben ihrem Bett lagen ihr Handy und ihr Portemonnaie. Sie griff nach ihrem Handy und warf einen Blick drauf. Es war sechzehn Uhr siebenunddreißig. Sie wählte eine Nummer und wartete. Als Kim abnahm, sagte sie, dass sie erwacht wäre, aber wahrscheinlich noch ein oder zwei Tage im Krankenhaus verweilen müsste. Sie fragte nach ihrem Messer und bekam die Antwort, dass es von Kim verwahrt wurde. Sie legte auf. Nike lehnte sich zurück und schloss die Augen erneut.

Mitten in der Nacht wachte Nike auf. Ein Mann stand vor ihrem Bett. Das Licht war ausgeschaltet, doch sie erkannte, dass er bewaffnet war. „Wer sind sie?", fragte Nike.

Er gab keine Antwort. Er zog ein Messer und flüsterte: „Jetzt werde ich es beenden."

Er hob das Messer und machte sich bereit zuzustoßen. Nike schlug das Messer zur Seite. Sie hievte sich auf und erhob sich unsicher. Sie donnerte ihm ihre Faust ins Gesicht, woraufhin er gegen die Tür fiel. Sie schlug ihm auf die Hand und er ließ sein Messer fallen. Nike war nicht stark genug, um gegen ihn zu kämpfen. Sie hatte im schon im Zug versagt, obwohl sie im Vollbesitz ihrer Kräfte gewesen war. „Weil du nicht an deine menschliche Erscheinung glaubst. Du glaubst, dass du deine Kämpfe nur als Dämonin gewinnen kannst. Früher wusstest du, dass es nicht so ist."

Nike verspürte neue Kräfte in sich aufsteigen. Sie dachte an Kim und an ihre Tochter. Sie wusste, dass sie beide sterben würden, wenn sie diesen Kampf nicht gewann und folglich sterben würden. Sie trat ihm an den Kopf und ignorierte die Schmerzen, die ihr diese Aktion bereitete. Sie trat sein Messer weg und schlug ihm an den Hals. Er gurgelte. Er schlug zu, doch Nike wich aus. Sie packte ihn am Kragen und schleifte ihn zum Fenster. Sie warf ihn hinaus, im wahrsten Sinne des Wortes. Sie nahm sein Messer und warf es hinterher. Sie kontrollierte nicht, ob er den Sturz aus dem fünften Stock überlebte, sondern schloss das Fenster. Sie ging zurück in ihr Bett und legte sich hin. Sie schlief nicht wieder ein. Sie hatte zu viel Adrenalin im Körper.

Es kam ein Arzt vorbei, als die Sonne aufging. Er checkte ihren Gesundheitszustand und erklärte sie für gesund. Nike stand auf und verließ das Zimmer. Sie war immer noch nicht ganz sicher auf den Beinen, doch sie schaffte es das Krankenhaus zu verlassen. Sie zog ihr Handy aus der Tasche und guckte, wo Kim und Ate untergekommen waren. Sie rief keine der Beiden an. Sie wollte sie überraschen.

Nike stieg aus dem Taxi und bezahlte. Sie fragte den Portier, in welchem Zimmer sie sich befanden und humpelte zum Aufzug. Sie fuhr in den zweiten Stock und suchte das Zimmer. Sie wusste, dass es noch sehr früh war, deshalb überprüfte sie, was die Beiden am heutigen Tage geplant hatten. Sie sah, dass sie zuerst frühstücken gehen würden, weshalb sie sich in den Speisesaal des Hotels begab. Sie sah, dass sie einen reservierten Tisch hatten, deshalb setzte sie sich an selbigen.

Kim und Ate gingen in den Speisesaal. Sie holten sich was zu essen und gingen zu ihrem Tisch. Sie sahen, dass jemand an ihrem Tisch saß. „Verzeihung, aber dieser Tisch ist reserviert", sagte Kim. Die Frau drehte ihren Kopf in ihre Richtung. „Bitte was haben sie gesagt?", fragte sie mit einem Lächeln auf den Lippen. Kim blinzelte. „Warum bist du schon wieder hier? Und warum hast du uns nicht gesagt, dass du kommst?" Nike erhob sich. „Ich wollte euch überraschen", sagte sie.

„Ich glaube, dass dir das geglückt ist", sagte Ate, als sie Kims erstauntes Gesicht sah.

Nike saß in ihrem Zimmer. Kim und Ate saßen ihr gegenüber. Sie unterhielten sich. „Was ist heute so der Plan?", fragte Ate. Nike zuckte mit den Schultern. „Keine Ahnung."

Dunkelheit

Lara Friedrich und Timo Gröberling saßen in Laras Wohnzimmer. „Dieser Herr Gütran hat uns gewarnt. Wir werden gejagt."

Lara stimmte zu. „Wir müssen vorbereitet sein. Die Jäger könnten jeden Moment durch die Tür gerannt kommen." Timo nickte. Lara zog eine Pistole. „Dann wir uns die bestimmt nicht schaden."

Timo trat ein paar Schritte zurück. „Woher hast du die?", fragte er, während er die Pistole betrachtete.

„Die habe ich… äh……geborgt."

Timo war fassungslos. „Warum eine Pistole? Was hast du damit vor?"

Lara legte an und drückte auf den Abzug. Timo zuckte zusammen, doch es ertönte kein Knall. Die Pistole war nicht geladen gewesen. „Wir werden wegen Waffenbesitz ins Gefängnis kommen!", rief Timo.

Lara schüttelte den Kopf. „Dir können sie in dem Punkt nichts anhaben, weil du keine Waffen besitzt und ich lasse mich einfach nicht erwischen. Wenn die Jäger kommen, wirst du mir dafür danken. Und sie werden kommen. Verlass dich drauf."

Ate erwachte. Sie lag in ihrem Bett in einem Hotel. Sie hatte eigenes Zimmer genommen, um Nike und Kim nicht zu stören. Außerdem wollte sie einfach mal allein sein. Ihre Hand zitterte. Sie erhob sich aus ihrem Bett und stellte sich vor den Spiegel. Die Sonne war noch nicht aufgegangen und weil in ihrem Zimmer kein Licht brannte, war es dunkel. Ate hatte aber das Gefühl, dass es dunkler war, als es sein sollte. Als sie sich betrachtete, fiel ihr auf, dass sie erneut gealtert war. Es passierte so schnell, dass sie manchmal dachte, es würde nicht kontinuierlich, sondern in verschiedenen Fasen passieren. So als würde ihr Körper ab und zu einen Sprung nach vorn machen. Sie zitterte am ganzen Körper. Die Dunkelheit aus ihrem Zimmer schien sich ihr zu nähern. Sie hatte nie Angst vor der Dunkelheit gehabt, doch, dass sich die Dunkelheit sich jetzt dermaßen auf sie zubewegte, machte ihr angst. Die erste Dunkelheit berührte ihre Haut. Überall, wo die Dunkelheit sie berührte, wurde ihr kalt. Die Dunkelheit schien an ihrem Körper zu hängen. Sie strich über ihre Brust und ihren Bauch. Sie versuchte, die Dunkelheit zu entfernen. Ihre Hand strich nur über ihre Haut. Jetzt merkte sie erst, wie kalt ihr war. Die Dunkelheit begann langsam in ihre Haut einzudringen.

Als alle Dunkelheit in ihren Körper geflossen war, sackte Ate in die Knie. Sie zitterte am ganzen Körper. Ihre Haut war eiskalt. Sie hob den Kopf und blickte in den Spiegel. Ihre Haare waren jetzt schwarz. Sie blickte in ihre Augen. Sie waren ebenfalls schwarz. Dann ging ihre Augenfarbe in ein Gelb über. Sie wechselte wieder zu schwarz. Ihre Haut war sehr hell. Bleich, fast weiß. Ate erhob sich zitternd. Sie schleppte sich ins Badezimmer und stellte sich unter die Dusche. Sonst duschte sie immer sehr warm, doch heute bemerkte sie, dass schon das kleinste Bisschen warmes Wasser auf ihrer Haut brannte, als hätte sie sich mit siedendem Wasser überschüttet. Sie stellte nur das kalte Wasser an, weshalb eiskaltes Wasser aus der Dusche auf ihre Haut floss. Sie genoss das Wasser. „Das liegt an der

Temperatur, glaube ich", dachte sie. Als sie das Wasser abstellte, züngelten kurz hellblau-weiße Flammen an ihren Armen entlang. Sie trocknete sich ab und stellte sich erneut vor ihren Spiegel. Sie sah ein paar schwarze Zeichnungen oder Symbole auf ihren Armen. Sie wusste nicht, was sie bedeuteten. Sie strich darüber, doch nichts passierte. Sie tauchten auch über den Rest ihres Körpers verteilt auf. Sie wollte, dass sie weg waren, deshalb versuchte sie ihnen zu befehlen, zu verschwinden. Die Symbole leuchteten auf und verschwanden. Sie ließen eine Welle aus Schmerz zurück, die Ate in die Knie zwang. Ate war durch die Dunkelheit muskulös geworden. Sie sah zwar nicht aus, wie ein Berg aus Muskeln und Knochen, aber doch, als würde sie aktiv etwas zum Muskelaufbau ihres Körpers beitragen. Sie strich über ihren Bauch. Ihr gefiel ihr neues Sixpack. Sie legte ihre Hände auf ihre Brüste. Ihr gefielen ihre Brüste ebenfalls. Ihre Hautfarbe fand sie etwas unangenehm, doch sie wusste, dass sie sich daran gewöhnen würde. Sie fand den Gedanken daran auch nicht abstoßend, sie fand ihn gut, da sie wusste, dass sie nicht einfach so ihre Hautfarbe ändern konnte.

Die Sonne ging auf und Ate begann, sich anzukleiden. Sie verließ ihr Zimmer und schloss ab. Sie verstaute den Schlüssel in ihrer Hosentasche. Sie trug eine Kapuze, damit die anderen Hotelgäste ihr Gesicht nicht sahen. Sie frühstückte. Sie merkte schon, dass sie mehr in der Dunkelheit unterwegs sein müssten, da ihr schon das Licht im Speisesaal des Hotels Schmerzen bereitete. Sie hatte sich irgendwo eine Sonnenbrille gekauft, doch sie nie benutzt.

Jetzt war sie froh darüber. Sie setzte sie auf, um dieses schreckliche Licht im Hotel nichtmehr ertragen zu müssen.

Als Kim und Nike zu ihr kamen, sahen sie sofort, dass etwas anders war. „Warum trägst du eine Sonnenbrille?", fragte Nike.

„Es ist zu hell hier", sagte Ate, die Frage beantwortend. Nike runzelte die Stirn. „Gestern bereitete es dir noch keine Probleme. Was ist passiert?" Ate zog die Schultern hoch und senkte sie kurz darauf wieder ab. „Ich weiß es nicht."

Kim sah sie an. „Setzt bitte kurz deine Kapuze ab."

Ate befolgte die Anweisung widerwillig. Nike und Kim keuchten auf, als sie Ates Gesicht sahen.

„Warum ist deine Haut so, so weiß?", fragte Nike.

Ate zuckte mit den Schultern. „Ich weiß es nicht." Sie setzte ihre Kapuze wieder auf. Kim entgleisten die Gesichtszüge. „Ich glaube ich weiß, warum das so ist. Die Dunkelheit. Du bekamst die Dunkelheit, die deine Mutter abwählte."

Ate blickte ihre Mutter an. „Wusstest du, dass es passieren würde, als du die Dunkelheit hinter dir liest?"

Nike schüttelte den Kopf. „Wenn ich das gewusst hätte, hätte ich die Dunkelheit behalten."

Ate schüttelte lächelnd den Kopf. „Ich mache dir keinen Vorwurf. Ich weiß, warum du sie abgewählt hast."

Timo und Lara saßen in ihrem neuen Versteck. „Hoffentlich finden die uns bald. Dann können wir diese ganze Scheiße hier endlich beenden."

Lara blickte ihn an. „Das hier ist also scheiße?"

Sie ging auf ihn zu. Sie lächelte und er lächelte und kam ihr entgegen. Sie standen voreinander und er versuchte sie zu küssen. Lara schlug ihn ihre Faust unters Kinn und trat ihm seitlich ans Knie. Er sackte zu Boden und sie packte ihn am Kragen. Sie riss ihn hoch und warf ihn in eine Wand. „Du lässt dich viel zu leicht verführen. Hätte ich dich töten wollen, hätte ich das anstelle des ersten Schlags machen können." Timo erhob sich stöhnen. „Kannst du mir diese Lektionen nicht weniger schmerzhaft erteilen?"

„Nein", fauchte sie.

Er wankte in ein anderes Zimmer. Lara blieb allein zurück. Sie sah aus dem Fenster. Sie sah, dass ein Bentley unten hielt. Sie sah sich die aussteigenden Personen genauer an. Sie fluchte und lief ins Zimmer, in dem sich Timo befand. „Sie sind hier", rief sie leicht panisch. „Wir sollten sie jetzt angreifen, da wir den Überraschungsmoment auf unserer Seite haben."

Sie bewaffneten sich und liefen auf die Straße. Lara sah die Personen sofort. „Los", sagte sie.

Sie liefen von hinten auf die drei Menschen zu. Timo sprang und riss eine der Frauen zu Boden. Die anderen Beiden drehten sich um. Lara zog ihre Waffe und schob das Magazin hinein. Die eine Frau warf sich zur Seite, als Lara schoss. Die andere Frau trat Timo an den Kopf und half der dritten auf. Zwei der Frauen zogen Pistolen und gingen in Deckung, als Lara erneut schoss. Eine der Frauen kam hervor und schoss, doch Lara schoss ihr die Pistole aus der Hand. Das wiederholte sich bei der anderen Frau. Timo rannte in eine hinein und Lara warf die andere zu Boden. Die dritte Frau, welche auch gleichzeitig die Jüngste war, griff Timo an und er schlug ihr eine Faust in den Magen. Sie ging zu Boden. Ate steckte Nikes Pistole heimlich ein. Kim griff Timo an. Nike lag auf dem Rücken. Lara hielt ihr eine Pistole an den Kopf. „Euer Plan ist wohl gescheitert."

Nike schüttelte den Kopf. Lara entsicherte ihre Pistole. „Oh doch."

Lara wurde von etwas Massereichem getroffen und sie landete auf dem Boden. Sie verlor ihre Waffe. Kim zog Nike auf die Füße. „Eure Jagd nach uns, wird niemals von Erfolg gekrönt sein", sagte Lara. Nike blinzelte. „Oh, wir wussten nicht, dass ihr welche von den entkommenen Seelen seid." Timo fluchte. „Wir werden euch jetzt alle drei töten und dann werden wir frei sein."

Timo verpasste Nike einen Faustschlag, nachdem sie sich überschlug und zwei Meter nach hinten flog. Ate sah, dass er auf sie zukam und ausholte. Sie sah seine Faust auf sich zukommen. Sie versuchte nicht auszuweichen. Sie wusste, dass sie es nicht schaffen würde. Sie sah Timos verdutztes Gesicht und kurz darauf hörte sie seinen Schrei. Seine Faust hatte die Mauer getroffen. Ate blickte an sich herunter. Ihr Körper schien nicht mehr aus fester Materie zu bestehen, sondern eher aus Rauch oder Nebel. Sie lief ein paar

Schritte zur Seite und nahm wieder eine feste Gestalt an, als Kim auf dem Boden aufschlug. Sie ging auf Lara zu und ihr Arm löste sie erneut auf. Sie schob ihn durch Laras Rücken und er verfestigte sich wieder. Lara keuchte und Ate zog ihren Arm heraus. Lara brach blutend zusammen. Sie rührte sich nicht mehr. Sie war tot. Ate hörte einen Schuss und sah, wie Timo nach vorn fiel, während er weglaufen wollte. Kim erhob sich und wankte zu Laras Körper. Sie überprüfte ihren Puls. Sie fand keinen. Nike hatte sich stöhnend erhoben und war zu Timo herübergegangen. „Er ist auch tot", sagte sie. „Ich schaffe ihre Körper in die Hölle."

Nike verschwand und tauchte kurze Zeit später wieder auf. Sie hatte die beiden Körper nicht mehr dabei. „Jetzt steht nur noch einer auf unserer Liste. Beziehungsweise eine."

Ate sah Kim und Nike an. „Wer ist der oder die Letzte?"

Nike nahm Kim an die Hand. „Die letzte Person heißt Mia Schuster. Sie wurde zuletzt in London, in England, gesehen." Ate stellte sich neben Nike und Kim. Sie war jetzt etwa genauso groß, wie die beiden Frauen.

Sie saßen im Bentley und fuhren in Richtung London. Ate saß hinten. Sie hatte ihre Kapuze auf dem Kopf und die hinteren Fenster waren verdunkelt. „Stört es euch, wenn ich mein Oberteil ausziehe?", fragte Ate. Nike sah Kim an und beide schüttelten die Köpfe. Ate lächelte dankbar, öffnete ihren Sicherheitsgurt und zog ihr Oberteil aus. Sie schnallte sich wieder an. „Du bist kurz verschwunden und hast Lara getötet. Wie hast du das gemacht?", fragte Nike.

„Ich weiß es nicht", sagte Ate. „Als Timo zuschlug, war mein Körper wie Rauch. Er konnte mich anscheinend nicht sehen und seine Faust ging durch mich durch."

Kim sah sich Ate an. „Ist deine Haut am ganzen Körper so weiß?"

Ate nickte. „Und es stört euch wirklich nicht, dass ich nur meinen BH anhabe?", fragte Ate.

Nike und Kim schüttelten erneut die Köpfe. „Du siehst aus, als währest du so alt wie wir", sagte Nike. „Niemand wird mehr glauben, dass du meine Tochter bist."

Eine halbe Stunde später sagte Ate: „Jetzt habe ich schon drei Menschen getötet. Ich habe mal gehört, dass Leute, die getötet haben, nie die Gesichter ihrer Opfer vergessen. Das die Gesichter der Toten sie für immer begleiten. Ich kann mich schon nicht mehr an das Gesicht des ersten Menschen, den ich tötete, erinnern."

Kim blickte Ate in die Augen. „Ich glaube, wir Beide können dir aus Erfahrung sagen, dass, wenn dir die Menschen so wenig bedeuten wie uns oder sie dir ähnlich egal sind, du einige Gesichter vergessen wirst. Sogar die meisten. Ich persönlich kann mich auch nur noch an zwei oder drei Gesichter von meinen Opfern erinnern."

Ate lächelte Kim an. „Danke."

Kontrolle?

Sie waren auf dem Weg nach London in einem Hotel in Calais abgestiegen. Sie waren am späten Nachmittag angekommen und hatten zwei Zimmer bezogen. Ate hatte wieder ein Zimmer allein genommen. Nike und Kim hatten ihre Sachen mit in ihr Zimmer genommen und Ates Sachen lagen bei ihr im Schrank. Sie hatte ihre Stiefel ausgezogen, hatte ihr Outfit aber sonst nicht verändert. Sie hatte alle Blicke, die ihr bezüglich ihres Outfits zugeworfen wurden, ignoriert. Sie trug eine enge Hose und ihren BH. Sie ging barfuß durch ihr Zimmer. Sie warf sich auf ihr Bett und dachte an das, was sie vollbracht hatte. Ate betrachtete ihre Arme und merkte, dass sie sich schon fast an ihre weiße Haut gewöhnt hatte. Plötzlich durchzuckte sie ein Gedanke. Sie musste es wissen. Sie öffnete ihren Schrank und zog ein Messer aus ihrer Tasche. Sie setzte es an ihrem Arm an und zog es ein kleines Stück über ihre Haut. Sie genoss die Schmerzen, die ihr der Schnitt bereitete. Sie hatte kurz Angst, dass überhaupt kein Blut aus der Wunde kommen würde, doch dann sah sie die dunkelrote Flüssigkeit, die aus dem Schnitt kam. Ihr Blut hatte eine gewöhnliche Farbe. Das beruhigte sie. Sie fand, dass sie außergewöhnlich genug war und nicht noch zusätzlich eine andere Blutfarbe benötigte. „Was ist, wenn das hier vorbei ist?", dachte sie. „Wenn wir die letzte Person gefunden haben. Was passiert dann? Werde ich einfach auf der Erde leben, wie ein gewöhnlicher Mensch? Oder werde ich in die Hölle zurückgehen und dort weiterleben? Was wird passieren? Werden Kim und Nike mich noch bei sich wohnen lassen oder werden sie wollen, dass ich ausziehe, weil ich alt genug bin, um ein eigenes Haus zu besitzen?"

Sie erhob sich wieder. Ihr Schnitt blutete nicht mehr. Sie zog ihr Handy aus der Tasche und begann im Internet zu surfen. Sie wusste nicht, warum sie es tat, doch irgendwann verendete sie auf einer Videoplattform.

Nike klopfte an die Tür von Ates Zimmer. Ate öffnete. „Darf ich reinkommen?"

Ate nickte. Nike schloss die Tür hinter sich. „Haben sich deine Kräfte erneut gezeigt?", fragte Nike.

Ate schüttelte den Kopf. Nike blickte ihrer Tochter in die Augen. „Bitte, sag mir, wenn es erneut passiert."

Ate nickte. „Mach ich."

Nike lächelte. „Danke." Sie nahm ihre Tochter in den Arm. Sie fand es seltsam, dass Ate jetzt etwas so groß war, wie sie selbst. Sie gab ihrer Tochter einen Kuss auf die Wange und löste sich von ihr. „Du bist sehr kalt Ate", sagte Nike. „Ist alles in Ordnung mit dir?"

Ate nickte. Sie setzte sich aufs Bett. „Was ist, wenn das alles vorbei ist?", fragte sie.

Nike setzte sich neben sie. „Ich weiß es nicht", sagte sie. „Kim und ich werden wohl bei mir ins Haus ziehen. Was du machst weiß ich nicht."

Ate blickte ihre Mutter an. „Ihr erlaubt mir dann also nicht mehr, bei euch zu wohnen?" Ate blickte ihre Mutter etwas entsetzt an. Nike blickte sie an. „Doch, ich erlaube dir natürlich, bei mir zu wohnen, aber du bist jetzt ausgewachsen. Ich werde dir zwar erlauben, bei mir zu wohnen, doch ich werde dir nicht vorschreiben, wo du zu wohnen hast. Wenn du irgendwo anders hinziehen willst, bin ich damit einverstanden und ich würde dir auch deine Wohnung bezahlen."

Ate schwieg kurz, doch dann sagte sie: „Ich weiß noch nicht, was ich machen werde. Das muss ich mir erst überlegen." Nike nickte und stand auf. „Komm! Wir gehen was essen."

Die drei Frauen saßen eine halbe Stunde später an einem Tisch und aßen etwas. „Hast du ihr von unserem Plan nach dem ganzen hier erzählt?", fragte Kim Nike.

Nike nickte.

„Und was wirst du danach tun?", fragte Kim.

Ate zuckte mit den Schultern. „Das werde ich dann sehen."

Irgendjemand schrie im Restaurant. Etwas klirrte. Ate drehte sich um und trat Nikes und Kims Stuhl zur Seite. Beide Frauen fielen auf den Boden. Ate hechtete zur Seite. Eine Scheibe zersprang und irgendwer ging zu Boden. Eine Gestalt kam herein. Sie trug ein Gewehr. „Alle mal das Geld und sämtliche Wertgegenstände rausrücken, aber dalli!", brüllte die Person. Ihr Gesicht war verhüllt. Ihre Stimme konnte auch nicht eindeutig als männlich oder weiblich identifiziert werden. Es gab keine Informationen über diese Gestalt, außer, dass sie im Besitz einer Waffe war, das Gesetz missachtete und ihr Menschenleben nicht besonders wichtig waren. „Eigentlich unterscheidet er sich nicht besonders von uns", dachte Ate. Ein Mann und eine Frau übergaben der Person ihre Wertsachen. Es knallte zweimal und zwei Leichen lagen am Boden. Ate war froh, dass sie sich dazu entschieden hatte, ein T-Shirt anzuziehen. Sie zog es aus. Sie würde es anders einsetzten müssen. „Schön, dass sie sich ausziehen, aber das wird ihr Leben nicht retten junge Frau."

Sie schnitt zwei streifen aus ihrem T-Shirt und ging auf ihn zu. „Oh doch, das wird es." Sie löste ihren Körper auf und bewegte sich auf ihn zu. Sie verfestigte sich wieder und schlug ihm die Waffe aus der Hand. Ein Schuss ertönte und die Gestalt ging zu Boden. Ate nahm den ersten Streifen und fesselte seine Hände. Dann nahm sie den Zweiten und verband ihm die Augen, damit er nichts mehr sah. „Ruft mal bitte jemand die Polizei?", fragte Kim in die Runde. Ein duzend Leute zogen ihre Handys und riefen die Polizei.

Kim, Nike und Ate verließen den Tatort. „Möchtest du uns zum Hotel fahren?", fragte Nike ihre Tochter. Ate nickte und Nike gab ihr die Autoschlüssel. „Sei vorsichtig und zieh dir dein Oberteil am besten wieder an."

Ate nickte und setzte sich auf den Fahrersitz. Kim und Nike stiegen hinten ein. Ate startete den Motor und fuhr los. Sie fuhr zum Hotel und parkte dort. Kim und Nike stiegen aus. „Komm bitte gleich zu uns ins Zimmer", sagte Nike.

Ate nickte, verdunkelte alle Scheiben und zog sich aus. Sie trug wieder Symbole auf ihrer Haut. Sie wickelte ihre Kleidung zusammen und löste sich auf. Sie rannte durch die Wand vom Auto, durch die Tür des Hotels und durch die Tür zum Zimmer von Kim und Nike. Sie zog sich wieder an und wartete. Kim und Nike kamen herein. „Ok, warum sollte ich kommen?", fragte Ate. „Ich möchte gerne beobachten, wie sich deine Kräfte verhalten", sagte Nike. „Zuerst würde ich gerne sehen, ob du wirklich überall so weiß bist. Dazu müsstest du dich bitte einmal ausziehen."

Ate nickte. „Aber ich möchte die Tür abschließen und das Rollo runterlassen. Von mir aus können wir das Licht auf einer niedrigen Stufe einschalten."

Ate stand nackt da. Symbole bedeckten ihren Körper. Nike und Kim betrachteten sie. „Wenn die Dunkelheit in dich eindrang, kannst du dann im Dunkeln sehen?"

Ate zuckte mit den Schultern. Kim trat von hinten an Ate heran und verband ihr die Augen. „Wir werden uns jetzt durch den Raum bewegen, dann schalten wir das Licht aus und du musst uns finden. Zähl bis dreißig, dann nimm die Augenbinde ab."

Ate war bei dreißig angekommen. Sie nahm die Augenbinde ab. Sie sah Nike und Kim, die im Raum standen. Sie wirkten orientierungslos. Ate wusste, dass es wirklich stockdunkel war. Ate ging auf Kim zu und legte ihr eine Hand auf die Schulter. Dann ging zu sie zu Nike und legte ihr eine Hand auf die Schulter. „Jetzt sorge dafür, dass Kim und ich nackt sind und uns küssen können", sagte Nike.

Ate hielt ihren Mund ganz nah an Nikes Ohr und flüsterte: „Was hältst du davon, wenn wir überprüfen, ob Kim dich am Geschmack erkennt? Also ich gehe und küsse sie und wir gucken, ob sie etwas bemerkt."

Nike willigte ein, da es auch sie interessierte.

„Also", sagte Ate. „Ich werde euch jetzt ausziehen und dann bringe ich euch in die richtige Position, dass ihr euch küssen könnt."

Ate zog Nike aus, bewegte sie aber nicht. Dann ging sie zu Kim und zog auch sie aus. Sie bewegte sie etwas durch den Raum. Dann ließ Ate Kim los und ging eine kleine Runde, damit Kim dachte, sie würde Nike vor sie stellen. Sie stellte sich vor Kim, so nah, dass sie sie berührte. Kim schlang ihre Arme um Ate und sie küssten sich. Ate hatte dafür gesorgt, dass sie warm war, damit Kim nicht an ihrer Körpertemperatur merkte, dass es Ate war. Kim küsste Ate erneut. Ate erwiderte den Kuss, da dies Nikes Reaktion gewesen wäre und sie herausfinden wollte, ob Kim Nike am Geschmack erkannte.

„Eigentlich wollte ich deine Mutter küssen", sagte Kim. Sie drückte trotzdem noch einen Kuss auf Ates Lippen. Ate löste sich von ihr und führte Kim zu Nike. Sie machte ganz leicht das Licht an, damit die Beiden sich sehen konnten. Als Kim und Nike begannen weiter zu gehen, stellte Ate sich an die Wand. Sie versuchte, sich aufzulösen und durch die Wand zu gehen, doch sie schaffte es nicht. Sie verschwand durch die Tür, schloss sie hinter sich und ging in ihr Zimmer. Sie hatte eine Nachricht an der Tür von Nikes Zimmer hinterlassen. Sie würde sich selbstständig durch die Stadt bewegen und das hatte sie ihnen auch mitgeteilt. Ate bekleidete sich wieder. Sie zog Unterwäsche an und kletterte in ihre Hose. Sie war eng und lag deswegen direkt auf ihrer Haut. Sie zog einen BH an. Darüber zog sie eine ärmellose Tunika. Ihr war egal, dass die Menschen sie mit ihrer weißen Haut sahen. Sie war nicht so weiß wie die von anderen Menschen, sondern wirklich weiß. Sie ging in ihrem schwarzen Outfit aus dem Haus. Sie ging durch die Straßen und folgte ihrer Nase. Sie ging dorthin, wo der Salzgeruch am stärksten war. Sie wollte ans Meer.

Ate stand am Meer. Der Wind zerrte an ihren Kleidern. Sie trug immer noch die Pistole, die sie genommen hatte, als sie angegriffen worden waren. Sie würde nicht mit Kim und Nike zusammenwohnen. Sie würde wegziehen, wenn Kim und Nike nicht wegzogen. Sie ging aufs Meer zu. Sie hatte ihre Schuhe im Hotel gelassen. Sie spürte den Sand unter ihren Füßen. Sie zog sich aus, legte ihre Kleider auf einen sauberen Haufen und ging weiter. Das Wasser spielte um ihre Füße herum. Sie dachte kurz, sie wäre allein, doch dann sah sie ihn. Ein Junge saß ein paar Meter von ihr entfernt. Sie wusste, dass er erst hergekommen war, als er gesehen hatte, wie sie sich auszog. Sie drehte ihren Kopf in seine Richtung und er rannte davon. Sie stand jetzt fast bis zur Hüfte im Wasser. Ihre Vagina und ihr Hintern waren im Wasser. Ihr Bauchnabel verschwand im kühlen Nass. Ihre Brüste berührten das Wasser. Dann waren auch sie von Wasser bedeckt. Ate machte einen Schwimmzug. Sie tauchte unter und schwamm. Sie tauchte immer tiefer und tiefer. Sie blickte nach oben und geriet kurz in Panik. Sie tauchte noch tiefer. Fische schwammen an ihr vorbei. Sie sah Korallen. Sie war hundert Meter tief getaucht. Nichts bereitete ihr Probleme. Weder der Druck noch der Sauerstoffmangel.

Sie tauchte weiter, bis ein Delfin neben ihr auftauchte. Sie streckte die Hand aus. Er ließ sich von ihr berühren. Er schwamm unter sie und sie legte sich auf seinen Rücken. Er schwamm los und Ate klammerte sich an den Delfin. Sie wurde an seinen Rücken gedrückt. Er schwamm immer weiter und Ate fragte sich, ob sie jemals den Weg zurück finden würde. Nach einigem Überlegen entschied sie, dass es ihr egal war. Sie lag auf dem Delfin und genoss alles. Selbst wenn sie nie wieder zurückkommen würde, wäre es ihr egal.

Nike und Kim lagen in ihrem Bett. Nike blickte auf die Uhr und sah, dass einige Stunden vergangen waren, seit Ate das Zimmer verlassen hatte. Nike erhob sich und ging zur Tür. Sie sah Ates Nachricht. Sie machte sich keine Sorgen um ihre Tochter. Nicht, weil sie sie nicht liebte, ganz im Gegenteil, sie liebte ihre Tochter sehr, sondern viel mehr, weil sie wusste, dass Ate auf sich aufpassen konnte und sie auf wusste, dass sie, wenn sie es wollte, gehen konnte. Nike fragte sich kurz, ob sie ihre Tochter je wiedersehen würde. Sie beschloss, optimistisch zu sein, und hoffte, dass ihre Tochter nur die Stadt erkundete.

Das Ende?

Nike und Kim konnten nicht warten. Sie mussten weiter nach London. Nike rief Ate an, doch sie ging nicht dran. Sie schrieb ihr, dass sie weiter nach London gefahren waren und hoffte, dass ihre Tochter antworten würde. Sie wusste, dass es passieren würde. Sie packten, sie nahmen auch Ates Sachen mit. Sie checkten aus und gingen zum Bentley. Sie warfen alles in den Kofferraum. Beide stiegen vorne ein und sie fuhren los. Sie schwiegen beide.

Sie fuhren, bis sie zum Zug kamen, der sie, mit dem Auto, nach England bringen würde. Sie fuhren das Auto in den Zug und schalteten den Motor aus. Kim legte eine CD ein und sie hörten sich den ganzen Weg nach England durch diverse CDs.

Nike fuhr den Bentley einige Zeit später aus dem Zug. Sie fuhren weiter.

Als sie an ein paar Klippen vorbeikamen, sahen sie eine Frau, die außerhalb ihres Autos war und sich über irgendwas aufzuregen schien. Nike hielt neben ihr und ließ das Fenster runter. „Können wir ihnen irgendwie helfen?", fragte sie auf Englisch.

„Keine Ahnung", sagte die Frau.

„Dann werden wir es versuchen", sagte Nike.

Kim und Nike stiegen aus.

„Was ist denn los?", fragte Nike.

„Der Motor dieses miesen Autos funktioniert nicht!", rief die Frau. Sie zog ein Handy aus ihrer Tasche und wählte eine

Nummer. „Meinen Namen? Den habe ich ihnen bei unseren letzten fünfzehn Telefonaten auch schon gesagt verdammt! Ich heiße immer noch Mia Schuster! Was mit der bekackten Karre los ist? Ich habe keine Ahnung verdammt, deshalb rufe ich ja bei ihnen an. Wahrscheinlich ist der Motor im Arsch!" Mia brüllte kurz. „Jetzt schicken sie endlich einen verfickten Mechaniker her, damit der sich diese bekackte Karre mal angucken kann! Wo ich mich befinde? Keine Ahnung! Irgendwo am Arsch der Welt! Warten sie kurz, ich schicke ihnen meinen Standort." Mia drückte kurz auf ihrem Handy rum. „Wissen sie jetzt, wo ich mich befinde? Wie bitte?! Das ist zu weit außerhalb?! Was ist das für ein bekacktes Unternehmen? Es gibt kein näheres Unternehmen, was den Schaden beheben kann! Jetzt schicken sie sofort jemanden her!" Mia legte auf. „Frau Schuster?", fragte Nike.

Mia drehte ihren Kopf in Nikes Richtung. „Was ist?", fauchte sie. „Wann sind sie gestorben?"

Mia runzelte die Stirn.

„Sie waren zwischenzeitlich tot. Ich weiß es. Wann sind sie gestorben?"

Mia überlegte kurz. „Das ist zwei Jahre her."

Nike beugte sich zu Kim. „Wenn sie nur so kurz tot war, können wir es verantworten, dass sie am Leben bleibt. Die Welt hat sich zwar verändert, aber es ist ihre Zeit. Ich werde sie hierlassen."

Kim nickte. „Okay, ich finde auch, dass wir das verantworten können."

Ate kletterte an Land. Sie wusste sofort, dass sie nicht da war, wo sie ins Wasser gegangen war. Ihre Kleider waren auch da, wo sie jetzt nicht mehr war. Sie konzentrierte sich auf ihre Kleidung, die in einem ordentlichen Stapel an einem französischen Strand lag. Sie wusste nicht, ob es möglich war, doch sie versuchte es. Sie stellte sich vor, wie ihre Kleider durch die Dunkelheit zu ihr reisten. Ihr erster Versuch scheiterte, doch sie versuchte es erneut.

Als Ate anfing, zu glauben, dass es nicht möglich war, tauchte der Stapel neben ihr auf. Sie zog sich an und verließ den Ort. Neben ihr ragten Klippen in die Höhe. Außer dem kleinen Strand, auf dem sie sich befand, war überall tiefes Wasser. Sie begann die Felswand zu erklimmen.

Als sie oben ankam, war sie erschöpft, aber auch froh, dass sie es versucht und auch geschafft hatte. Sie legte sich oben hin und entspannte sich kurz. Sie hatte ihren Mantel über ihre Augen gelegt, damit ihr die Sonne nicht die Augen verbrannte.

Zwei Minuten später erhob sie sich. Sie sah in der Ferne ein paar Gestalten. Sie setzte sich in Bewegung. Sie erkannte bald, dass drei Gestalten dort standen. Als sie noch weiter ging, sah sie, dass zwei davon Nike und Kim waren. Die Beiden bemerkten sie erst, als sie direkt neben ihnen stand. Sie erschreckten sich beide, als sie Ate erkannten.

„Können wir jetzt los?", fragte die Frau, die Ate nicht kannte. Nike nickte. „Ja, können wir."

Auch Kim nickte und sie gingen zum Bentley. Dahinter kam plötzlich eine Gestalt zum Vorschein. Sie schien bewaffnet zu sein. Sie schoss auf die Menschenansammlung. Mia rannte zu ihrem Wagen und wollte hineinspringen, als selbiger explodierte. Sie wurde zurückgeworfen und blieb liegen. Eine zweite Gestalt kam hinter dem Auto hervor, kurz danach eine dritte. Nike und Kim zogen ihre Waffen. Kim schoss eine der drei Personen nieder. Der, der zuerst hinter dem Auto hervorgekommen war, stürzte sich auf Nike. Sie schoss ihm ins Bein und schlug ihm ins Gesicht. Sie trat ihm an den Kopf und er wankte zurück. Kim kämpfte gegen den anderen, der noch stand. Ate ging von hinten auf Kims Angreifer los und schlug ihm seitlich an den Kopf. Kim trat ihm ans Knie. Kim schoss zwei Kugeln auf den Dritten ab, doch sie traf ihn nicht. Kim schoss dem, der immer noch am Boden lag in den Kopf und er stellte sämtliche Bewegungen ein. Nike trat den Ersten einen Meter nach hinten. Ate war dabei mit dem Zweiten zu kämpfen. Sie schlug ihm ins Gesicht und er antwortete mit einem Fingerstich in ihren Solarplexus. Ate bekam keine Luft mehr. Kim zog ihm ihre Waffe über den Schädel. Er taumelte kurz und ging dann zum Angriff über. Er sprang auf Kim zu und sie trat zur Seite. Sie trat ihm noch in den Rücken und seine Füße flogen über die Kante. Er stürzte ins Meer. Für Ate sah es nicht so aus, als würde er es überleben. Kim und Ate griffen jetzt den Letzten der Leute an. Er war gut, doch gegen drei Kämpfer hatte er keine Chance. Ate schlug ihn zu Boden. Er blieb liegen. Nike trat ihm an den Kopf. Er bewegte sich nicht mehr. „Wir haben gewonnen", sagte Nike.

Ate ging zu Mia und überprüfte, ob sie noch lebte. Nike und Kim gingen zum Rand. Nachdem Ate bestätigen konnte, dass Mia noch lebte und auch weiterleben würde, schaffte sie ihren Körper ins Auto. Sie legte ihn auf die Rückbank. Sie setzte sich hin und sah aus dem Fenster. Nike und Kim küssten sich. Sie standen umschlugen am Rand des Abgrunds. Der Mann, den sie niedergeschlagen hatten, erhob sich wieder. Als Ate aus dem Fenster sah und es bemerkte, geriet sie in Panik. Er kam rüber und sah durchs Fenster. Er hatte seine Maske abgenommen. Ate machte ein Foto von ihm. Er bemerkte es nicht und drehte sich um. Ate griff nach der Tür. Sie versuchte sie zu öffnen, doch die Tür öffnete sich erst beim zweiten Versuch. Der Mann war bei Kim und Nike angekommen. Sie hatten ihn nicht bemerkt. Ate nahm Nikes Stab aus dem Kofferraum, der sich bei ihrer Berührung veränderte. Sie rannte auf sie zu. Der Mann hatte einen Gegenstand gezogen und ausgeholt. Ate war mitten im Lauf, als der Mann zustach. Ate sah, wie der Stab, den der Mann in der Hand gehalten hatte, durch Nikes Körper fuhr. Es durchstieß ihren Rücken, kam vorne wieder raus und durchbohrte dann Kims Körper. Ate schrie. Der Schrei war eine Mischung aus Wut und Schmerz. Der Mann ging zügig weg. Ate sah, wie er verschwinden wollte. Das würde sie nicht zulassen. Sie tauchte vor ihm auf und schlug ihm den Stab unters Kinn. „Du verdienst einen schmerzhaften Tod!", brüllte sie ihn an. Sie stieß zu und ihr Stab bohrte sich in seinen Bauch. Sie stieß erneut zu. Der Mann keuchte, als der Stab ihn durchbohrte. Sie packte ihn am Kragen und schleifte ihn zum Rand des Abgrunds. „Dann wird mich jetzt der Tod holen", sagte der Mann.

Ate funkelte ihn an. Sie hatte noch nie mehr Hass verspürt. „Ich bin der Tod!", brüllte sie. „Jedenfalls in deinem Fall!"

Ihr Stiefel traf ihn und beförderte ihn eineinhalb Meter vom Klippenrand weg. Sie beobachtete, wie der Mann fiel und auf dem Wasser aufschlug. Ate sah, wie sein Körper barst und das bereitete ihr in diesem Moment eine gewisse Befriedigung.

Sie stach den Stab in die Erde und lief zu Kim und Nike. Sie hatten sich nicht bewegt. Nike reichte ihr zwei Dinge. Ihren Schlüsselbund und ihr Messer. „Beides gehört jetzt dir", sagte sie. „Bitte, stoß uns runter. Wir möchten ins Wasser eingehen."

Ate sah die beiden Frauen an. Beide waren eine Mutter für sie gewesen. Auch Kim, die nicht mit Ate verwand war.

„Ihr möchtet beide dort runter?", fragte Ate.

„Ja", sagte Nike.

Kim hatte nicht mehr genug Kraft zum Sprechen. Sie nickte nur. Ate legte ihre Hände auf die Schultern der Frauen und stieß sie von der Klippe. Sie kniete sich an den Abgrund und sah, wie Nike und Kim ins Wasser eintauchten. Sie begann zu flüstern: „Ich werde jeden bestrafen, der etwas mit dem Mord zutun hatte. Das schwöre ich."